講談社文庫

# 水壁

## アテルイを継ぐ男

高橋克彦



講談社

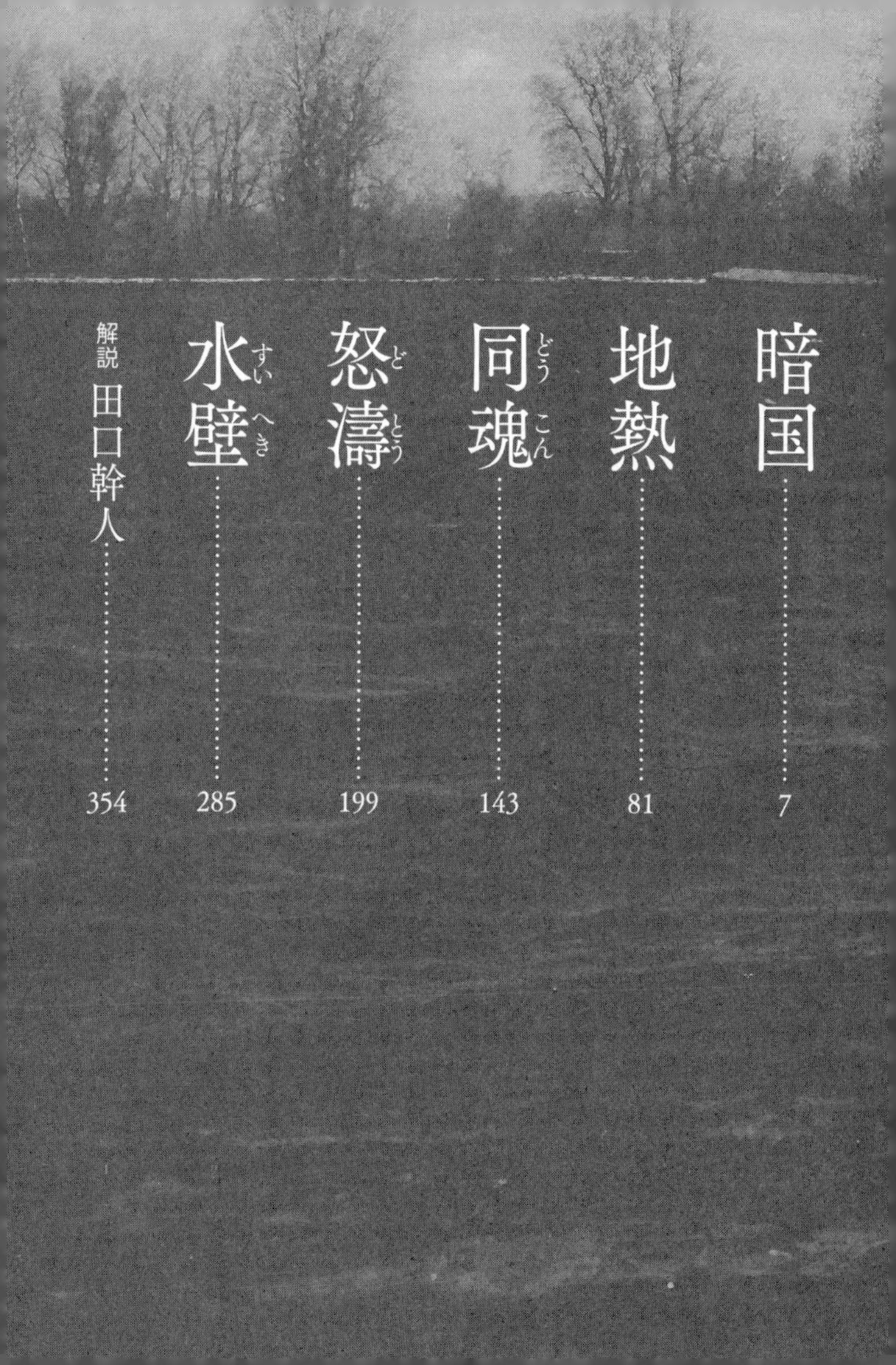

# 水壁

アテルイを継ぐ男

【九世紀後半の東北地方】
参考は『国史大辞典』、『蝦夷と東北戦争』、『東北の古代遺跡』ほか
渡島
十三湊
青森
鰺ケ沢
津軽
十和田湖
大湯
米代川
二ツ井
鹿角
尾去沢
能代
八郎潟
秋田城
出
盛岡
志波城跡
陸
閉伊
秋田
真昼岳
東和
雄物川
平鹿
胆沢川
日高見川
奥
胆沢城（鎮守府）
羽
雄勝城
鳥海山
（出羽国府）
伊治城
桃生城
石巻
牡鹿
最上川
多賀城（陸奥国府）
仙台
山形

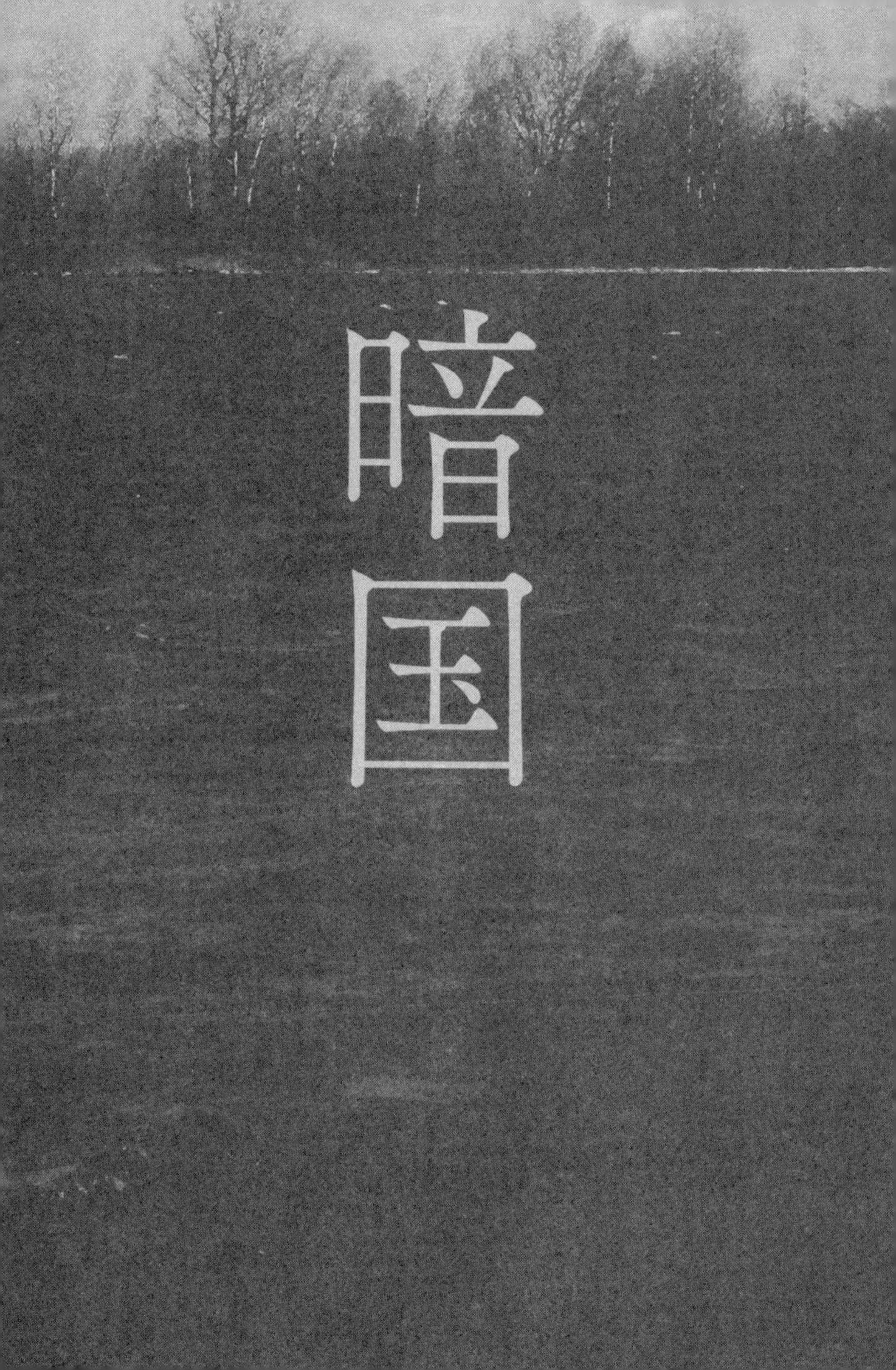
暗国

# 一

時はわずか九歳という幼き身で父親の清和《せいわ》天皇の御世《みよ》を引き継ぎ、陽成《ようぜい》天皇として即位なされたばかりの元慶《がんぎょう》元年（八七七）秋のことである。

二十七歳という若さで突然退位を表明し太上《だいじょう》天皇となった清和天皇の治世は十八年。この当時で言うなら決して短い年数ではないが、清和天皇も陽成天皇と同様に九歳でその位に就《つ》いたお方にあられたので、実際の政務は母方の祖父に当たる摂政太《せっしょうだい》政大臣藤原良房《じょうだいじんふじわらのよしふさ》の手にすべて委《ゆだ》ねられ、天皇として本来の権勢を実感できたのはせいぜい七、八年のものであったに違いない。それでもまだ二十七という御歳《おんとし》だ。これからいよいよという期待の目で内裏《だいり》中の大半が見ていた矢先の譲位《じょうい》であった。

譲位の一番の理由は心身の多大なる疲弊《ひへい》によるものとされている。だからと言って、まさか九歳の皇太子が自分の代わりを立派に果たせると考えたはずはない。陽成天皇を産んだ母の実兄は藤原良房の養子藤原基経《もとつね》であり、良房亡き後、その地位を継いで摂政として今の内裏を牛耳《ぎゅうじ》っている。基経の後ろ盾《うしろだて》あれば幼き身であってもなんとか凌《しの》いでいけると見ての判断であったろう。

確かに天皇の権勢を巧《たく》みに用いる良房、基経と続く藤原北家《ほっけ》の政治手腕は見事なもので、内裏の統率については不安もなかったが、内裏の外にある民《たみ》らには二代続く幼帝の擁立《ようりつ》に大いなる危惧《きぐ》を抱《いだ》く者が少なくなかった。

ただの偶然に過ぎぬかも知れないが、清和天皇の在位した十八年の間、この国は数限りない天変地異《てんぺんちい》や怪異に見舞われ続きだったのである。大きな被害をもたらした地震だけに限っても、つい八年前に陸奥《むつ》国を襲《おそ》い、何千人もの命を奪い、国府多賀《こくふたが》城まで壊滅《かいめつ》させた津波を伴う大地震を筆頭に、実に百八十回を陰陽寮《おんみょうりょう》では数え上げている。これに火山の大噴火《だいふんか》、大雨による洪水《こうずい》や飢饉《ききん》、神罰《しんばつ》と見られる怪異を足し加えれば優に三百を超える。強盗や人殺しの甚《はなは》だしい増加まで上乗せすれば数え切れない。それを十八年で割れば一年に少なくとも二十ほどの異変がこの国を襲ったことになる。

特に清和天皇が即位して六年目の貞観《じょうがん》六年（八六四）の富士山大噴火を皮切りとして譲位までの十二年間は凄《すさ》まじい災害の連続と言っていい。二年後の貞観八年には応天門《おうてんもん》の焼失と全国規模の大干ばつ、翌九年には別府鶴見岳《べっぷつるみだけ》と阿蘇山《あそさん》の大噴火、十年に京の都《みやこ》を年に二十一回もの強い地震が揺るがし、次の年十一年は肥後《ひご》の大地震と前述した陸奥貞観大地震、さらには翌々年の出羽鳥海山《でわちょうかいざん》の大噴火と続き、その後の三年間は京の都に合計して五十回近くの大地震が相次《あいつ》いだ。とてもたまったものではない。これにほぼ二年ごとに繰《く》り返される飢饉が重なるのだから、国が滅《ほろ》びると民らが案じたのも当然だ。救済の策を講じる立場にある内裏にすればもっと慌《あわ》てふためいていたことだろう。それに追い打ちをかけるように内裏には驚天動地《きょうてんどうち》の事件が起きた。あろうことか天皇が政務を執《と》る大極殿《だいごくでん》が原因不明の失火で焼失してしまったのである。これでは神の加護すら失ったことになる。清和天皇の譲位がそれから間もないことを思えば、恐らく間近で見た炎《ほのお》の激しさにもはや精も根《こん》も尽き果ててしまったに相違ない。

わざわいの天皇、と陰口をしていた京の民たちは清和天皇の譲位の報に接してさぞかし安堵《あんど》の胸を撫《な》で下ろしたはずだが、帝位を受け継ぐのがなんの策も期待できない幼帝と知り、さらなる絶望に追いやられたに違いない。ましてや清和天皇と変わらぬ幼少の身での即位とあってはなおさらだ。あまりにも不吉な重なりである。またおなじことが繰り返されるのではないか。胸の奥底に激しい恐れを抱きつつ、民たちは元慶と改元された新しい年に足を踏み込んでいた。

その恐れは京の都だけのことではなく、都から遠く離れた出羽国や陸奥国にまで広がっていた。いや、深刻さでは出羽や陸奥の方が遥《はる》かに上回っていた。双方に国府が置かれ、内裏から派遣された階位の高い国守《こくしゅ》が統括《とうかつ》しているからには他の国々と同一のはずであるべきだが、今も朝廷に与《くみ》していない津軽《つがる》や陸奥国の北に暮らす蝦夷《えみし》との境界線がはっきり定められていないことが両国の位置付けを曖昧《あいまい》にしている。現に境界線上ではいまだに小競《こぜ》り合《あ》いが続けられている不穏《ふおん》な状態にある。朝廷が定めた境界線内に暮らす民も、もともとは蝦夷だった者が大方《おおかた》で、それも厄介《やっかい》の種となっている。確かに彼らは朝廷に帰順して田畑を耕作し、年貢《ねんぐ》を納めてはいるのだが、だからと言って他の国々の民とすっかり同等に扱ってよいものかどうか。彼ら俘囚《ふしゅう》と名付けた者たちは決して朝廷の施政《しせい》に同調して降《くだ》ってきたわけではなく、もとからその土地に住んでいて、朝廷の武力を恐れて単に従っているだけに過ぎないかも知れないのだ。なにかことが起きればたやすく寝返る可能性は十分にある。そういう者らと他国の民とはやはり厳然と区別すべきであろう。では区別とはなにか。たとえば飢饉などに見舞われて民が危急存亡の危機に遭《あ》った場合、食料の支援などに大幅の差をつけるということだ。土地から追い払わずにいるだけ感謝しろということだ。それでは俘囚たちの不安と不満が増大するのも当然のことであろう。なにかが起きたとき朝廷の援助は一切《いっさい》当てにできない。現に八年前の大地震と津波のときに朝廷が支援に回ったのは国府のある多賀城の近辺だけで、他の地域には手助けがほとんどなかった。

こういう非情な朝廷にこのまま従い続けるのが果たして是か非か。今年また襲った飢饉の甚大《じんだい》な被害を受けて出羽と陸奥の俘囚たちの心は揺れに揺れていたのである。

# 二

「途方もなき惨状だの」

平鹿《ひらか》の平野を遠く見渡す山の中腹に出て物部日明《もののべのじつめい》は思わず深い吐息《といき》をした。どこまでも広がる田のすべての稲が立ち枯《が》れて腐《くさ》るままに捨て置かれている。刈り取って処分する気力も人手もないのだ。この時期、俘囚の働き盛りの男たちは秋田《あきた》の城や出羽に点在する柵《き》の兵や造営補修のため強制的に駆《か》り出されている。年寄りや女たちではどうにもならない。

日明に従う者たちも暗い目で田を眺《なが》めた。

「これでは来年の種もあるまい。朝廷は俘囚がどうなろうと気にはせぬ。種がなければ来年も米が作れぬ。このままでは村が滅びる」

日明は馬から下りて草に胡座《あぐら》をかいた。

従う者たちも小休止した。馬の手綱《たづな》を牽《ひ》いてきた者たちだ。馬の数はおよそ三十頭。それぞれに大きな荷が積まれている。

「これからが危《あぶ》ない。この荷を狙《ねら》って賊どもがきっと現れる。腕の見せどころだ」

日明に皆は笑いを浮かべて頷《うなず》いた。

翌日の昼前。

右手に広大な平鹿の平野を見下ろしながら、三十頭の馬の先導を務めて細い山道を辿《たど》っていた日明は、ほほう、と苦笑《にがわら》いを浮かべて道の前方を塞《ふさ》ぐ岩の山を見詰めた。土《ど》砂崩《しやくず》れでないのは岩の大きさがだいたい同一で、山の斜面になんの異状も見られないことで知れる。

後方に続く馬も足を止めた。

配下の何人かが緊張の面《おも》持ちで日明の前に飛び出すと守りの態勢を取った。足止めをしての待ち伏せと察したのである。道の右手は急な崖《がけ》となっていて、迂《う》回《かい》はできない。

「そう案ずるな。やるつもりならとっくに矢でも射かけて参っていたはず」

むしろ楽しげに日明は辺《あた》りを見回した。

これだけの岩を運んで積み上げるにはよほどの時間を要する。未明のうちからはじめたに相違ない。むろん自分たちを獲物《えもの》としてのことで、それならこちらの人数も当然把握《はあく》しているはずだ。戦いの命運は初《しょ》っ端《ぱな》で相手の戦力をどれだけ叩《たた》き潰《つぶ》すことができるかにかかっている。こちらが身動きのままならない狭《せま》い山道に停止したときこそが狙い目だ。それをしてこなかったのは、こちらの何倍もの数を有しての余裕からか、あるいは人殺しまではしたくないという心の表れである。

〈せいぜい同数。多くても知れた数〉

修羅場《しゅらば》をいくつも乗り越えてきた日明は敵の気配《けはい》からその数を読み切った。となれば人殺しまでは考えていない連中と見てほぼ間違いはない。

「姿を見せたらどうだ！」

日明は身を潜《ひそ》ませていると思われる斜面の上方に顔を向けて叫《さけ》んだ。

「山賊《さんぞく》ならもう襲って来ている。田畑を捨てて山に逃《のが》れた農民どもか。単に食い物が欲しくてのことであろう。であるなら多くは持ち歩いておらんが分けてやる」

ざわざわとスキの穂が揺れた。

「荷は熊の毛皮や鷹《たか》の羽や玉石《ぎょくせき》。腹の足しになるものではない」

「食い物と取り替えられる！」

一人の甲高《かんだか》い声が返った。

「殺し合いなどしたくないゆえ言っている。儂《わし》の手の者らはただの馬牽きと違うぞ。こういうことのあるのを見越しての手練《てだ》れ揃《ぞろ》い。刀と弓の腕を鍛《きた》えている。そちらがわれらの三倍居ようと物の数ではない」

「やってみなきゃ分からんだろうに！」

声と同時にびゅうっと音を立てて一本の矢が飛んできた。矢は日明が跨《また》がっている鞍《くら》にびいんと突き刺さった。的《まと》を外《はず》したのではない。わざと日明を避けて鞍の持ち手を狙ったのである。馬が驚いて暴《あば》れた。

「なるほど、大した腕だ」

日明はからからと笑って、

「この腕が十人もおるなら侮《あなど》れぬが、二人や三人程度であればわれらの敵ではない」

左の腕を高く掲《かか》げて振り下ろした。

どこからか二本の矢が同時に放たれて山の斜面に立つ細い木の枝に突き刺さった。二本の矢は同一の枝の、しかも僅《わず》かと離れていないところに並んで揺れている。

驚愕《きょうがく》の声があちこちから上がった。

「次は枝では済まぬぞ」

日明に、少し間《ま》を置いて一人がススキを割って姿を現した。

「おれの命《いのち》一つで他の者は許してくれ」

その言葉に仲間たちが次々に飛び出してきた。中には少年も交じっている。

「まだ争いははじまっておらぬ。許すも許さぬもあるまい。まずこの岩をどけろ。そうしたら食い物を分けてやる」

日明に纏《まと》めの男は目を丸くした。

「俘囚であろう。なればわれらの仲間」

「あんたたちも俘囚か！」

男らは歓声《かんせい》を発した。

「朝廷に与しておらぬゆえ俘囚ではないが、おなじ蝦夷。いつもはこの山道を用いぬが、平鹿辺りで土地を捨て山に逃げ込んだ俘囚らが大勢居ると耳にして様子見かたがた回り道をして来た。これから雄勝《おかち》まで参り、和賀《わが》の山道を越えて陸奥の胆沢《いさわ》城に向かう」

「和賀の山道は越えられぬ」

男は即座に首を横に振って、

「おれたちもはじめはそうしようと思った。が、国の境は陸奥の兵がしっかりと固めていてとても抜けられん」

「越えたところでどうにもならんぞ。飢饉は国中どこも一緒。違う土地ならなんとかなると思い込んでいるに過ぎん。津軽だとてこの出羽と苦しさに少しも差はない。ただ、出羽や陸奥のように国府に差し出す分がないだけ多少は楽という程度のこと」

「……………」

「その目で見なくては信じられぬという顔をしておるな。なれば儂らと一緒に胆沢の城に出かけてみぬか」

「どうやって国の境を通り抜ける？」

「熊の毛皮や鷹の羽を欲しがっているのは朝廷の方。持ち込む相手がたとえ蝦夷であろうと気にはせぬ。たやすく鑑札《かんさつ》を出してくれる。儂らはそうやって百年以上も前から出入りを認められているのだ。陸奥国府の多賀城には儂らの店までちゃんとある」

「あんたはいったい……」

何者なんだ、という顔を男はした。

「鹿角《かづの》の尾去沢《おさりざわ》に本拠《ほんきょ》を置いて金掘りをしている物部の一族の纏め。名を日明と申す」

聞いて男は仰天《ぎょうてん》の顔で平伏《へいふく》した。

純然たる蝦夷ではないが、蝦夷の支援者として物部の名を知らぬ者は居ない。その手助けあってこそ蝦夷はいまだに津軽を自由の地としていられるのである。

「今の時節、山々には栃《とち》の実やらキノコなど山の幸《さち》がいくらでもある。鹿《しか》や猪《いのしし》も獲《と》れる。他の地に移ろうなどと迷わず、ここで踏ん張るのが一番の良策だ。そして春を待て」

「いや、是非ともご同行を。一度この目で陸奥の国を見とうござります」

男は膝《ひざ》を進めて日明に願った。

「名は？」

「平鹿の隼人《はやと》と申します」

「手前もなにとぞ兄者ともども」

若者が隼人に並んで両手を揃えた。

「名は鷹人《たかと》。腕は兄者に負けませぬ」

「伯父御《おじご》の馬の鞍を射たのは弟の方です」

懇願《こんがん》する二人の背後からにっこりした顔で弓を手にした若者が現れた。涼《すず》しげな目をした美しい娘も従っている。この二人が同時に弓を射た者たちだ。

「では隼人は弟の罪を引き受けて命を差し出そうとしたのか」

「私はこの二人が気に入りました」

「天日子《そらひこ》の頼みでは断れぬ」

日明は小さく笑って同行を許した。

三

日明たちは隼人の案内で村を捨てた俘囚たちが隠れ住む洞窟《どうくつ》に足を運んだ。重い荷を背負った馬の足音は遠くまで響く。耳聡《みみざと》く聞きつけてか四、五人の子供たちが迎え出た。隼人の姿を認めて歓声を上げる。続いて女や年寄りが顔を見せた。笑いを浮かべてはいるものの、だれにも酷《ひど》いやつれが見てとれた。この洞窟に籠《こ》もって二十日近くにもなるという。

「全部で何人と申した？」

日明は手綱を握る隼人に質《ただ》した。

「幼き子らまで足せばざっと七十人」

「狩りや山の幸を探しに出られるのはそのうちのいかほどだ」

「二十人やそこらのもの。そのうち弓を使える者はごく僅か」

「それでは先行きが案じられる。今はまだしも、やがて雪が降る。蓄《たくわ》えなくして冬はとても越せまい」

「それゆえなんとしても陸奥の国の様子をこの目で確かめとうござる」

「陸奥に逃れたところでどうにもならぬと言うたはず。他の方策を探さねば」

日明は溜息《ためいき》を吐《つ》いて馬を下りた。

隼人らとはたまたま出会っただけで、出羽や陸奥の山々にはこうした者たちが数知れず逃れているに違いない。それを思えばさらに心が塞ぐ。

「そなたら兄弟が陸奥までついてくると申すなら馬牽きの数が増《ふ》える」

洞窟を出て日明は隼人に言った。

「つまりは馬牽きの二人を鹿角に戻しても構わぬ理屈。幼き子らとその母親の道案内にしてやろう。鹿角とて決して楽ではないが、ここよりはまし。また、その数が減ればここもなんとか凌げるようになる」

「まことにござりますか！」

隼人と鷹人は信じられない顔をした。

「みすみす死ぬと承知で捨て置くわけには参るまい。この数では兎《うさぎ》の五羽《わ》を獲ったとて二日と保《も》たん。自滅するばかり」

「このご恩、死んでも忘れませぬ」

隼人はぼろぼろと涙を流した。

「死なれては困る。そのための策」

日明は笑った。今のやり取りがすぐに伝わったようで洞窟内から安堵と喜びの声が上がった。だれしもがこのままでは死ぬしかないと内心諦《あきら》めていたのだろう。

「わずかの足しにしかなるまいが、乾《ほ》し飯《いい》に塩と干物《ひもの》を置いていく」

「そこまでお情けを……」

隼人は号泣《ごうきゅう》した。洞窟から何人もが飛び出て来て日明に礼を繰り返した。


「仲間らに申し訳ない気が……」

隼人は手渡された粥《かゆ》の椀を両の掌《てのひら》で包み込んで目を瞑《つむ》った。立ち上《のぼ》る湯気《ゆげ》が隼人の頬《ほお》を温めている。洞窟を発《た》って数刻が過ぎ、月の明るい夜となっている。

「粥など何日ぶりじゃろう」

同様にすぐには箸《はし》を使えぬらしく鷹人はキノコの入った粥を眺めていた。

「そなたら俘囚ではないな」

日明に二人は揃って頷いた。

「山歩きに慣れておる。儂らより速い。それを見込まれて手助けを頼まれたか」

「われらの方から手助けを」

「自ら難儀を背負うたのか」

日明は呆《あき》れた。この兄弟であればなんの苦もなく春を迎えられるはずである。

「だれの支配下にある？」

日明は訊《たず》ねた。出羽や陸奥には国府から田畑を与えられ年貢を納める公民となるのを拒《こば》み、好きに生きる道を選んだ蝦夷が今でも多く居る。山で猟《りょう》をし、川で魚を獲り、木の椀や竹籠を拵《こしら》えて米や野菜を得る。が、暮らす地域はあくまでも国府の領内にあるので常に厳しい目が彼らに注《そそ》がれる。それに抗《あらが》う手段として蝦夷たちは地域ごとにそれぞれ長《おさ》を選んで纏まるようになった。でなければたちまち国府という大波に呑《の》み込まれてしまう。

「真昼岳《まひるだけ》の吉弥《きちや》さま」

隼人が応じた。

「吉弥なれば熊狩りに長《た》けた男」

日明は得心《とくしん》の顔をした。それで二人の山に慣れた足と弓の腕もよく分かる。

隼人と鷹人も自分らの長の名を日明が承知だったことに喜んだ。

そこに天日子と娘がやっと姿を現した。隼人は昼過ぎから二人の姿を見かけなくなったことに首を傾《かし》げていたのである。

「なにが起きるか知れぬ旅。天日子と娘の凪実《なみ》には別行動を取らせ、われらの守りとしている。弓の腕は昼に見た通りだ」

「なみさま、と申されますか」

眩《まぶ》しい目で隼人は凪実を見詰めた。

これほどに美しい娘ははじめてだ。

「もはや十八となるのに男には一切目もくれぬ。困ったものよ」

からからと笑って日明は席を空《あ》けた。

「この二人、真昼岳の吉弥の囲いの者たちであった。俘囚ではない」

「それがなぜあの者たちと？」

天日子は隼人に目を向けた。

親しみの込められた目だった。

「死んだ母者があの者たちの里の出。係累との付き合いはないが、気になって弟と出かけた。そうしたら大方が逃げていた。陸奥を目指したと聞かされて追いかけた。ようやく見つけ出し、抜けられなくなった。山の怖《こわ》さを知らぬばかりか鹿一頭射ることもできん。あれでは先が定まっている」

「里に戻るよう説得は？」

凪実が続いて質した。

「戻ったところで食い物はない。田畑を捨てた者らに国府は手助けなどせぬ。続く者が出ぬよう反対に見せしめとする。飢《う》えたまま捨て置き、首謀者は容赦《ようしゃ》なく首を刎《は》ねる。おれと鷹人は実際にそんな里をいくつも見てきた。なら山の方がまだ望みがある」

「…………」

「おれたちが側《そば》に居れば……と思ったが甘かった。あとはあのざま。誓って言うが、旅の者を襲ったのは今日がはじめて。それだけは信じてもらいたい」

「であろう」

日明は何度も首を縦《たて》に動かして、

「策の見事さに比べて攻めが遅い。山賊などではないとすぐに知れた」

ははっ、と隼人は身を縮《ちぢ》めた。

「せっかくの粥。冷《さ》めぬうちに食え」

日明は二人に勧《すす》めた。

「胆沢の城に着いたれば荷と引き替えに米を得る。城や国府には腐るほど米がある」

隼人と鷹人は顔を見合わせた。

その顔には怒りと絶望が見られた。

四

〈もはや、これまで……〉

日明は夕陽《ゆうひ》に染《そ》まる白樺《しらかば》林の中に立ち、諦めの顔となった。周りには十の数を超える男の死骸《しがい》が転《ころ》がっている。いずれも若い。その若い力を唯一《ゆいいつ》の支えとして村を捨てた者たちであろう。日明の耳には近くを流れるせせらぎの音も聞こえている。筵掛《むしろが》けの小屋もそれなりにしっかり拵えている。ここで春を待つつもりだったのだ。

「娘らはさらわれたようだな」

女物の草鞋《わらじ》がいくつか落ちている。

「雄勝の城の兵らの仕業《しわざ》にござろうか」

日明に頷きつつ隼人は言った。どの死骸にも刀による深い傷が見られる。

「兵らであれば食い物まで奪わぬ。城に戻れば与えられる。それに雄勝の城の兵のほとんどは俘囚。仲間に対してここまでむごい真似《まね》はすまい。ただ引き連れたはず」

「確かに」

「噂《うわさ》に聞く山賊どものしたことと見て間違いあるまい。ここの者らが食い物を蓄えた頃合いを見計《みはか》らって襲ったのだ。多くの馬の足跡がある。それも城の兵らでない証《あか》し。馬に乗れるのは将ばかり」

日明は頬をぴくつかせて続けた。

「せめて娘らを救ってやりたいものだが、この死骸の様子では襲われて三日は過ぎている。探しようがない」

日明に隼人はきつく唇《くちびる》を噛《か》んだ。


「旅はここで取りやめといたす」

天日子と凪実の合流を待って日明は口にした。皆は耳を疑った。山賊など微塵《みじん》も恐れはしない日明のはずである。

「幸いに雄勝の城が近い。荷はそこに運び入れる。戻りは平鹿の平野を駆け抜ける。城の目が光る平野なら山賊どもの心配もない」

「山賊くらいなにほどのものか」

天日子に皆も拳《こぶし》を振りかざした。

「人が相手であるなら儂も断じて退《ひ》きはせぬ。が、山賊どもはもはや飢えた狼《おおかみ》と同然。獣《けもの》相手にそなたらの命を一人たりとも失わせるわけにはいかぬ。ましてやたかが毛皮や鷹の羽を守るためにな。今は米を得て鹿角に引き返すことこそ一番の大事。重い荷を背にした馬を牽いての山道では山賊らの格好《かっこう》の餌食《えじき》」

なれど、と配下の纏めが口にした。名を弓狩《ゆがり》という。日明の腹心である。

「約束を交《か》わしたのは胆沢の鎮守府《ちんじゅふ》将軍」

「雄勝の城の介《すけ》とて欲しがるに決まっておる。胆沢には儂が参って詫《わ》びを入れる」

「とは？」

「ここからは歩きで山越えする。腰に持てるだけの砂金と玉石の袋を結びつけての。それがあれば鎮守府将軍も機嫌《きげん》よう迎えてくれよう。どうせ毛皮や鷹の羽はすぐに都に送り届ける物ではない」

「賊の潜む山を歩きで参られると！」

「ここらの山に詳《くわ》しい隼人らを得たではないか。賊の目に触れぬ藪《やぶ》を進めばよい。僅か二日やそこらの辛抱《しんぼう》。陸奥の側に出て国境を固める兵らに出会えば安心」

「何人を同行させるおつもりで？」

少しは得心した様子で弓狩は質した。

「あまりに多くては食い物の心配もせねばなるまい。隼人ら兄弟と天日子と凪実。それで十分だ。いずれも腕が立つ」

おお、と隼人と鷹人は勇《いさ》み立った。

なによりたった一日で日明からそこまでの信頼を得たのが嬉《うれ》しいのだろう。

「洞窟の者たちには米の一俵を弓狩に届けさせる。それでお主《ぬし》らの面目《めんぼく》も立とう。このまま儂の配下となる気はないか」

「ありがたき幸せ！」

兄弟は地面に額《ひたい》を擦《こす》りつけた。

主《あるじ》と配下、なに一つ隔《へだ》てのないやり取りに二人はすっかり惹《ひ》かれていたのだ。しかも鹿角を本拠とする物部となれば願ってもない働き場である。

「なれば今より天日子の下に従《つ》け」

は？　と隼人は日明を見やった。

「無縁の者には断じて口にすべきことではない。それで教えなんだが、この天日子には阿弖流為《あてるい》どのの血が流れている」

「……！」

「陸奥の阿弖流為どのの名は蝦夷であるならむろん承知であろう」

兄弟は驚きの顔のまま何度も頷いた。

最後には坂上田村麻呂《さかのうえのたむらまろ》に敗れて投降したものの、陸奥国の蝦夷を取り纏めて十五年近くも朝廷軍と互角に戦い抜いた阿弖流為の名は、その死からおよそ七十五年が過ぎた今でも陸奥と出羽に燦然《さんぜん》と光り輝く存在として語り伝えられている。十万もの大軍を相手に一歩も退かなかったどころか、反対に撃退したとあっては、もはや神に等しい。

「当時、われら物部の本拠は陸奥の東和《とうわ》という地に置かれておっての。早いうちから阿弖流為どのの手助けをしていた。その関《かか》わりから阿弖流為どのが投降と決めた際に、お子をお預かりすることとなった。天日子は阿弖流為どのから数えて四代目に当たる」

「とは知らずご無礼な物言《ものい》いを！」

隼人と鷹人は天日子に低頭した。

「よい。気にするな」

日明はにやりとして、

「天日子は己れの血筋など露ほどにも気に懸けておらぬわ。やきもきしているのはこの世で儂ただ一人。もしも子を持たずにあの世へ旅立たれでもすれば阿弖流為どのの血筋が途絶えることとなる。それでは代々守り続けてきた先祖に対して申し訳が立たぬことに」

「お身内とは違いましたので？」

隼人は首を傾げた。天日子が日明を何度となく伯父御と呼ぶのを耳にしている。

「儂を伯父と呼ぶのはただの慣《なら》わし。朝廷にそうと知られぬ方策でもある」

「なれど、なぜにわれらを天日子さまに」

隼人はさらに訊ねた。光栄なことではあるが、日があまりに短い。

「天日子にはこれまで従者を持てと幾度も勧めたが、儂の身近にある者では頑《がん》として首を縦に振らなんだ。幼き頃より互いに仲間として育った仲。今さら上に立つなどできぬと申してな。鹿角に暮らしおればなんの心配もない。儂もそれでよしとしてきたが、やはり従者を持たねば器量が育たぬ。そろそろ無理にでも、と心に決めていた。そこにお主らが現れた。天日子も気に入った様子。嫌《いや》ならとうに断っておる。これも天の配剤と申すものであろう。天日子の手足となってくれ」

「われらごときではなんの力にもなれますまいが、なにとぞお側に」

兄弟は天日子の前に両手を揃えた。

「おれは阿弖流為と違う。ただの蝦夷」

そう返して天日子は受け入れた。

五

「山歩きにかけてはまだまだ若い者に引けを取らぬつもりであったに……」

ようやく出羽と陸奥の国境を間近に見下ろす緩《ゆる》やかな斜面に出ると日明はやれやれと声にして岩に腰を休めた。隼人は万が一山賊の目に付いても馬では追ってこられぬ崖をよじ登り、狭い尾根《おね》を伝《つた》っての道を選んだのだ。

お陰で何事もなくやり過ごせたが、日明の息はすっかり上がっていた。

「途中でまさかのことがあっては、と」

「崖から転げ落ちればおなじだ」

謝《あやま》る隼人に日明は口を尖《とが》らせた。

「伯父御がいつ弱音《よわね》を吐くか凪実と賭《か》けていた。鹿角に戻って皆に自慢できまする」

「それで、どっちが勝った？」

日明は天日子を睨《にら》み付けた。

「凪実。親はいつまでも自分より力が上と思いたいもの。男でも凪実に勝《まさ》る者など滅《めっ》多《た》におらぬと申すに」

「刀と弓にかけてはまだ儂が上」

「凪実が手加減《てかげん》しておるのです」

天日子はくすくすと笑った。

隼人と鷹人は笑いを堪《こら》えた。きっとそうに違いない。凪実は楽々と崖を登り、急流に小さく頭を出した岩を難なく飛び跳《は》ねて渡る。天性の身軽さだ。

「国境を挟《はさ》んで何百もの者たちが」

その凪実が知らせに戻った。

「出羽と陸奥の兵たちか」

「おそらく田畑を捨てて逃れた俘囚。双方の兵に塞がれて身動きがならぬ様子」

「その場でなんとか冬を越すつもりか」

日明は舌打ちして腰を上げた。

「受け入れる余地がないにせよ、それではむざむざと見殺しじゃぞ。出羽と陸奥の国府はこの窮《きゅうじょう》状を目にしながら都に伝えてはおらんのか。いかに俘囚とてそれでいいはずがない。何人が死ねば気が済む」

日明はぎりぎりと歯噛《はが》みした。耳にしていたものの、さすがにここまで酷いとは思っていなかったのである。


「だれじゃ、貴様《きさま》ら！」

俘囚たちの蝟集《いしゅう》する林にいきなり藪を掻《か》き分けて姿を現した日明らを兵らはたちまち包囲して誰何《すいか》した。俘囚たちはぼんやりとした目で眺めている。空腹のせいだろう。身動きも緩慢《かんまん》だ。

「どういう命令を受けている？」

臆することなく日明は兵に質した。

「なんじゃと！」

兵は薙刀《なぎなた》で日明を威嚇《いかく》した。

「出羽の側で山賊に襲われたと思えるいくつもの死骸を見てきた。うぬらの役目には山賊の討伐《とうばつ》も含まれているはず。なのに知らぬ顔で年寄りや女子供をいたぶっておるとは」

「なれば教えてやる。逆《さか》らう者は殺したとて構わぬとの命令。覚悟しろ」

兵らは日明にいきり立った。

他の兵らも駆けつける。

俘囚たちは慌てて広がった。

「儂は胆沢の城に在る鎮守府将軍安倍比高《あべのこれたか》どのに招かれて参った者。うぬらが信じまいと構わぬが、あとで必ず面倒《めんどう》になると知れ。二つや三つの首では済まなくなる」

兵らの顔が強張《こわば》った。互いに見合う。

「うぬらでは話にならん。纏めの者のもとに案内せい。それが身のためじゃ」

日明に兵らは完全に呑まれた。

身構えていた天日子らも刀の柄《つか》から手を放した。


「まさしく将軍さまがご認可召《め》された鑑札」

胆沢の城の旅帥《りょすい》は大きく頷いて日明に鑑札を戻した。今は国境に急遽設《きゅうきょもう》けられた屯《とん》所《しょ》に兵を率《ひき》いて詰めている。旅帥とは百人の兵を纏める役職だが、日明の見たところこの国境に派遣された兵の数はせいぜい六、七十に過ぎない。どこの城や柵も飢饉などによる健児《こんでい》不足で兵の数が足りなくなっている。

「どこの出じゃ」

勧められた白湯《さゆ》を含んで日明は若い旅師に訊ねた。白湯にはわずかに塩が溶《と》かされている。それが疲れた体には旨《うま》い。

「上野《こうずけ》から参った」

日明のぞんざいな口利《くちき》きに少しむっとした顔で旅師は応じた。

「上野であるなら一年やそこらの任期。まだこの地にも慣れておるまい」

「ゆえにそなたの名も初耳」

「兵として駆り出された者で旅師に任じられる者は珍しい。褒《ほ》めたつもりだ」

「どんな用件で城を訪ねる」

旅師は機嫌を直して問い質した。

「じかに頼まれた荷を持ってな。途中まで馬で運んで来たが、山越えは無理と見て重い荷は雄勝の城に置いて参った。今手元にあるのは砂金と玉石ばかり」

「よくぞここまで無事に」

「それより、どういう命令が出ている」

ふたたび日明は口にした。

「食い物も与えておるまい」

「出羽の俘囚に与える義理はない」

「陸奥の俘囚には与えておるのか」

「大事な田畑を捨てた者ども。もはや陸奥の民とは言えまいに」

「それで引き戻しもせぬ、か。そなた上野ではなにをしている？」

「米や野菜を作っている。なれどおれなら断じて土地を捨てはせぬ」

「国が違う。飢えた者らをこのように見殺しにする国ゆえ土地を捨てるのだ」

「いかに鑑札があるとは言え、聞き捨てならんぞ。おれをだれと心得《こころえ》る」

旅師は額に青筋を立てた。

「も少し物の道理が分かっていそうな者と見たに、力自慢のただの阿呆《あほう》か」

日明は腰を上げて、

「これでは胆沢までの先導も頼めそうにない。さっさと退散して先を急ごう」

苦笑いで天日子たちを促《うなが》した。

「待て！　勘弁《かんべん》ならぬ」

旅師は大声で兵らを呼びつけた。

「うぬの方こそ儂をだれと心得る！」

振り向いて日明は一喝《いっかつ》した。

「多賀城の陸奥守《かみ》とて儂を承知。そこまで明かした上でまだ儂を捕らえるつもりなら好きにするがよい」

　さすがに旅帥も顔色を変えた。


「あの威《おど》かしはまずかった」

　国境を背にして天日子は案じた。

「なにをするか知れぬ顔で伯父御を」

「失態の口封じに襲って参るとでも？　山賊などより遥かに楽な者ら」

　日明は気にもしていなかった。

　が、先の道を塞いで日明たちを待ち構えていたのは、案じていた山賊どもだった。たまたまの遭遇《そうぐう》ではなく待ち伏せであるのは馬の息の荒さではっきりと知れる。きつい山中を抜けて日明たちの前に出たのだ。その数八人。いずれもすでに腰の刀を引き抜いている。

　日明は皆を左手の林に走らせた。

　山賊どもも追って来る。

　しかし、低い枝が高い馬の背にある山賊どもの邪魔《じゃま》となる。むろん日明はそれを見越して林の中に誘い込んだのだ。

山賊どもは馬から飛び下りた。

「腰の袋を置いて行け。そうすれば命だけは助けてやる」

首領《しゆりよう》らしき髭面《ひげづら》が叫んだ。

「袋のことはだれから聞いた」

日明は一歩前に出て、

「馬脚《ばきやく》を露《あらわ》すとはこのこと。中身がなんであるか知りおるのは屯所の旅師ただ一人」

首領はたじたじとなった。

「旅師が裏にあるなら儂らの命が狙い。袋の中身はその報酬《ほうしゆう》か。てっきり兵を用いると見ていたに山賊どもとつるんでいたとは呆れたものよな。まさかそこまでとは……上だけでは足りず下も腐っておる。いかにも山賊の仕業とすれば後々の面倒がなくなる」

「娘は殺すな。銭《ぜに》になる」

首領は手下《てか》らに命じた。

「あやつ、殺して構わぬか?」

天日子が日明に許しを求めた。

「痛めつけただけでは、またおなじことを繰り返す。伯父御の言うた通りの獣」

「存分にやれ。腕が見たい」

日明は瓜実とともに後退した。

隼人と鷹人も勇んで刀に手をかけた。

「ここは天日子一人に任せておけ」

制した日明に隼人は耳を疑った。


一人に八人の戦いとなる。

だがすでに天日子は敵の渦中《かちゆう》にあった。敵の二人が天日子の勢いに押されながらも刀をがむしゃらに振り回す。危ない、と隼人が見た瞬間、二本の腕がばさりと切り落とされて転がった。二人の絶叫《ぜつきよう》が響き渡った。天日子は地面を蹴《け》って早くも別の敵の懐《ふところ》に飛び込んでいた。ためらいもなく刀を横に薙《な》ぎ払う。腹が裂《さ》けて血飛沫《ちしぶき》が派手《はで》に噴《ふ》き出た。いきなり三人を失って敵は動転した。怖さからか三人が一つに固まって防戦の構えとなる。天日子はごろごろと転がって敵の膝下を狙った。次々に悲鳴が上がる。天日子が立ち上がったときには敵の二人が膝を抱えてその場に蹲《うずくま》っていた。戦える状態ではない。

あんぐりと口を開けている首領と天日子の目が合った。首領には怯《おび》えが見られた。

僅かのうちに五人ではさもあろう。

「殺すと決めた。そっちでかかってこずともその首を刎ねてやる」

「ひるむな！　かかれ」

残った二人の手下に喚《わめ》き散らして首領は反転した。その隙《すき》に馬で逃げる腹である。もう一人もそれと知って続いた。すぐさま天日子は転がっている刀を手にして思い切り投じた。刀は首領の背に深々と突き刺さった。首領はたちまち息絶《た》えた。

「手下どもは放っておけ」

日明は逸《はや》る隼人と鷹人を止めた。

「もはや悪事の働けぬ体。それより馬が手に入った。これで先が楽になる」

日明は歩かずに済むことを喜んだ。

隼人と鷹人は日明をそのままに歓声を発して天日子のもとへ駆けつけた。今の戦いの興奮が鎮《しず》まらない。まさか天日子がこれほどまでに強いとは——。

「恐れ入りましてございます」

こういう主人に仕《つか》えることになったのだ。誇《ほこ》りを胸に隼人は心底《しんそこ》口にした。

「人を殺したのはこれがはじめて」

天日子には後悔が見られた。

「許しはしたが、じかに手にかけるのは今日を限りといたせ」

日明が首領の死骸を眺めて言った。

「纏めの者が強すぎてはかえって失策の元となる。配下も己れ同様にやれると踏んで無理を強《し》いる。ただの喧嘩《けんか》程度なら怪我《けが》で済もうが、戦《いくさ》となれば多くを死なせる。将に求められるのは頭であって腕ではない。そなたは将となる身。腕が欲しくばこの隼人らを鍛え上げて己れの代わりとするがよい」

「ではなぜ今は許しを？」

「そなたがやらずば儂がやっていた。隼人らにもそなたの腕を見せておく良い機会じゃと思っての。互いに似た年頃。それでは形ばかりの主従となりかねぬ。この腕と知れば熊じゃとてそなたを主とする」

「纏めは頭の方が大事と言ったばかり」

「腕の立つ者はたいがい腕に惚《ほ》れる。今日のところはこれでよい」

「そもそも私は将になる気など」

「そなたになくとも、その日は近い」

「とは？」

「この数日なにを見てきた。ただで済むわけがなかろう。一冬《ひとふゆ》で何千が死ぬか分からん。これで来年も飢饉となればどうなる？　国府が頼りにならぬことを俘囚のだれもが知った。どころかその国府がさらに食い物を取り上げる。耐《た》えかねて一人が起《た》てば、必ずそれに続く者が出る。今年のようには治まらん」

「飢饉となれば……の話」

「なる。田に蒔《ま》く種なくして米は一粒《つぶ》もならん理屈。今年は天のせいと諦めた者たちも、来年は国府に怒りの矛先《ほこさき》を向ける」

「そうなったときは？」

天日子は真《ま》っ直《す》ぐ見詰めた。

「数次第。ばらばらに二十や三十が立ち向かったところでどうにもなるまい。たやすく鎮圧《ちんあつ》される。そしてそれが重なれば後に続く者が一人として出なくなる」

日明は首を何度も横に振った。

「われらはただ見守るだけにござるか」

「当分は、な」

「苦しんでいるのは蝦夷でしょうに」

天日子は日明に迫った。

「だが、もしも二千以上もの数に纏まれば事態は異なる。これは喧嘩と違う。一度勝てば済むという話ではない。抗えば朝廷は何度でも兵を繰り出してくる。その軍勢と対等にやり合える数が最初からなくてはならん。百や二百に過ぎぬなら、哀《あわ》れではあるが目を瞑るしかない」

「…………」

「戦とするには第一に皆の心が一つでなくては。われらがどれほど鼓舞《こぶ》したとて皆の腰が引けていればそれまで。勝ちなど望めぬ。機を見ると申すはそのこと。怒りに任せて闇雲《やみくも》に起てばすべてを失う」

日明に天日子は拳を強く握り締めた。

六

「あの右手に長く連《つら》なっておるのが胆沢の城の北壁《ほくへき》。城はあの築地塀《ついじべい》でほぼ四角に囲まれておる。ここからではさほどの高さと見えまいが、人の背丈《せたけ》の三倍は楽にある。間近で眺めれば覆《おお》い被《かぶ》さってくるほどに感じるぞ。しかも分厚《ぶあつ》く頑丈《がんじょう》な上、塀の手前には水張りの深い濠《ほり》が掘られているとあっては、まさに難攻不落の城。ばかりか北は目の前の胆沢川が道を塞ぎ、東には日高見《ひたかみ》の大河が天然の防塁《ぼうるい》となっている。さすがに坂上田村麻呂が築《きず》いただけのことはある。阿弖流為どのが投降を決めたのもあの城のせい。土で固めた築地塀では火をかけたとて燃やせぬ。ここは胆沢の地のど真ん中。そこに常に二千を超す兵が駐留《ちゅうりゅう》しているとあってはどうにもなるまい。周りは見た通りの広い平野。城の櫓《やぐら》からは馬で半日とかかるほど遠い場所まではっきりと見渡せる。それでは奇襲《きしゅう》も無理。故郷《ふるさと》である胆沢の地を捨てるか、自ら投降して戦を終わりとするか、道は二つに一つしかなかった」

ようやく城を目前とする胆沢川の川岸に辿り着き、日明は安堵半分の顔で口にした。隼人と鷹人にとってははじめて見る城だ。この位置からでは築地塀しか見えないが、それでも雄勝の城とは比べものにならない規模と分かる。

「日暮れ前にはなんとか、と駆け通しでさすがに体が参った。店に着いたれば早速に蒸し風呂《ぶろ》の用意をさせよう」

と聞いて隼人と鷹人は目を丸くした。

「都では珍《めずら》しくもない。それで多賀城や胆沢の店に作らせた。むろん陸奥守や鎮守府将軍の館《やかた》には風呂があるが、その下の役人の住まいにはない。風呂が目当てで店をしばしば訪れる。われらはその役人どもから都の情勢をさりげなく聞き出す。それが狙いだ」

日明に二人はただただ頷いた。

「胆沢の町も大きいぞ。今は数が減ったとは言え七百ほどの兵が坂東《ばんどう》辺りから派遣《はけん》されておる。加えて近隣からの健児が五百。雑役《ざつえき》の者とて二百は下るまい。それを目当てに女を置くところや酒を飲ませる店が大路《おおじ》に軒《のき》を並べておる。都に負けぬ菓子を売る店とて」

「この飢饉のただ中であると申すに」

隼人は信じられない顔をした。

「言ったであろう。国府や城には米が腐るほどある。俘囚には断じて手助けせぬが、胆沢の町に暮らす者らはたいがい朝廷の命令で築城と同時に坂東から移り住んだ者たち。歴《れっき》とした公民だ。扱いが俘囚とは天と地ほどに異なる。朝廷に従えばこのように楽に暮らせると俘囚らに示すことにもなる。むしろどこよりも厚く支援に回る。城の間近で憤懣《ふんまん》の声が上がれば鎮守府将軍の失態にもなろうに」

「手前にはなにがなにやら……」

「朝廷は俘囚から奪うことしか考えておるまい。それが昔からのやり方だ。食うに困って俘囚たちが捨てた田畑は朝廷が取り上げて公民らに下げ渡す。この飢饉を反対に幸いと見る公民とておるのだ。わずかの銭で開墾《かいこん》済みの地を己れのものとできる」

「それでよいのでござりますか！」

隼人は泣きそうな目で質した。

「よいはずはない。はずはないが……われらだけではどうにもできぬ」

吐息して日明は天日子に目を動かした。天日子は怒りの目を真っ直ぐ胆沢の城に向けていた。凪実も同様だ。この何日か一行は地獄とも思える窮乏《きゅうぼう》を目《ま》の当たりにしてきたのである。なのに胆沢一帯は別の国と感じるほどにのどやかな秋の大気に包まれている。

「参ろう」

皆を促して日明は真っ先に橋に馬を進めた。太い丸木を組んだ筏《いかだ》をいくつも川面《かわも》に並べ、その上に板を敷いたものである。これも蝦夷の奇襲を想定した時代の名残《なごり》で、もしもの場合には筏を切り離せば胆沢川がたちまち第一の防衛線と変わる。深い川なので馬ではとても越えられない。

よくよく考え抜かれた城だ、と天日子は感心するしかなかった。日高見川を上流から舟で接近する方法もあるが、そうなると直角に近い高い崖をよじ登らなくてはならない。やすやすと敵に弓で狙い撃ちされる。

この城を落とすには、何倍もの数で遠巻きに包囲し、城外に誘い出しての戦いに持ち込み、徐々に敵の数を減らすしか策がなさそうである。しかし、落とせぬうちに多賀城から援軍が駆けつければ終わりだ。城の兵らもそれを頼りとして迂闊《うかつ》には外に出てこない。

「なにを考えている？」

並んで橋を渡る凪実がむずかしい顔で口を噤《つぐ》んでいる天日子に声をかけた。

「どうすれば城を落とせるか、と」

ほほう、と日明は振り返って、

「やっとそういう気になってきたか」

「五百や千でも到底歯が立たぬ」

「当たり前だ。だからこそ胆沢の城は七十五年もここにある。五千で攻めたとしてもむずかしい。援軍を待つ間、二千の兵が一冬を越せる食糧も蓄えてある。刀や弓矢を拵える者まで抱えおるのだ。まさにこの国最強の城」

日明は笑って、

「賢《かしこ》い将ならはじめから胆沢の城攻めなど無駄と脇に遠ざける。それよりは胆沢を落とさずとも戦に勝つ道を考える」

「どんな道があると？」

天日子は大真面目《おおまじめ》に質した。

「それを考えのがそなたの役目。阿弖流為どのの血筋ゆえ蝦夷の皆がついてくる。われら物部はその後押ししかできぬ」

「そんな策など一つも浮かばぬ」

天日子は首を激しく横に振った。

「今日の今日まで朝廷軍との戦など一度として考えたことはあるまいに」

「………」

「なのに胆沢の城と地形を一瞥《いちべつ》しただけで真正面からの戦いなど無理とすぐに見極《みきわ》めたのは立派なもの。そなたには間違いなく将の資質が備わっておる。幸いに戦となるにはまだまだ間があろう。策を練る暇《ひま》もたっぷりある。どこをどうすれば朝廷軍と対等にやり合えるか存分に頭を働かせてみるがいい」

「本当に戦となろうか?」

「ならねばよい、と言いたいところだが、それは蝦夷の敗北を意味する。理不尽《りふじん》な朝廷の言いなりになるのを受け入れるだけ。来年もおなじように無数の蝦夷が死ぬ」

「やっても勝てぬなら、戦で死んだ者すべてが無駄死《むだじ》にとなってしまう」

「そうした諦めが結局は見てきた通りの苦境に繫《つな》がったとは思わぬか? この豊かな

胆沢の地はもともと蝦夷のもの。が、今はその蝦夷が己れの手で育てた米を口にすらできぬのだ。蝦夷のだれもが胸に怒りを持っている。だが一人ではなにもできぬ。できぬのだ」

日明の言葉は皆の心に重く響いた。

七

胆沢城の西の外壁と少し離れて並行する形で一直線に延びた大路には、様々な店が賑々《にぎにぎ》しく軒を連ねている。そろそろ陽が落ちる頃合いというのに店の中には多くの人影が見られた。酒や食い物を出す店のようで男女の陽気な声が外に漏《も》れ出ている。

隼人と鷹人は圧倒された様子で馬を牽いていた。大路は馬での通行が許されていない。それだけ人通りが激しいということだ。

「この大路と城との間に兵や城詰めの工人らが寝泊まりする小屋が建ち並んでいる。いざというときに城にすぐ駆けつけられるようにな。将軍や役人らの館は南の正門から目と鼻の場所、つまりは最も安全な地域というわけだ。東側は日高見川が守り、北は胆沢川が封じ、西には兵舎がひしめき、南はもはやすっかり朝廷の領分。たやすく逃げられる。大路の店とて単に兵の慰めのために許したものかどうか。危うくなったときは火をかけるつもりではないかの。それで西の防備は万全」

日明に天日子は唸《うな》った。

「ここに比べれば今の多賀城の方が遥かに攻めやすい。八年前の大津波で元の多賀城が壊滅した。が、多賀城は陸奥の国府。そのまま放置はできん。被害の少なかった地に建て替えられたものの急拵えの上に蝦夷に対する恐れなどもはや薄れている。町に囲まれた平地で見通しも悪い。五百の兵あれば楽々と落とせよう」

「多賀城を攻めるべきだと?」

「まさか。それをやれば取り返しのつかぬ永《なが》い戦となる。胆沢城攻めがいかに大変であるかを言うただけのこと」

「確かに」

「阿弖流為どのもそれを承知していたゆえ多賀城にだけは断じて兵を進めはしなかった。朝廷の怒りに火を注ぐだけのこととなる。戦には駆け引きも大事となる。ここまで侵攻してきた敵を完全に追い払うなどできはすまい。蝦夷を侮れば危ないと思わせるだけで十分。それで朝廷も考えを改める」

「そういうことか!」

天日子の胸が軽くなった。勝たねばすべてが無に帰すとばかり考えていたのである。

「阿弖流為どのは処刑の身となったが、共に戦った多くの蝦夷は許された。それはすなわち朝廷が蝦夷の再びの蜂起《ほうき》を恐れた証し。結局は阿弖流為どのの勝利と儂は見ている」

「ようやっと伯父御の申すことが分かってきた。これは喧嘩ではない。蝦夷がなにに苦しみ、なにを求めているかを訴える戦。そうであるなら命を懸ける意味がある」

天日子に日明は満足そうに頷いた。


「なにやら体が火照《ほて》ってたまらぬ」

天日子は背中の垢《あか》を洗い落としてくれている鷹人に言った。

「この暑さですから」

鷹人は笑った。密閉された蒸し風呂の中は隅《すみ》に設置された竈《かまど》から噴き上がる湯気で互いの顔すらはっきり見えないほどだ。桶《おけ》の水を頭から被ってもすぐに汗が出てくる。

「おれに何ができる？　それを思えば胸の裡《うち》が熱くなる。本当になにかが果たせるのか」

「むろん天日子さまなれば」

「これまでおれはただ好きに生きてきた。父と母は早くに亡くしたが、伯父御のお陰で苦労などしたこともない。そんなおれにだれが従ってくれる？　血筋などなんの意味もない。いずれは伯父御の元を離れて自分の道を探すつもりでいた。それもできぬままこの歳《とし》までずるずると鹿角に……このままでいいわけがない。それはだれよりおれが承知」

「…………」

「やってみたい。あの山で出会った蝦夷たちのために、おれができることを精一杯してみたい。生まれてはじめてそんな気持ちとなった。おれがずうっと探し求めていた道はこれだったような気がする」

背を流していた鷹人の手が止まった。

「おれはこの通りの未熟者。それでもついてきてくれるか？　おれ一人ではなにもできぬ。そなたらの助けが要《い》る」

「勿体《もったい》なきお言葉にござります」

鷹人は身を引いて平伏した。

「素《す》っ裸《ぱだか》で頭を下げても似合わん」

天日子は噴き出したあと、

「ただ、おれとそなたら三人だけではどうにもなるまい。俘囚の村々の動向や出羽と陸奥の地勢に詳しき者や朝廷軍の動きをよく承知の者。それらを探し出して仲間とせねばならぬ。なにも知らずして策など立てられぬ。まずはやれるかどうかの見極めが先決だ」

「地勢に詳しき者なればいくらでも心当たりがありまする」

鷹人は張り切って応じた。

「そうと決めたらぐずぐずとしていられぬ。明日にでも三人で多賀城に参ろう」

天日子は立ち上がった。

「多賀城の物部の店には真鹿《ましか》と申す者がおる。そなたの兄の隼人と変わらぬ歳だが、鹿角で一番の知恵者。その若さで伯父御が店の仕切りを任せておることでも才覚が知れよう。都ともたびたび行き来している。あの真鹿を仲間に迎えられれば心強い。もちろん伯父御がそれを許してくれるかどうかの話だが」

天日子の頬は紅潮《こうちょう》していた。

「真鹿が欲しい、か」

日明は唸って腕を組んだ。

皆の前には酒と夕餉の膳が据えられている。山盛りの栗飯に鮑の干物、芋の子の煮物と涎《よだれ》の出そうなものばかりだ。

「なにとぞお許しを」

天日子はそれに目もくれず頼んだ。

「儂は構わぬが……真鹿はあれで稀代《きたい》の頑固者《がんこもの》。自分がこうと思ったことにしか首を縦に振らん。この儂にすら平気で盾《たて》を突く。そなたとは昔から気が合っていたようだが、それは商《あきな》いとは無縁の話ゆえのこと。歳もそなたより三つ上。扱いがむずかしかろう」

「自分より年下の者ばかりでは、ただ従わせるだけのことに。そんな策ではとても。真鹿ほどの者を得心させてこそ策と言え申す」

「あの城を眺めて心が奮い立ったか」

日明は盛んに首を縦に動かして、

「いかにも真鹿なればだれよりそなたの力となろう。真鹿と見定めたそなたの目も確かだ。あとは当の真鹿次第。儂がそう命じたところで嫌なら嫌と断る。そなたが口説《くど》け」

結果が楽しみという顔をして日明は皆に酒を勧めた。

「多賀城には三人で行くのか」

凪実が訊ねた。天日子は頷いた。

「ついて行く。駄目とは言わせぬ」

口を尖らせて凪実は栗飯を頬ばった。

八

翌日の早朝に天日子たちは日明の用意してくれた舟に乗り込んだ。これで日高見川を下れば半日ほどで多賀城に着ける。

「なにからなにまで驚くことばかり」

十人は横になれる大きな舟である。山育ちの隼人と鷹人は舟が早くも流れに乗ると子供のごとくはしゃいだ。しかも四人の漕《こ》ぎ手任せでただ呑気《のんき》にしていればいいのだから楽だ。水と食い物もたっぷり積み込んでいる。

「つい数日前までの洞窟暮らしが嘘《うそ》のように思えまする。皆に申し訳ない」

隼人に鷹人も頷いた。

「肝心の真鹿が店におれればいいのだが。忙しい男で頻繁に留守にする。もし都にでも出かけていれば無駄足《むだあし》だ」

「都ではどんな仕事を？」

　隼人が質した。自分と歳がおなじと知って真鹿のことが気になるらしい。

「むろん馬や毛皮などの商いだが、それは表向き。都の店を拠点として内裏の情勢を探ったり、なにかのときに力になってくれそうな役人や公卿《くぎょう》らの懐に入り込んでいる。物部は大昔に都から追われた一族。上手《うま》く立ち回らねば面倒になりかねない」

「なぜ都から追われたので？」

「よく知らん。蘇我《そが》という氏族との対立で敗れたらしい。その氏族も今は滅びた」

「ではいずれ都に戻るおつもりで」

「伯父御にそんな気は一つも。この地の方が遥かに好きに暮らしていける。なにかのときの力、というのも蝦夷を守るためのもの。蝦夷なくして物部も生きてはいかれぬ」

「さようにございましたか」

　隼人は頬を緩ませた。

「だから曾祖父《そうそふ》の阿弖流為にも進んで手助けを。おれたち蝦夷と出は違うかも知れぬが物部はもはや同族と一緒」

「出などもともと関わりない」

凪実が口を挟んだ。

「そんなことをいちいち気にするのは男だけ。どこで生まれ育とうと女は嫁《とつ》いだ先の身内となる。物部は何百年とこの地に暮らしてきた。ここ以外、どこに故郷があると言うのだ」

「確かに」

天日子も大きく頷いた。

「朝廷とやり合うのだとて、出自が異なるからではあるまい。蝦夷とともにこの地で暮らすつもりであったならわれらは喜んでそれを受け入れた。なのに向こうははじめから武力でこの地の支配を。われらの故郷を好きにしている。それゆえこうして立ち向かうのだ」

「凪実の方が立派な将となれそうだ」

天日子は感心の顔で言った。

「小馬鹿《こばか》にしているのか」

「いや、まさにその通りだ。この世にはじめからの敵などおらぬ。思えばおれは秋田城や胆沢城の主立《おもだ》った者だれ一人とも話を交わしたことがない。やむなく戦になるにしても、その前に相手をよく知らねばなるまい。将とは戦を勝利に導く者であると同時に、戦をせずに済ませる者でもある」

「話し合いが通じる相手であればな」

「凪実こそおれを小馬鹿にしている」

「秋田城や胆沢城を預かっていると胸を張ったとて、所詮《しょせん》は上から命じられてこの地に来ただけの者に過ぎぬ」

「それは伯父御の受け売りであろう」

「今の窮状を見過ごしている連中だ」

「直《じか》に訴える蝦夷がおらぬからだ。その声はもっと下の者のところで黙殺《もくさつ》される。戦とするかせぬかはその後の話」

そうなのだ、と天日子は自分で口にしながら答を得た気持ちとなった。

日高見川の河口である石巻《いしのまき》にはまだまだ陽が高いうちに着いた。ここからは海岸線に沿って舟を進め、松島《まつしま》の絶景を左手に眺めながら多賀城の港を目指すだけだ。幸いに天気にも恵まれている。漕ぎ手によれば夕刻前には間違いなく到着できそうだ。

「多賀城など一生見られぬところと思っておりました。海に出たのもはじめて」

隼人は潮風《しおかぜ》を思い切り吸い込んだ。

「真鹿が都に出ていたなら、多賀城どころか都に参ることになるやも」

隼人と鷹人は歓声を発した。

「それも面白《おもしろ》い」

「凪実は駄目だ。伯父御に叱《しか》られる」

天日子は首を横に振った。

「叱る父はここに居ない」

凪実は即座に返した。発ってしまえば日明とてどうにもできない。

「行けば春まで戻れぬぞ」

都までは馬を飛ばしておよそ二十日。すぐに雪の時節となる。

「これからは天日子の側に居ると決めた。面白くなりそうだ」

「なにが面白い？」

「われわれの先行きがどうなるか。走る馬の群れの先頭に天日子は立っている」

「…………」

「鹿角でのんびり過ごしている気にはなれぬ。女だとてそれは変わらぬ」

「おれたちよりもっと今の国府の仕打ちに耐えかねて起ち上がろうとしている者らが大勢居るはずだ。別に先頭に立っている気などおれにはない。勘違いするな」

「ろくな策もなしに武器も持たぬ者たち。起ったところでたちまち蹴散らされるだけ。結局は無駄死に。そうならぬよう早急に纏めの者が必要だ」

「その通りだろうが、どうすればそれにおれがなれる。策とてまだなに一つない。今のおれではだれ一人従ってはくれまい」

「たちまちこの隼人と鷹人の二人の信頼を得た。鹿角の女たちも皆天日子に夢中。天日子には人を惹きつけるなにかがある。それに戦いを率いるのは若い力。いつも父が言うておる。年寄りは人の死を幾度も間近に見て気弱になっているばかりか、世の中の変わらぬことをつくづくと思い知らされ、諦めが奥底にある。だが、若い者は先を信じられる。そのためなら死をも恐れぬ。暗い道に明かりを灯《とも》すのはいつだとて若い者だ、と」

「伯父御がそのように！」

「年寄りの役目は若い者たちの支援。海に帆《ほ》を掛けて乗り出すのは私たち」

おおっ、と隼人と鷹人は意気込んで固く握った拳を天にかざした。

二人とも生きる目的を見付けた力強い目をしている。

「真鹿をきっとわれらの仲間とする」

天日子も決意を込めて口にした。

「おれたちが出羽と陸奥を変えるのだ」

天日子にもはや迷いは微塵もなかった。

## 九

「なんという……」

港の賑わいにも驚きの声を発した隼人と鷹人だったが、多賀城の城下のそれにはさらに度肝《どぎも》を抜かれたようで絶句した。海産物や野菜、衣服、雑貨、薬、金物など様々な品を扱う店が大路の遥か先まで連なっている。胆沢の町の比ではない。行き交う娘たちの衣《ころも》も色鮮やかで思わず目を奪われる。加えて多賀城に詰める守や上級官吏《かんり》の館のものと思われる大屋根の豪壮《ごうそう》さ。遠くに霞《かす》んで見える五重の塔。すべてに圧倒される。どれだけの人間がここに暮らしているか見当もつかない。

「多賀城には陸奥の郡司《ぐんじ》たちがしばしば招集される。その者たちに都の権勢を目の当たりにさせてやらねばなるまい。それで朝廷に抗う気などなくなる」

天日子に二人はただただ頷いた。

「都の店の出店も多い。都と変わらぬ菓子や料理を食うこともできる」

「都の菓子にござりますか！」

鷹人は目を丸くした。


着いた物部の店は構えの大きさとは裏腹に地味な印象を隼人たちは受けた。薄暗い店の中には客の姿もない。が、店の若い者が門口《かどぐち》に立った凪実と天日子に気付いて奥に大きな声で知らせると、たちまち二十人ほどの使用人たちが笑顔で飛び出してきて迎えた。

「なんでまた嬢さまが突然に？」

白髪《しらが》の男が喜び顔で質した。真鹿の右腕として働いている者で喜助《きすけ》という。

「真鹿に用があって来た」

凪実は帳場の上がり口に腰掛けて草鞋を脱《ぬ》いだ。すぐに足を洗う桶が用意される。

「真鹿はおるのか？」

天日子が喜助に訊ねた。

「昼から商談で城に出向いておりますが、間もなく戻って参る頃合いかと」

「それで無駄足とならずに済んだ」

天日子の力が抜けた。もし居なければどこまでも行くつもりでいたのである。

「しばらくはご滞在で？」

浮き浮きとした顔で喜助が聞いた。

「真鹿の返事次第」

「とおっしゃいますと？」

「まだなんとも言えん」

曖昧に返して天日子は、

「この二人はおれの従者で隼人と鷹人。兄弟だ。多賀城に来たのははじめて。せっかくだから旨い菓子でも食わせてやってくれ」

「天日子さまがようやく従者を」

喜助は相好《そうごう》を崩した。

「普通の店とはまるで違いますな」

奥の立派な部屋に案内された隼人はそこから眺められる広い庭に吐息した。

「馬や砂金を店先に並べておくわけにはいくまい。客に頼まれればなんでも調達するが、店先での売買はせぬ」

「それで商いが成り立ちますので？」

「ここ以外に年に三百頭ほどの馬を都まで届けられる店はない」

「年に三百頭！」

天日子に隼人は仰天した。

「鹿角にはあちこちの山に牧場があって、常に二千頭以上の馬が育てられている」

隼人と鷹人は言葉を失った。

「しかもすべて軍用の馬。農耕馬とは別物。もし戦となったときは鹿角の馬だけで朝廷軍に負けぬ騎馬軍《きばぐん》が作れる」

「物部とはいったい……」

「鉄や玉石の採掘、それに馬の飼育を古くから行ってきたそうだ。都から追われてからも都と繋がりがあるのはその仕事のお陰。物部が育てる馬に勝る馬はない」

「………」

「そもそも物部の物とは、もののけ、からきた、もの。霊魂《れいこん》と関わる職種を意味している。古代は神官として朝廷に仕えていたらしい。神は山に宿るもの。それで自然と山に詳しくなった。多くの山々を経《へ》巡《めぐ》るうち鉱石を探し当てたりしたのだろう。馬については詳しく聞いたことはないが、神社に神馬《しんめ》は付き物。それと関わりがあるのかも」

「なるほど」

「われら蝦夷が神として敬うアラハバキも本来は物部の神であったと教えられた。つまりはそれほど大昔から物部が蝦夷と共存してきた証し」

そこに別室で衣を着替えた凪実が姿を見せた。町で見かけた娘たちと変わらぬ艶《あで》やかな着物である。隼人と鷹人は歓声を発した。

「喜助がどうしてもこれを、と」

照れくさそうに凪実は言ったが、町で見た娘のだれより美しい。

「これでは咄嗟《とっさ》に弓も使えぬ」

「使うようなことにはならない」

天日子は笑った。

「なにが起きた？」

外から戻った真鹿は真っ直ぐ天日子の居る部屋にやって来た。烏帽子《えぼし》を被り、まるで都の官人と見紛《みまご》う豪華《ごうか》な装束《しょうぞく》に威圧《いあつ》されてか隼人と鷹人は襟《えり》を正して平伏した。

「なんだその格好は」

「城に呼ばれたときはいつもこれだ」

真鹿は天日子の前に胡座をかいて、

「それより、なんの用件だ」

厳しい目で問い詰めた。

「もしやお頭《かしら》の身になにかあったのではあるまいな」

「心配ない。元気で胆沢の店に居る」

それで真鹿も一安心の顔に戻した。

「凪実さまも一緒と聞いたが」

「あれは今風呂に」

「まったく余計な心配をさせおって」

真鹿は首筋の汗を拭《ぬぐ》った。汗をかく時節ではない。案じての冷や汗だろう。

「今日はなんの用件で城に？」

逆に天日子が質した。

「帝《みかど》に献上《けんじょう》する白馬三頭と粒の大きさを揃えた翡翠《ひすい》の玉《ぎょく》を六十個ほど、今度の正月までに都へ届けられぬかという相談。白馬はまだしも翡翠の玉はむずかしい」

「正月とはずいぶんと間がない」

「半月やそこらで集めねば正月には無理。じきに雪が降る。道中が遅れる」

「しかし……こんなときに翡翠などとは呑気な話。出羽や陸奥では民が次々と飢えで死んでいるのだぞ」

「それが公卿というやつらだ」

真鹿も苦々《にがにが》しい顔で頷いた。

「来年も飢饉は続く。蒔く種がない」

「そういう話をしに参ったのか」

「出羽と陸奥の民を救いたい」

天日子は真鹿に膝を進めた。

十

翌日の早朝。

天日子は真鹿に誘われ、八年前の大地震に伴《ともな》う津波によって全壊《ぜんかい》し、今はただの緩い丘陵《きゅうりょう》となっている旧の多賀城跡に赴《おもむ》いた。海岸からはだいぶ離れ、平地を遥か遠くまで見渡せる。この高さまで波が襲ってきたなどとても信じられない。十年ほど前に訪れた記憶では、城から海岸近くまで店や民家が隙間《すきま》なく建ち並んでいた。なのに今はその一帯がすべて田畑と変わり、貧しい掘っ立て小屋が点在しているばかりだ。多賀城あってこその賑わいで、その城が別の地に移築されれば人も住まなくなる。

「百年も経《た》てばここに陸奥全体を支配していた多賀城があったことなど忘れ去られていよう。こうしておれたちが腰を下ろしている石もかつての政庁の礎石《そせき》。蝦夷がたやすく出入りできる場所ではなかった」

「いったいどれだけの数が死んだ」

吐息してから天日子は訊ねた。

「三千から四千というが、それは多賀城の城下ばかりの数で、松島や石巻、牡鹿《おしか》などの人数を足せば軽く七、八千にはなろう。海に面した陸奥の閉伊《へい》郡以北の死者はその何倍もと耳にしている。が、そちらは蝦夷の地。たとえ万を超そうと朝廷には無縁の民。救《たす》ける義理などないゆえ数には入れておらん」

「そんなに酷い津波だったのか」

「おれもこちらに来てはじめて知った。あのときは鹿角に居たからな。もしこっちに居れば間違いなく死んでいた。われらの店も海に持っていかれた。十五人が海の藻屑《もくず》に」

「なぜ閉伊郡以北は無縁として平気な顔で遠ざけていられる？　おなじ被害を受けた者同士であろうに」

天日子は怒りの目で口にした。

「だからこそもっと早く朝廷に帰順すべきだったのだと思い知らせることになろう。朝廷は帰順して年貢を納めてくれる者以外、蝦夷を人とは考えてはおらぬ」

「その年貢をきちんと納め続けてきた俘囚たちですら今は見捨てようとしている」

「与えた田畑を捨てた者らはもはや用無し。朝廷の目から見ればそうなる」

「それでいいのか！」

天日子には真鹿の言葉が信じられなかった。あまりにも冷たい。

「当たり前のことではないか。飢饉は陸奥と出羽だけのことではない。全国に及んでいる。朝廷とすればまずそちらの国々の救済を第一としよう。嫌々《いやいや》ながら帰順した俘囚は後回しにされる。もしこれを逆にすれば何百年と朝廷に従ってきた国々の民らが離反《りはん》する。当然の施策《しさく》と朝廷は考えていよう」

「われらはただ耐えろというのか」

「出羽と陸奥の境界に逃れてきた俘囚たちを救いたいだけなら別の手もあろう」

「………」

「どれほどの人数か知らぬが、この冬を乗り越えさせる食い物を調達するのは、やってやれぬことではない。そもそも朝廷に抗ってきたわれらが、俘囚らに朝廷の救いの手が伸びぬと怒るのは筋違い。朝廷とは最初からそういうものだ。分かっていように」

「いや、分からん。真鹿はいつからそんな男になった。見損《みそこ》なったぞ」

「人の力など取るに足らぬということだ。だからここに連れてきた。百年以上も手出しができなかったこの多賀城を海がたった半刻《はんとき》で元の土に戻した。それに比べれば人にできることなど限りがある。ばかりか人の浅はかさがかえってさらなる窮地を招きかねぬ。戦をすれば津波などより遥かに多くの犠牲を出すことと て」

「それでもただ飢えて死ぬよりましと思う者が多く居るかも知れぬ」

反論した天日子だったが、その口調は少し弱まっていた。

「朝廷側にしても陸奥と出羽に多くの城や柵を築き、兵を駐留させて維持をするのは大変な物要《ものい》り。できれば半分にでも減らしたいと内心では思っていよう。もしかすると三十年もせずしてそういう時代になるやも。蝦夷と朝廷が手を結べば自然とそうなる」

「……………」

「なのに、ここで今起てば、その三十年を百年にも二百年にも延ばしかねない」

「それは結局、朝廷の思惑《おもわく》一つということではないか。たとえ相手が人と見ておらぬ蝦夷であっても、自分らの都合だけで手を組む。それで蝦夷は幸せか？　われら蝦夷は朝廷などの手助けなくして好きに生きてきた。そこに踏み込んできたのは朝廷の方。なのになぜ朝廷の思惑を頼みとせねばならぬ」

「その通りだ。そうに違いない」

が、と真鹿は首を横に振り、

「戦をしても勝てる相手ではない」

溜息混じりで断じた。

「おまえに誘われ、おれも一晩じっくりと考えた。いかにも本気でかかれば城や柵の一つや二つ落とすことはできよう。その勢いで朝廷側と交渉に入るのもむずかしくはない。朝廷側にも蝦夷に心を寄せる者がいくらかは居る。上手く運べばこちらの望みを叶《かな》えられる和議に持ち込むこととて――」

「ではなぜ！」

「おまえだ」

「おれ?」

「兵を纏める者が阿弖流為さまの血を引くおまえと知れば朝廷は断じて和議になど応じまい。朝廷にとって阿弖流為さまの名はあまりにも大きい。捨て置けばこの先どうなるか知れぬ。蝦夷もさらに結束を強めると見る。そうなる前に必ず大軍を繰り出してくる。でなければせっかく手に入れた出羽と陸奥の両方を失うこととなる」

「おれにそんな力など」

「だから問題なのだ。おまえに阿弖流為さまほどの力などないのはおれが一番承知。しかし朝廷側にすれば好機。阿弖流為さまの血を引くおまえを打ち破れば蝦夷は総崩れとなり、二度と抗う気などなくすかも知れん。そのためなら二十万の兵を投入したとて損にはなるまい。おれが公卿ならそうする」

二十万と聞いて天日子は絶句した。

「小さな戦のつもりが、すべての蝦夷を滅ぼす大戦になりかねん。さすがのおれでも二十万が相手では自信がない」

「考えすぎではないのか」

「それが分からぬお頭とも思えぬが……やはりおまえでなくては蝦夷の結束がむずか

しいと見たのであろうな」

「ではどうすればよい？」

天日子は動転しつつ質した。

「名を捨てる覚悟はあるか」

真鹿は天日子の目を見詰めた。

「決起の背後におまえが居ると断じて知られてはならん。そもそも朝廷は阿弖流為さまの血筋が今も続いておるなど露ほども思ってはいまい。それだけで大変な騒ぎとなる」

「そうであろうか」

当の天日子には信じられない話だ。

「幸いに――」

真鹿はにやりとして、

「おまえが阿弖流為さまの血を引く者であることを知る者はごく限られている。自ら口にせぬ限り隠し通すのはむずかしくない。その約束が今この場でできるか？」

「そんなことなら」

たやすいことだ、と天日子は頷いて、

「おれはおれ。曾祖父とは無縁」

「だがそうなると大勢の同志を得るのがむずかしくなる。いかに物部の支援があるにせよ、ただの蝦夷の若造では、なにをどう訴えたとてたやすく耳を傾《かたむ》けてはくれまい。命を捨ててかからねばならぬ決断を強いられる」

「………」

「郷を纏める者にだけ、実は、と打ち明ける手もあるが、それでは三月《みつき》も経ずして噂が広まる。朝廷の耳にも届く」

「だったらどうしろと?」

天日子は苛立《いらだ》った。

「まずは阿弖流為さまとは縁もゆかりもない、ただの天日子として出羽と陸奥に名を挙《あ》げることだ。そうなってはじめて多くの者がおまえの言葉に耳を貸すようになる」

「ただのおれとして名を挙げる……」

「むろんたやすいことではない。五十やそこらの兵が駐留する小さな柵を襲った程度ではどうにもならん。食い物目当ての野盗と見なされかねん。出羽と陸奥、両国に鳴り響くような華々《はなばな》しい戦果を上げなくては」

「いきなりそれをやるのか!」

「口で説くより早い。それでこそ多くがおまえに従う。しかも少数でそれを成し遂《と》げ、奪い取った食い物を皆に配ったとなればなおさら。一気に名が広まる」

「おまえというやつは」

天日子は呆れ顔で真鹿を眺め、

「てっきり反対に回っていると思っていたに、そこまで考えていたとは」

「最初の戦でしくじれば終わり。おれもおまえも命がない。が、上手く運べば流れは一気にわれらの側に変わる」

おお、と天日子も声を発した。

「しかしお頭がそれを許してくださるかどうか。おまえの命に関わること。お頭もまさかそこまでとは考えておらなんだはず」

「道を選ぶのはおれ。たとえ伯父御がいかんと言うてもおれはやる」

天日子は頬を紅潮させた。

「なればおれも心を定める。たった今からはおまえがおれの頭領《とうりよう》だ」

真鹿は天日子に頭を下げた。

「いや、頭領は真鹿がなれ」

天日子は首を横に振って、

「おれには逆立ちしても今のおまえのような策は出てこない。おれが従う」

「おれではお頭の手助けが得られぬ」

真鹿は苦笑した。

「では格好だけおれが頭領。二人きりのときは兄弟。それでいいか」

「天日子さえよければ」

真鹿は笑顔で腕を差し出した。天日子はがっしりと手を握った。

「それで、どこを攻める?」

「昨日の今日だぞ、策などあるか」

逸る天日子に真鹿は噴き出して、

「兵とて何人集められるか分からん。すべてはこれから。お頭とも相談せねば」

「なんにせよ胆沢の城は無理だ」

「最初から胆沢の城は外している。鎮守府を襲えば朝廷がいきり立つ」

「それで安心。あそこならたとえ二千の兵を集めても落とせるかどうか」

「隼人と鷹人にもきつく口止めを。今後はおまえと阿弓流為さまとの繋がりを一切公言してはならぬ、とな」

「あの二人にはおれが言うたのではない。伯父御が明かした」

「だから二人は喜んでおまえの従者になったのだ。蝦夷にとって阿弖流為さまの名はそれほどに力を持っている」

「まだまだ数が足りん。おまえの目に適《かな》った者を好きなだけ集めてくれ。ただの力自慢ならいくらでも探せようが、知恵が欲しい」

「おれもそれを言おうと思っていた。戦は喧嘩と違う。知恵比べ。地勢を読み取り、敵の内部に入り込み、弱点を摑《つか》み、何日の戦で済むか見極め、それに合わせた食い物を調達し、場合によってはだれを殺し、だれを生かせば今後のためとなるか頭を働かせなくてはならん。それを考える者が多ければ多いほど思いがけぬ策も生まれる。たとえば喜助には食い物や鎧《よろい》の調達を任せよう」

「喜助も手助けしてくれようか」

「おまえがやると決めればな。おまえを我が子のように思っている」

「ありがたい」

「まだ先のことだが、集めた兵の鍛錬《たんれん》は弓狩が適任。馬の扱いにかけて弓狩の右に出る者は鹿角に一人も居ない。最初の戦は馬が主体のものとなるはず。風のごとく襲い、風のように速《すみ》やかに去る。それでこそ敵も恐れ、俘囚たちも快哉《かいさい》を叫ぶ」

「なにやら胸が高鳴ってきた。真鹿の話を聞いているとたやすくやれそうだ」

天日子は勇んで立ち上がった。

ここはかつて蝦夷を支配した多賀城があった場所だ。そこで朝廷の城や柵を落とす策を練っている。それが愉快である。

「厄介な頼まれ事と思っていたが、こうなればなんとしても翡翠の玉を手に入れ、都に出向いて参る。おまえも行かんか」

「都に行ってなにをする？」

「今の内裏の情勢に詳しい者や軍略に通じた者をわれらの仲間に誘う」

「本気で言うておるのか！」

天日子は目を丸くした。

「要は話の持ちかけ方だ。和議を前提とした戦と聞けばあるいは。才がありながら暮らしに窮している者は多い」

「頷かず、訴えられたら最後だ」

「そういう浅い付き合いではない。おれを信じろ。敵を知らずして戦になど勝てぬ。おまえは知るまいが、今の大臣らの専制を苦々しく見ている公卿らは数限りなく居る。再び幼帝を立てた今こそ好機。それもあっておまえの誘いに心が動いた」

「まったく、策士とは真鹿のことだ」

「敵の敵は、すなわちわれらの味方」

真鹿に天日子も頷いた。

地熱

一

四日後。

天日子《そらひこ》は真鹿《ましか》を伴《ともな》って胆沢《いさわ》に引き返した。ともに都《みやこ》へという真鹿の誘いに迷わされた天日子だったが、僅《わず》か十日やそこらの滞在のため往復に四十日をかける気にはなれなかった。それより先にしなくてはならぬことが今は山ほどある。行くのは後でもできる。

「真鹿も一緒……とはな」

奥の部屋で待っていた日明《じつめい》は皆の顔を見るなり呟《つぶや》いてゆっくり腕を組んだ。

「肩を落として戻るとばかり」

「身勝手をお許しくださりませ」

真鹿は日明に手を揃《そろ》えて低頭した。

「そなたを口説《くど》けたら好きに使えと言ったのは儂《わし》。気にせずともよい。よい……が、多少なりとも勝算あってのことであろうの。覚悟だけではどうにもならぬ試練が待ち構えていよう。無駄死《むだじ》にはさせたくない」

「今さらなにを！」

天日子は膝《ひざ》を進めた。

「焚《た》きつけたのは伯父御《おじご》にござる」

「まずは何人の兵と馬が要《い》る？」

気にせず日明は真鹿に質《ただ》した。

「三百の兵に三百の馬」

「全員が騎馬《きば》兵か」

意外な返答だったようで日明は唸《うな》りを発した。天日子はすでに承知だ。

「まだなにをするとも決めておりませぬが、なにをやるにせよ、その数がなくては果たせぬこと。それで勝ちを得れば味方の数は一気に増《ふ》えると見ております」

「馬はなんとか揃えられても兵は厄介《やっかい》。馬に乗れるだけでは用が足りまい」

頷《うなず》きつつ日明は真鹿に言った。

「この隼人《はやと》と鷹人《たかと》が真《ま》昼岳《ひるだけ》の吉弥《きちや》どのの力を借りて弓扱いに長《た》けた者たちを七、八十人ほどはきっと掻《か》き集めてみせると」

天日子に二人も首を縦《たて》に動かした。

「そうたやすくはなかろう。山の者らはもともと好きに生きている。平地と違って山にはまだ食い物がある。命を捨てねばならぬような誘いにすぐ乗るとは思えぬがの」

「やりもせずして諦《あきら》めていては何事もならぬ。とても伯父御の言葉とは」

天日子は声高《こわだか》に詰め寄って、

「山の者らとて朝廷のやり方に腹を据《す》えかねている。気持ちは一緒」

「承知。言われるまでもない」

日明は天日子を睨《にら》み返した。

「ではなんで！」

「吉弥の気持ちになってみよ。われら物部《もののべ》が後ろにあると聞けば一も二もなく十人やそこらの配下を差し出してはくれようが、それ以上となればさすがに逡巡《しゆんじゆん》する。それが知られれば朝廷にも歴然たる敵と見なされる。戦況次第で山に火をかけられる恐れも。先々をそこまで読むのが纏《まと》めの務め。儂が吉弥ならどれだけ銭《ぜに》を積まれようと首を横に振る。死を覚悟で兵となった者ばかりか、その身内までむざむざと死なすことにもなりかねん。戦《いくさ》とはそういうものなのだ」

「…………」

「吉弥一人に頼るな、ということだ。出羽《でわ》と陸奥《むつ》には吉弥同様、山の者らを纏める長《おさ》が何人もおる。それぞれに五人や十人の手助けをと頼めば、あるいは。であればもしそれが朝廷側に発覚したとていくらでも言い訳が利《き》こう。向こうもわずかそれだけの数を差し出した程度で山に火はかけぬ。それをやるならそれこそ出羽と陸奥すべての山を灰《はい》にせねばならなくなる」

おお、と天日子は顔を輝かせた。

「各地の長らには儂が文《ふみ》をしたためよう。それを持って隼人らが訪ねればよい」

「さすが伯父御だ」

「他の兵にしても一つ所から数を集めてはならぬ。烏合《うごう》の衆に見せかけることが肝要。朝廷が専《もっぱ》ら得意とする策は報復。三百のうち鹿角《かづの》の者が半分もおれば、敵は迷わず鹿角の攻めにかかる。それでは勝ち目がない」

「山賊《さんぞく》どもを雇《やと》おうかと」

真鹿が大真面目《おおまじめ》な顔で口にした。

さすがに日明は眉根《まゆね》を寄せた。それは天日子にも初耳である。

「もともと刀の腕が立ち、馬も楽々と乗りこなす者ども。度胸も十分。扱いようによっては連中ほど頼りとなる者は滅多《めった》に」

「そうと伝われば、こちらまで山賊の類《たぐ》いと思われる心配があろうに」

それでは後に続く者たちが出てこない恐れがある。日明に天日子も同意した。

「むろん精々《せいぜい》五十やそこらの数。それにあの者どもとて好きで山賊になったわけでは。しっかりした将を得れば立派な兵に育つと思いまする。出自も別々ゆえ問題ありませぬ」

「その将とやらの心当たりは？」

「京の都を荒らし回っている盗賊の頭《かしら》」

「そやつも悪党か」

日明は呆《あき》れた。

「盗賊というても、以前は検非違使《けびいし》にて五十人以上の配下を纏めていた男」

日明と天日子は思わず目を合わせた。

「手前も昨年、都に上《のぼ》る山中にてそやつら一味に襲《おそ》われ馬を十五頭奪われました」

「なるほど。それは聞かされた」

「その後ばったりと呑《の》み処《どころ》で出会い、話しかけて参ったのは向こうの方」

「…………」

「手前を物部の者と承知してのこと。馬の代金もそのときにそっくり払ってくれ申した」

「妙な男だ」

「検非違使を辞《や》めたのは朝廷の過酷《かこく》なやり口に嫌気《いやけ》がさしたゆえ。以来、都警護の検非違使とは真反対の公卿《くぎょう》や内裏《だいり》とつるむ商人らを的《まと》とする盗賊に。奪った金品の大方《おおかた》は貧しき民《たみ》らに施《ほどこ》して参ったそうな。馬を狙《ねら》ったのはわれらを公卿の家人《けにん》と勘違いしてのことであったとか。物部であるなら朝廷とは無縁。しきりに謝《あやま》ってござる」

「名はなんと申す」

「逆鉾丸《さかほこまる》。朝廷の支配する大地に剣を突き立てる心根《こころね》でつけた名だとか」

「検非違使上がりの盗賊な。いかにもそういう者でなくては山賊など纏められぬ。来てくれるなら面白《おもしろ》い」

「半年前に呑んだときは、都もそろそろ潮時《しおどき》と……誘いに乗りましょう」

「歳《とし》はいくつだ？」

「手前より四つ上の三十二」

「将としては頃合いだが、天日子がその者を御《ぎょ》し切れるかどうか」

日明は案じた。七つも年長である。

「天日子の熱い思いにはだれだとて」

真鹿は請け合った。

「真鹿の選んだ男なら」

天日子にも不安はなかった。

「山の者七、八十に山賊が五十。鹿角からも三十人くらいであればまず面倒《めんどう》にはなるまい。しかしそれでも合わせて百五十やそこら。残り百五十をどうやって集めるか、だ」

日明は舌打ちして首を捻《ひね》った。これが兵でなく鹿角の鉱山で働く者らであるならたやすい。銭次第でその何倍もの数が自ら願い出てくるに違いない。

「出羽と陸奥、両国のあらゆる郷《さと》の地勢を詳細に知る者が必要となりまする」

真鹿があっさり口にした。

「そんな者がいったいどこに居る」

日明は真鹿を睨み付けた。

「なに、あらゆる郷より一人ずつ兵に迎えれば済む話。その地の現状から敵の人数まで己《おの》れの郷なればだれより承知。手助けを頼めそうな者の心当たりや、まさかの場合の逃げ道にも困りませぬ」

いかにも、と日明は唸った。

「あらゆる郷となれば四、五十人にはなりましょう。その者らには別に弓や刀を使わせるつもりなどあり申さぬ。騎馬軍の数が大事。それで敵が震《ふる》え上がりまする。また、戦わずともよいと言えば集めるのも楽。難儀があるとすればその者らの馬の鍛錬《たんれん》程度のこと」

「なにからなにまで周到じゃの」

日明はほとほと感心した。

「逆鉾丸も手下《てか》を四十人ほど従えております。頭領《とうりよう》がこちらに来ると決めれば半分はついてくるものと。いずれも命知らずの連中」

「すると……残りは百人足らず」

「とりあえず、今はそれで十分かと。なにを仕掛《しか》けるにしても春を待たねばなりますまい。馬を乗りこなす鍛錬もさせねば。その間に、手前と天日子二人で残りの兵の調達の工夫《くふう》を」

「冬山での馬の扱いほど厄介なものはない。見事に成し遂《と》げれば春には皆が見違えるほどの腕に。戦場《いくさば》での騎馬兵一人は五人以上の歩兵に匹敵する。馬が二百なら千人が固める柵《き》じゃとて落とせるやも知れぬぞ」

日明は声にして笑って、

「天日子とそなたにすべて任せる。儂にできることはなんでも手助けしてやろう。

が、決して先を急いだり無理はいたすでない。機会はいつでもあると心得《こころえ》よ。今の心こそ大事」

「喜助《きすけ》と弓狩《ゆがり》も欲しうござる」

天日子に日明は許した。ともに日明の側近であるが、だからこそ日明の目となる。

二

天日子と二人きりになると真鹿はようやく緊張を緩《ゆる》めた。どんな策を立てるにせよ日明の許しがなくてはなに一つ実現できない。

「お頭にはあのように申したが、逆鉾丸については少し偽《いつわ》りがある」

真鹿は打ち明けた。

「われらを物部の者と知らず襲ったのではない。そうと知っての上での襲撃《しゅうげき》」

天日子は真鹿を見詰めた。

「呑み処でのたまたまの出会いも嘘《うそ》。おれの動きを見張っていて、たまたまのふりをして逆鉾丸の方から声をかけてきた」

「なんの目的でだ？」

「落ち延び先」

「…………」

「検非違使をしていた者だけに、津軽《つがる》に逃《のが》れれば手が届かぬのをだれより承知。だが、簡単には津軽に入れぬ。ましてや検非違使をしていた男。身元が知れれば危《あや》うくなる」

「それで物部を頼りに」

「おれも馬鹿《ばか》ではない。そう言って津軽に潜《もぐ》り込もうとしている腹ではないかと真っ先に疑った。しかし逆鉾丸が検非違使を辞めたのは四年も前の話。朝廷もまさかそこまで念は入れまい。盗賊であるのも確か。信用はしたものの、逆鉾丸一人ならまだしも、配下ともどもと言われては手に余る。困っていたところだった」

「いかにもそれなら」

正直に言える話ではない。天日子は苦笑した。日明も頷かなかっただろう。

「人柄は請け合う。おれの目に狂いはないはず。盗みはしても人を殺しはせぬ。逆鉾丸と知れば検非違使の方で逃げ出す。なにしろ検非違使で一番の腕と言われていた者。つまりは都で随一《ずいいち》の刀の使い手」

「そんなに強いのか」

「おれに腕など見抜けぬが、調べた限りでは検非違使時代に大手柄《おおてがら》を何度も立てている。たった一人で五人を斬《き》り伏《ふ》せたことも」

「早く会ってみたい」

天日子の胸は大きく弾《はず》んだ。

俘囚《ふしゆう》たちのために命を捧《ささ》げると決めてから周りのすべてが一変した気がする。まるで異なる世界に居るような心持ちだ。逆鉾丸だとて前の自分にはなんの関心もなければ、一生出会うことのない人間であったに違いない。

人は時代で変わるのではない。自分が時代を変えるのだ。そして変えるためには自分もまたどんどん変わらなくてはならない。それを天日子は実感していた。

現に目の前に居る真鹿にしても、永《なが》い付き合いであるのに、この数日のような熱い話のやり取りは一度もなかった。真鹿の頭の働きの鋭《するど》さについてもしかりだ。自分が変わったからこそ見えた真鹿の新しい側面だ。

「こうしてお頭の了解を得たからには忙《いそが》しくなる。おれもなるたけ早く都より戻るつもりだが、軍略や内裏の内情に詳《くわ》しい者をなんとしても探して参らねばならぬ。兵集めと鍛錬についてはそなたに任せる」

「当てはあるのか？」

天日子は真鹿の留守《るす》を案じた。

「内裏の式部省《しきぶしょう》で少輔《しょう》の任にある菅原道真《すがわらのみちざね》という者」

「式部省……」

「内裏の……言うなら帳面付けのような役目を果たしている。国々への命令書なども作成する。と同時に大学寮《だいがくりょう》という文官を育てる部署も傘下《さんか》に置いている。つまりは内裏でだれより内情に通じ、最も利口《りこう》な者らが集まっているところだ。そこならおれの望みに適《かな》う者がいくらも居る」

「それが菅原道真というわけだな」

「いや、あの者の父親は参議《さんぎ》。偉《えら》い立場にある。欲しいが無理な相談。そもそも少輔と申したとて従五位下《じゅごいのげ》の身分だぞ。出羽守《かみ》に任じられてもおかしくない男だ」

「…………」

「が、筆や紙の調達で大きな貸しがある。あの者に頼めば誰かを引き合わせてくれよう」

「いやはや」

天日子は真鹿の顔の広さに驚いた。

「参議である父親も今の専制を苦々《にがにが》しく見ている口だ。むずかしい話ではない」

「おまえ居ればこその今、だな」

つくづくと天日子は知った。

三

翌朝、天日子たちが慌《あわ》ただしく出立《しゅったつ》の支度《したく》をしているところに凪実《なみ》が地を蹴《け》るような勢いで飛び込んできた。

「なぜ私を外《はず》した！」

「今日の相手は山賊。もしもおまえに怪我《けが》でもさせれば伯父御が手を引くかも知れん」

天日子に真鹿も頷いた。

「女と見ていないのではなかったか」

「おれはそうだが、伯父御にとっては可愛《かわい》い娘。態勢が整うまでは堪《こら》えてくれ」

「一緒にやると約束した」

「凪実さまの働き場はこれからいくらでも。よろしければ手前とともに都に参ってはいただけませぬか」

都、と聞いて凪実は真鹿を見た。

「都の者の中には蝦夷《えみし》を心なき獣《けもの》同然の者と思い込んでおる輩《やから》が多ござる。凪実さまを一目見ればたちまち過《あやま》ちと知りましょう。そうすればこちらも誘いやすくなり申す」

それがいい、と天日子も賛成して、

「どうせこれから二月《ふたつき》や三月《みつき》は山にて兵の鍛錬ばかり。その間に知恵者をできるだけ多く探さなくてはならん。おれの代わりにその役目を果たしてくれれば助かる」

「都の者は好かん」

凪実は小さく首を横に振った。

「好き嫌いで戦うのではない。戦はするが、無駄に人を殺《あや》める気はない。敵兵とて無理に徴兵《ちょうへい》された者が大方。できるならただ城や柵から追いやるような策を取りたい。そのためにもおれたちにない知恵が要る」

凪実はじっと天日子に耳を傾けた。

「凪実になら安心して任せられる」

「都への出発はいつだ？」

凪実は真鹿に訊《たず》ねた。

「あと五日もすれば」
「分かった。父に許しを得よう」
凪実は唇《くちびる》を引き締めた。

天日子は真鹿、隼人兄弟、それに米俵を背に積んだ三頭の馬を牽《ひ》く胆沢の店の者四人を従えて志波《しわ》を目指し北上した。

志波は古来、陸奥と出羽を結ぶ道が開かれている地である。この地をどちらが制するかで戦況が大きく変わる。それでかつては蝦夷と朝廷軍とが志波の奪還《だっかん》を巡《めぐ》って激しい争いを繰《く》り広げた。坂上田村麻呂《さかのうえのたむらまろ》がようやく蝦夷の討伐《とうばつ》を成し遂げた後、鎮守《ちんじゅ》府《ふ》を胆沢から志波の地に移したのもそういう理由からだ。が、その志波城は今はない。志波は日高見川《ひたかみ》と雫石川《しずくいし》が合流する一帯で、しばしば大洪水《だいこうずい》に見舞われる。せっかく築《きず》いた志波城も十年経《へ》ずして機能を半ば失い、そして再び鎮守府は胆沢城へと戻されたのである。

そういう場所だけに志波から出羽に峠越《とうげご》えをする者は多い。人目につかぬ山中で、多くの者が行き交《か》うとなると山賊にとっては格好《かっこう》の狩り場となる。胆沢の鎮守府から遠く離れているとなればなおさらだ。

長い峠道のあちらこちらに七つや八つの山賊集団が潜《ひそ》んでいるという噂《うわさ》にも頷ける。

「中でも名高いのは毒ヶ森《どくがもり》の玉姫《たまひめ》と名乗る女。十五人近くを従えている」

「女が山賊の頭か！」

馬に揺られながら天日子は驚いた。

「女と言うたとて男より頭抜《ずぬ》けて背が高い。姫などとよくも名乗れたものだ」

「会ったことが？」

天日子は真鹿に質した。

「一度だけな。物部と知ればたいがいの山賊は報復を恐れて手出しせぬ。わざわざ顔を見せて向こうから挨拶《あいさつ》を」

「女がなんで山賊などに」

「父親がその一党を率《ひき》いていた。纏め役を受け継いだだけ。もともとは先祖が毒ヶ森を守る神官だったと聞かされたが、本当かどうかは知らぬ。が、あの山の頂上には古びた竜神《りゅうじん》を祀《まつ》る社《やしろ》がある。玉姫の名も竜が摑《つか》んでいる玉からつけたものだろう」

なるほど、と天日子は頷いた。

「あの玉姫を上手《うま》くこちらの懐《ふところ》に抱き込めれば難なく人を集められる。あれで山賊どもは横の繫《つな》がりが強い。互いに手を結んで仕事をすることも」

「世の中にはいろいろな者が」

「阿弖流為《あてるい》さまの血を引くほどの者はおらぬさ。だれしも仰天《ぎょうてん》する」

真鹿は笑い飛ばした。


そろそろ陽《ひ》の落ちる刻限、天日子たちは毒ヶ森の山中で前後を塞《ふさ》がれた。片側は急な崖《がけ》で逃げ場がない。敵の数は合わせて十二人。

「出羽に抜けてしまうかと案じた」

天日子は逆に安堵《あんど》の顔をして、

「玉姫の一党か」

すでに刀を抜いている男に訊ねた。

「なればなんだ」

「馬の背の米は手土産《てみやげ》。玉姫に相談したいことがあって訪ねてきた」

男らは顔を見合わせた。

「おまえたちにとっても悪い話ではない。仲間に加われば今後は鎮守府の捕縛《ほばく》を気にせずともよくなる」

「鎮守府と組めということかよ」

一人に皆もどっと笑った。

「あいにくとおれらは敵の使い走りになるような恥知《はじ》らずじゃねえ。境界に逃れた者らはおれらと同類。米だけはありがたく頂戴《ちょうだい》する。馬ごと残してとっとと立ち去れ」

男は刀をぶんぶん振り回した。

「われらは物部の者」

真鹿は苦笑《にがわら》いで明かした。

「相談とはその敵との戦い。ぜひとも玉姫の手助けを頼みたい」

「まず物部である証《あか》しを示せ」

頭上から澄んだ女の声が響いた。

天日子は声の主《ぬし》を探した。

真上の太い木の枝に女が腕を組んで立っていた。これほど間近にありながら微塵《みじん》たりとも気配を感じなかったのは不思議と言うしかなかった。藪《やぶ》に隠れ遥《はる》か彼方《かなた》を逃れる兎《うさぎ》の数さえ言い当てられる天日子である。

それに、真鹿から聞かされた印象と違って、まさに玉姫の名に相応《ふさわ》しい美しさだった。背の高さが凛々《りり》しさを際立《きわだ》たせている。年頃は天日子より僅か上だろうか。

「前に一度会っている」

真鹿が振り仰《あお》いで応じた。

「男の顔などいちいち覚えておらぬ。それに、そうだとしても今は物部を抜けているかも知れぬではないか。われらはたやすく人の言葉など信用せぬ。信じられるのは仲間だけ」

からからと笑って玉姫は軽々《かるがる》と地に飛び下りた。その手にはいつの間にか矢をつがえた弓が握られていた。

その的は天日子の胸である。

咄嗟《とっさ》に隼人と鷹人の二人が前に飛び出して天日子の盾《たて》となった。玉姫の矢を避けられる距離ではない。命を捨ててのことだ。

「やはりおまえがこの者らの纏めか」

玉姫は口にして弓を緩めた。

「この男はしたたか者。てっきりなにか仕組んでのことと思った」

玉姫の目は真鹿に向けられた。

「忘れたと言うたは偽りか」

天日子は呆れた。

「遠目にしたときから分かっていた。が、この男が同行するにしては荷が少なすぎる。確か多賀《たが》城の大きな店を差配していたはず」

「凄《すご》い物覚えだ」

天日子は感心した。

「それで、得心《とくしん》できたか？」

負けた顔で真鹿が言った。

「どこのだれやら知らぬが、その若さでおまえより偉いのなら只者《ただもの》ではない。かと言って都の者とは思えぬ。頭領どののお身内か」

「さすがに頭が働く」

真鹿は苦笑いで認めた。

「もうよい。刀を収めろ」

玉姫に男らは従って包囲を解《と》いた。

「度胸だけは人並み以上にあるようだ。弓を向けても顔色一つ変えなかった」

玉姫はやっと笑顔を見せて、

「それとも自分にはだれも手出しせぬと思い上がっているのか？」

「思い上がりはうぬの方！」

隼人が鋭い目で睨み付けた。

「貴様《きさま》の手下など天日子さまの敵ではない。たちまちあの世行き」

男たちから笑いが上がった。

「なら私とやってみぬか」

玉姫も面白そうに天日子を煽《あお》った。

「女に怪我はさせたくない。弓が得意な様子。弓の勝負なら受けてもいい」

「だとさ」

肩をすくめた玉姫に男らは握り拳《こぶし》を高く掲《かか》げて喜んだ。いずれも勝負は見えたという顔だ。よほどの腕なのだろう。

「余計な真似《まね》はするな」

真鹿が天日子に耳打ちした。

「これは損得に関《かか》わる商談と一緒。商《あきな》いのことならおれに任せておけ」

「損得で近付いた者は損得でたやすく寝返る。そんな者らなら要らぬ」

「勝つ自信はあるのか」

「負けたら別の者を探せば済む話」

気にせず天日子は馬から下りた。

# 四

「あの大樹から右に張り出した太い枝のすぐ上に小さな穴が空《あ》いている」

的にできるものを探し求めて辺《あた》りを見回していた天日子は指差した。栗鼠《りす》の古い巣《す》穴《あな》と思える。玉姫も確認した。

「互いに小弓《こゆみ》。あまりに遠くては矢が風に流される。あのくらいがちょうどよい」

それにも玉姫は同意した。小弓は弦《つる》が短く思い切り引けない上に矢も細くて軽い。熊や猪《いのしし》を退治するのはとても無理だが、小振りゆえに速射と狙いが格段に楽となる。馬上での振り回しや兎や狸《たぬき》のような素早い動きの獲物《えもの》には向いている。騎馬軍による接近戦を得意とする蝦夷の考案したものだ。肩や顔面《かおづら》、狙い所さえ外さねば敵の動きを封じることができる。が、欠点もある。勢いも足りず軽い矢はたやすく風に運ばれてしまう。離れた的を射るのはむずかしい。双方ともに外し合っていては勝負がつかない。

それでも玉姫の配下らは不安顔となった。

この場所からでは的の巣穴は栗《くり》の実ほどの大きさにしか見えない。

「交互に三本ずつ放とう。数多く命中させた方が勝ち。もしも互いに全部外したときはまた三本。それでいいか」

「三本でけりがつく。先にやれ」

玉姫は余裕の顔で促《うなが》した。

天日子は弦を引き絞《しぼ》って深呼吸した。そして息を止める。これで弓を持つ腕と矢の細かな揺れがぴたりと固まる。最初の一矢《いっし》は微《かす》かな風と矢の描く弧《こ》の見定めだ。一応は的をしっかり狙うが、巣穴は目線より上にある。一矢目がどれだけ外すかで二矢目の狙いの見当をつけられる。

無心にして天日子は矢を放った。

おおっ、とどよめきが起きた。

矢は巣穴をほんの僅か外して左下に突き刺さっていた。玉姫の配下たちのどよめきは天日子の腕の確かさへの驚きと外したことへの安堵が混じったものだったに違いない。玉姫でさえ天日子をまじまじと見詰め、

「大口を叩《たた》いただけのことはある」

鼻で笑って弓を構えた。

が、やはり顔には緊張が窺《うかが》える。配下らも息を呑み込んだ。

矢が勢いよく放たれた。同時に大きな歓声《かんせい》が上がった。玉姫の矢は巣穴の縁ぎりぎりながらも命中したのである。天日子は得意気《とくいげ》に下がった玉姫に思わず吐息《といき》した。まさかこれほどの腕とは見ていなかったのだ。

ふたたび天日子は的と対峙《たいじ》した。

先ほどの矢の流れを頭に浮かべ、見えている的のほんの少し右上を狙う。今度は迷いなく放つ。矢は思い通り巣穴の中心に小気味《こきみ》よく吸い込まれた。またまたどよめき。今は驚きが明らかなそれだった。

「そのまま続けて射よ」

玉姫はたじろぎつつ言った。

「そっちが外せば勝負が早く付く」

三本放つまでもなくその次の一矢で玉姫が当てれば勝ちということだ。

「もしおれが勝ったときは話を聞くか？　聞いてくれるだけでいい」

「残り一本のおまえが不利だぞ」

玉姫は薄笑いを浮かべて約束した。

天日子は即座に狙いを定めて射た。

悲鳴に似た声が湧き上がった。天日子の矢はおなじ勢いで巣穴に突き立った。

くそっ、と声にして玉姫は弓を構えた。形勢は一気に逆転している。これを外せば最後の一本が辛《つら》くなる。配下らは祈るような顔で成り行きを見守った。

射ると同時に玉姫は高い声を発した。その矢はまた危ういながらも巣穴に飛び込んだ。配下らは跳びはねてはしゃいだ。

玉姫だけは満足せぬ様子で矢をつがえた。二本放ったことで玉姫もまた矢の流れを読み切ったらしかった。天日子は負けを覚悟した。これだけの腕なら次も外しはしない。

玉姫にも自信はあったはずだ。

しかし——その矢は狭《せま》い巣穴にすでに突き刺さっている矢に弾《はじ》かれて右に外れた。

玉姫は弓を捨てて吠《ほ》え立てた。

「もう一度別の的を探すか？」

天日子は玉姫に訊ねた。互いに命中させた矢は二本ずつで勝負が決していない。

「いや、おまえの二本の方が的の真ん中に近い。だれの目にも明らか」

玉姫は潔《いさぎよ》く負けを認めた。

「だが、そっちの三本目は」

的に突き立っていた矢に邪魔《じやま》されなければ命中していたはずである。

「私は男のように見苦しい言い訳はせぬ。弾かれた矢は点に数えぬ」

さっぱりとした顔で返して、

「それよりおまえの腕の方を褒《ほ》めてやらねば。これまで会ったことがない」

何度も頷きを繰り返した。

結果に真鹿も額《ひたい》の汗を拭《ふ》きつつ、

「いつの間にこれほどの腕に……」

ひたすら感心した。

「隼人と鷹人もおれくらいはやれる」

玉姫の配下らは顔を見合わせた。

「鎮守府と戦うとか言うたな」

驕《おご》らない天日子を玉姫は気に入ったようで、柔《やわ》らかな口調《くちよう》となった。

「酒を呑みながらゆっくり聞こう」

玉姫は自分らの隠れ家に誘った。

## 五

地面に太い柱を立て、傘状の骨組みを組んで藁《わら》で覆《おお》っただけの造りだが中は広い。十人は楽々と寝転ぶことができる。こういう大きな小屋が他に二つほどある。一つは玉姫ばかりが用いているという。

「女は一人もおらぬのか」

真鹿は意外な顔で盃《さかずき》を受けた。

「目の前に一人居ように」

玉姫はげらげらと笑った。

「なにかと不都合であろう」

他の山賊どもはたいがい女たちを側《そば》に置いている。むろん飯《めし》の支度だけのためではない。なんの楽しみもない山中だ。

「遊びたいときは里に行かせている。女が一緒では足手まとい。力もない」

「ま、そなたに比べれば、な」

「それより、なにをする気だ？」

玉姫は天日子に目を向けた。

「境界に逃れた俘囚たちを救いたい」

「物部なればいくらでもやれよう」

「今だけの話ではない。この飢饉《ききん》は必ず来年も続く。来年はさらに酷《ひど》いことになろう。捨て置けば何千何万もの俘囚が死ぬ。ただ食い物を調達するだけでは駄目だ。陸奥と出羽を他の国々と同等の扱いにさせなくては」

「できるものか」

玉姫は一蹴《いっしゅう》した。

「朝廷の兵など知れたものだが、数が違う。少しでも逆《さか》らえばすぐに何万という兵を」

「百も承知。だからこそまともな戦など仕掛けるつもりはない。向こうとてたかだか三百や五百を相手に一万は用いまい。せいぜい二千。そういう戦を繰り返し、常に勝利を得れば敵も疲れ果てる。些少《さしょう》の望みであればと和議に応じるやも。それが狙いだ。敵にとっては些細《ささい》な和議であってもわれらにすれば大違い。飢饉のせいで無駄死にする数が半分に減るかも知れぬのだ。こっちが求めるほんの僅かの施しを受け入れてくれれば、な。現に鎮守府のある胆沢や国府《こくふ》多賀城の周辺は食い物にさほど困ってはおらん」

「もし二万や三万を投じてきたら？　一溜《ひとた》まりもない。無駄死にはわれら」

「そのときは逃げまくる」

「…………」

「三万もの兵の糧《りょうしょく》食は莫大《ばくだい》なもの。一月《ひとつき》も逃げれば敵が音《ね》を上げる。それが二月ともなれば陸奥と出羽から得る年貢《ねんぐ》にも匹敵する。きっと撤退《てったい》を決める。そなたらとて逃げるのは得意のはず。逃れた山中で暮らすのにも慣れている」

「それでわれらというわけか」

玉姫はびくりと眉を動かした。

「いや、五十やそこらの数でいい。山賊ばかりでは俘囚らの手助けが得られなくなる。はじめはわれら三百ほどでやるつもりだが、いずれは俘囚を含めた二千や三千に。一つに固まらずあちらこちらで狼煙《のろし》を上げる。それで敵も的を定められなくなる。最初にそなたらに頼むのは初戦にぜひとも勝ちたいからだ。馬や武器に不慣れな俘囚たちでは無理」

さもあろう、と玉姫は得心して、

「どうだ！　なにやら胸躍《おど》る話が舞い込んできたではないか」

配下たちを見渡した。

「しかも後ろには物部がある。食うに困る心配もなくなる。むずかしいことではない。これまで通りに腕をふるうだけ」

おおっ、と配下らは膝を進めた。

「私はやる。ついてきたい者はおるか」

皆が即座に拳を突き上げた。

「今はこの数だが、五十など数日もせずして集めてみせる。だれもが勇《いさ》んで話に乗ってこよう。むしろ減らすのに難儀するかもな」

「できるだけ腕自慢の者を」

真鹿が付け足した。

「一日も早く態勢を整えたい。皆が飢《う》えで苦しんでいる今でなくては心が一つにならん。この機会を逃せば蝦夷は二度と立ち上がれなくなってしまう」

「集めたらどこに参ればよい？」

「半月後に鹿角の鉱山に。尾去沢《おさりざわ》という地。この天日子が待っている」

「よくぞ我が一党を選んでくれた」

深々と玉姫は天日子に頭を下げた。

「勝てると決まったわけでは。こちらこそ手助けに感謝する」

天日子は本心から口にした。

深夜までの歓待《かんたい》を受け、翌朝、天日子たちは晴れ晴れとした思いで帰路についた。玉姫らも手を振り回している。

「やはり頭領はおまえだ」

天日子に並んで真鹿が口にした。

「おまえの真《ま》っ直《す》ぐな心が玉姫の胸に伝わった。おれでは裏になにかあると警戒されたに違いない。見習わなくてはならんな。都ではなるべく損得など口にせぬようにしよう。人が命を懸けるのは銭ではない」

「心配は物部の名が広まること。話を持ちかけられた全員が仲間に加わるとは限らぬ。褒美《ほうび》目当てに鎮守府に告げぬとも」

「むろん考えてある。お頭の口から鎮守府に山賊のことをさりげなく伝えてもらうつもりだ。危《あぶ》ないゆえ道中の守りに使いたい、とな。あらかじめ雇い話を耳にしておれば鎮守府も山賊の訴えなど聞き流そう。何百という数でもない。気にはすまい」

「やはり頭領はそっちだ」

天日子には思いつかない策だった。

六

約束の半月後より三日も早く玉姫は六十人近い男たちを引き連れて鹿角の尾去沢にやって来た。鹿角は十和田《とわだ》湖に近い。すでに厳しい北風が吹き荒れる時節に入っている。

「こんな山奥にこれほどの賑《にぎ》わいがあろうとは思いもしなかった」

すぐに笑顔で迎えた天日子に玉姫は心底《しんそこ》驚いた顔で口にした。向き合っている広間とて百人が楽々と宴会できる大きさだ。津軽、陸奥、出羽の蝦夷を陰で支える物部の本拠であれば当然、とも言えるが、さすがに圧倒される。近くにある鉱山には二千人以上が働いていると聞いてはなおさらだ。深い山の中であるのに抗夫たちを慰《なぐさ》める遊女宿や呑み処などがずらりと建ち並んでいる。胆沢の城下にも引けを取らない。

「若い者らが多い」

天日子は玉姫に従う者たちをゆっくり見渡して満足そうに頷いた。

「この倍以上の者が加わりたがっていたが、よほどの弓と刀の使い手を除いて三十以上の歳の者らは外した。女房持ちも同様。亭主を死なせるわけにはいかぬ。外した私の配下はこれを機会に山賊から足を洗わせた」

「よくぞこの地まで」

天日子は皆に頭を下げて、

「こうして早くに集まってくれたに、肝心《かんじん》の鍛錬地の兵舎がまだできあがっておらぬ。しばらくはここで日を過ごしてくれ」

「鍛錬地は遠いのか？」

玉姫は怪訝《けげん》そうに質した。

「津軽との境界に近い大湯《おおゆ》という場所。広い高原がある。馬の飼育場だ。あそこなら朝廷軍の目も絶対に届かぬ。二百人ほどを遣《つか》わして兵舎を造らせているが、早くてもあと半月はかかりそうだ」

「他の兵はどうなっている」

「まだ隼人らが集めた二十人ばかり」

「なればわれらも兵舎造りの手助けをしよう。半月もここで安穏《あんのん》と過ごせば体も心も腐《くさ》る。仕事が遅れれば雪の心配も出てこように」

「そうしてくれればなにより」

天日子は喜んだ。

「小屋掛けなど慣れたもの。二日やそこらで自分らの寝場所は作れる」

玉姫に男たちも首を縦に動かした。

「とりあえず今日だけはのんびりと休め。すぐに風呂《ふろ》の支度もさせる」

と聞いて男たちは歓声を発した。

そこに日明が弓狩とともに現れた。

「いよいよことのはじまりじゃの。頼《たの》もしそうな者たちが揃った」

日明に皆が平伏《へいふく》した。

「この者らも兵舎造りの手助けを」

天日子に日明は目を細めて、

「儂の配下からも腕を見込んだ五十人ほどを兵に回すつもりでいるが、隊の主力はやはりそなたら。肝《きも》に銘《めい》じてくれ」

男らに緊張が生まれた。

「隊のすべては天日子に預けておるが、皆の直《じか》の纏め役はこの弓狩。兵が集まり、兵舎ができあがれば大湯に常駐する。馬の乗りこなしにかけては右に出る者がない。鍛錬はさぞかし厳しかろうが、やり遂げれば必ず最強の騎馬軍団となろう。戦にも必ず勝てる」

おおっ、と男らは声を張り上げた。

「都一番の刀の使い手！」

聞かされた玉姫は目を丸くした。

兵たちは弓狩とともに広間に残り、玉姫一人が奥の部屋に通されている。

「しかも盗賊とは」

苦笑を交えて玉姫は口にした。自分たちもまた変わらぬ山賊である。

「その逆鉾丸には刀の鍛錬。弓についてはそなたが適任と天日子が」

日明に天日子も頷いた。

「春までに鍛《きた》え上げるのはむずかしかろうが、腕の上達は己れの命を守るなによりの盾。皆も心得て必死で踏ん張るはず。弓狩、逆鉾丸、そしてそなたの指導あればどれほど強い兵となるものか。最強の騎馬軍団と言うたはただの励ましにあらず。まさしくその通りとなる。寄せ集めの朝廷軍など敵ではない」

「いつからこういうことを？」

考えていたのかと玉姫は質《まじ》した。

「つい先月」

面白そうに日明は肩を揺らして、

「ここまで急に忙しくなるとは思いも寄らなんだ。が、これで一年も二年も余裕があれば余計な欲が出る。兵の数も二千やそこらまで増やしたくなる。そうなれば必ずこちらの動向が敵に漏《も》れる。起《た》ち上がる前に何万という朝廷軍が攻め寄せて参ろう。当の儂ですら思いも寄らなかった策ゆえに勝ち目があると睨んだ。さらに軍略に長けた者を真鹿が都に出かけて物色しておる最中」

「わざわざ都にまで？」

「敵の軍備や動きを正しく読める者でなくては勝てる策など立てられまい。われらはたかだか三百やそこらで挑《いど》もうとしているのだぞ。敵を上回る知恵こそ最も肝要」

それに玉姫は吐息した。

「堅牢《けんろう》な防壁《ぼうへき》を備え、たとえ鍛錬の足りぬ兵であろうと何千もの大軍が籠《こ》もる城や柵。そこが僅かの数で攻められるなど微塵も考えてはおるまい。しかしそれこそが狙い目。上手くやり遂げれば敵は震え上がる。言いなりになってきた俘囚たちの心にも火がつく。その火が広がれば先はどうなるかだれにも分からん。やってみる価値はある」

「物部とはそういうお方たちにござりましたか。恐れ入りました」

玉姫は日明にあらためて平伏した。

「いやいや、先陣に立つのはそなたら。礼を言わねばならぬのは儂の方。こちらにどれほど売り物があっても買ってくれる者が居なくては商いにならぬ。それと一緒だ。確かに天日子を焚きつけたのは儂に違いないが、思いが強まったところで手足となる者がおらぬではどうにもなるまい。ましてや商いのごとく単に銭の損失だけでは済まぬ話。それぞれの命が懸かっている。正直、十中八九は夢物語で終わると見ていた。まさか僅かもせぬうちここまでことが進むとは……儂が思うていた以上に出羽と陸奥の地熱が高まっていたということなのであろう。言うては悪いが、そなたらのような者たちでさえ朝廷の無慈悲なやり口に腹を据えかねている。今ならほんの小さな火でもたちまち大きく両国に燃え広がる。どうにかせねばという熱い思いがだれの胸にも煮えたぎっているのだ。だからこそこうして次々に人が集まる」

「出羽と陸奥の地熱……」

天日子は思わず繰り返した。

まさしくそうに違いない。

七

　七日後。鍛錬地がようやく形を成してきたとの報告を受けて天日子はたまたま尾去沢に戻っていた隼人を伴い大湯へ足を向けた。隼人が新たに兵として引き連れてきた八人の山の者たちも一緒である。この七日の間に、隼人の弟鷹人の声掛けで駆けつけた十人もすでに鍛錬地に入っている。

　これで玉姫が集めた六十人、その前から尾去沢入りをしていた二十人、日明の配下の物部勢五十人と合わせ百五十人近い兵が揃ったことになる。目標としている三百にはまだ遠いが、半月もすれば真鹿が逆鉾丸とその配下を二、三十は同行して都から立ち帰るはずだ。山の者らもさらに二十人は楽に見込めると隼人は請け合った。日明も、ここまでくればという確信からか津軽の蝦夷に戦となった場合の手助けを頼んでくれている。あとは冬の間の鍛錬にどれだけ成果を上げられるかにかかっている。もはや後戻りはできないし、むろん天日子にも戻る気などない。出羽、陸奥の境界に逃れた俘囚たちが生き地獄と変わらぬ飢餓《きが》に苦しめられているという噂を日ごと耳にすればなおさらだ。冬を越せずに餓死《がし》する者の数がいったいどれほどまで膨《ふく》らむことか。春まで決起を待つことさえもどかしい。

だが――

今起てば断じて勝利は望めない。心を鬼にして機を待つしかないのだ。それを見誤れば自分を信じて加わってくれた者たちを無駄に死なせることになる。胸に強く言い聞かせて天日子は馬を進めた。


このところ兵集めに奔走《ほんそう》し鹿角を離れていた隼人は、はじめて見る大湯の異様な景観に目を見張った。広大な平原の正面を、立て回した屏風《びょうぶ》で塞いでいるとしか思えぬ高台が聳《そび》えている。まるで天然の城壁《じょうへき》だ。

「上に登ればもっと驚くぞ」

天日子は笑いを見せて、

「ここからは想像もつかぬ平野が広がっている。大昔にとてつもない地揺れにでも見舞われ、あの一帯だけが隆起《りゅうき》したのだろう」

「あれほどの高さにまで！」

「神々の暮らしていた地とも言われる。平野の中心には低いが綺麗《きれい》な三角の形をした山がある。そこが神々の本拠であった、とも。ただの言い伝えに過ぎないだろうが、確かに奇妙な山。岩を積み上げて形を整えたようにも思える。そしてそんな岩は平野に滅多に見かけない。他から運んできた岩かも」

「なんという山にござりますか？」

「クロマンタ。意味は分からぬ」

「あそこにはどうやって登るので？」

「左の沢伝《づた》いに行けば自然と上がれる。断崖《だんがい》をよじ登る必要などない」

と聞いて隼人は安堵の顔をした。

「沢沿いには出湯《いでゆ》も多い。馬を好きに走らせて育てるには格好の地」

「兵にとっても、でござろう。出湯で鍛錬の汗を流すことができ申す」

隼人に天日子も頷いた。


「ようやく来たか」

物見《ものみ》の者から知らされたらしく、高原に通じる緩やかな坂で玉姫が待っていた。

「どんな具合だ」

玉姫と並んで天日子は訊ねた。

「弓狩の厳しさに皆が音を上げている。なにしろ暴《あば》れ馬の背に立たせようとするのだからな。無理と言っても弓狩は易々《やすやす》と立つ。馬の脇腹《わきばら》に取り付いて姿を隠す技《わざ》も」

「それをいきなりか」

「そこまでやれるまで容赦《ようしゃ》せぬそうだ。いかにもあれができれば攻めがぐんと変わる」

「弓の鍛錬の方は？」

「もともと達者《たっしゃ》な者たちが多いが、戦の場合の的は定まっておらぬ。右から左にと素早く動く。それで的の工夫をしてみたら散々だ。十の的に一本や二本を当てられれば上々。考案した私ですら五本がやっとという有様《ありさま》」

「どんな工夫だ」

　玉姫ほどの腕の持ち主が的の半数を外すなど考えられない。

「わざと土盛りをしたり溝《みぞ》を掘って高低をつけた道を拵《こしら》えた。その道の両側に左右が交互になるよう竹を立て、先端に板を吊《つる》す。馬に乗った射手が飛び出した途端、道脇で待機している者らが一斉《いっせい》に竹を揺らす。力はそれぞれなので的である板の揺れる方角や高さが異なる。それを激しく上下する馬の背から間《ま》を置かず右左と狙わなくてはならぬのだから並大抵のことではない。皆が外し続けでは鍛錬にならぬ。少し簡単にせねばと考えはじめているところだ」

あはは、と天日子は笑った。

「しかし、馬の鍛錬が効《き》いてきているのも確か。馬上での体の揺れが少なくなった者は当たらずとも着実に的に矢を近付けている。たいがいは山の者。やはり素早い獣を的にしてきただけのことはある。私の配下らもそれに負けじと踏ん張りはじめた」

「頼もしい話だな」

天日子は心底から返した。鍛錬を開始してまだ日が浅い。それでその調子なら春までにはよほど腕を上げるに違いない。


どこまでも広がる原を見渡して隼人は言葉を失った。彼方には何百頭という馬が群れを作って自在に駆《か》けている。上がってきた高さを思えば、ここはまさに天上の楽園である。

「兵舎や飯を煮炊《にた》きする小屋はクロマンタの麓《ふもと》。弓狩や私の小屋は山の中腹に建てた。そこからなら平原が一望できる。どの隊がどこでなにをしているかも分かる」

「残りの兵舎ができあがるのは？」

クロマンタの山を目指しながら天日子は質した。兵が増えつつある。

「十日とかかるまい。兵らも待ちかねている。今は十五人で一杯の兵舎に倍近い数が寝泊まりしている。鍛錬後の出湯だけが兵らの楽しみ。この里の湯は疲れを和らげる」

「すっかりこの地に馴染《なじ》んだ様子」

「配下らを食わせてやらねばならぬ心配がなくなった。毎夜なにも考えずに眠れる。これもすべて天日子のお陰」

玉姫は口にして頭を下げた。

「それは今だけのこと。戦となれば夜も眠れぬ日々が続く」

「それでもこれからは天日子や弓狩と一緒だ。ともに戦う大勢の仲間も居る。なにより、他のだれかのためにやるのだ。これまでとは別」

「自分のため、では不足か」

「自分などなにほどでもない。人のための自分であってこそ生まれた甲斐《かい》がある。それにようやっと気付いた」

玉姫に天日子は微笑《ほほえ》んだ。

# 八

天日子が兵の鍛錬の視察に出向いた、ちょうどおなじ日の夜。

遠く離れた京の都。一番の繁華街である西の市近くにある静かな宿の一室で凪実は真鹿とともに一人の男と向き合っていた。

最初の挨拶のときは瘦《や》せて背も高く、いかにも都人らしい優雅な物腰と端整《たんせい》な顔立ちに気後《きおく》れを覚えてしまったほどだったが、

〈なんと無礼《ぶれい》なやつだ〉

凪実は虫酸《むしず》の走る思いを抑《おさ》えつつ真鹿と男のやり取りに耳を傾けていた。真鹿がこれほど熱を込めて語っているというのに、男はどこか小馬鹿《こばか》にしたような冷ややかな笑いで聞き流し、凪実の注《つ》ぐ酒ばかり静かに口に運んでいる。たかが蝦夷と蔑《さげす》んでいるのだ。歳だとて真鹿より一つ下である。思い切り卓を蹴り飛ばしてやりたい衝動《しょうどう》に駆られる。この男が本当に都でも指折りの賢者《けんじゃ》であるなど信じられない。真実そうだとしても、こんな傲慢《ごうまん》な男を頼る気にはなれない。そもそも幻水《げんすい》という名すら怪《あや》しげである。

「それで……私はなんと返答すれば喜んでもらえるのかな」

右大臣藤原基経《うだいじんふじわらのもとつね》の専制への不安と出羽、陸奥の惨状などを一気に捲《まく》し立てた真鹿に、幻水は穏やかな口調で質した。

「私はむろん内裏が嫌いです。けれどそれでどうしようというのです」

いや、と真鹿は口籠《くちご》もった。あまりにも直截《ちょくせつ》な問いかけだ。

「これを好機に蝦夷が起ち上がる。そう思えましたが、聞き違いですか？」

凪実は驚いて幻水を見やった。真鹿は断じて一言も口にしていない。

「しかも相当な覚悟の上での話。今の胆沢鎮守府将軍安倍比高《あべのこれたか》は私の縁戚《えんせき》。近頃は疎《そ》遠《えん》とは言え、伝手《つて》はいくらでもある。それを知らずにあなたほどの人がこういう席に私を招くはずがない。下手《へた》をすれば企《くわだ》てが内裏に筒抜《つつぬ》けとなる恐れも。そこまで承知しながら口にしたからには、私のすべてを調べ上げてのこと。違いますか？」

真鹿の首筋から汗が噴《ふ》き出た。

凪実も息を呑み込んだ。この男が鎮守府将軍の縁者であるなど初耳である。その危険を冒《おか》してまで欲しいという男なのだろうか。

「いかにも好機」

幻水は薄い唇をわずかに歪《ゆが》め、

「多賀城に在る陸奥守源《みなもとのつつしむ》恭どのは右大臣と対立している左大臣《さだいじん》源融《とおる》さまの血族。むしろ出羽と陸奥の乱れを右大臣の専制を弱めるものと喜んで受け止めるやも。加えて出羽守として先頃赴任《ふにん》したばかりの藤原興世《おきよ》どのは何事にも不慣れ。国情も知らぬ身ではろくな采配《さいはい》を揮《ふる》えもしないはず。武人でもない」

くすり、と笑った。

凪実と真鹿は顔を見合わせた。

「戦とするには絶好の機会と言えるものの、決して勝ちは望めない」

幻水は笑顔のまま続けた。

「はじめは両大臣の心が離れていても、戦が大きくなれば一つにならざるを得なくなる。蝦夷には永い戦を支えるだけの力がない。朝廷には十万以上の兵力を投じて三十年は戦を続けられる土台がある。それは以前の戦で明らか。無駄な企てと思うがよろしい」

「…………」

「これは私の方から口にした話。あなたたちからはなに一つ耳にしていない。ゆえに口外の心配は一切《いっさい》無用」

「なぜ内裏を嫌う？」

話を切り上げて腰を上げそうになった幻水に凪実は訊ねた。幻水の方が怪訝な顔をした。とっくに承知と思っていたのだろう。

「放火による応天門《おうてんもん》の焼失の件を知っておるか。今より十二年近くも昔のこと」

いや、と凪実は首を横に振った。

「蝦夷であれば都の変事などどうでもよい話であろうな」

「だから、それがどうした？」

「放火の下手人《げしゅにん》はこともあろうに時の大納言伴善男《だいなごんとものよしお》さまであったと決めつけられた。その当事権勢を張り合っていた左大臣源信《まこと》さまの仕業《しわざ》と見せかけ、追い落とそうとしての謀略《ぼうりゃく》であると見なされてな。馬鹿馬鹿しい話。左大臣になんらかの罪を被《かぶ》せるつもりなら他にいくらでも策がある。だれかからの密告を得て左大臣の仕業と訴えた伴善男さまを、反対に大納言こそ張本人と見なして捕縛を命じたのは今の右大臣藤原基経さま。大納言ともあろうお方に容赦なき拷問《ごうもん》を繰り返し、ついに白状させた。痛みに負けてのことだろう。それで基経さまは源氏一門に多大なる恩を授《さず》け、目の上の瘤《こぶ》であった大納言の追放にも成功した。お帝《かみ》の信任を得ていた大納言さまが居ては今の藤原一門の全盛はなかったはず」

「酷い話だ。鬼と変わらぬ」

「煽りを喰《く》らったのは紀《き》一族。まさか大納言ほどのお人が自ら火を放つわけがない。家人として側に仕《つか》えていた紀豊城《とよき》が実際の実行者と目《もく》され、これも拷問の果てに付け火を認めた。その罪は一人豊城にとどまらず連座の形で多くに及んだ。豊城の兄であり紀一族を一つに纏めていた紀夏井《なつい》も肥後《ひご》守の要職を剝奪《はくだつ》され土佐《とさ》に流された上、その地で果てた。かく言う私もその一人。父親は今の鎮守府将軍比高の兄に当たる安倍富麻呂《とみまろ》。安倍の一族に問題はなくても、私の母は歴《れっき》とした紀の出。父はそれを恐れて母と私を無縁の者とした。当事私は大学寮で文章生《もんじょうのしょう》として軍略を生涯の道と定めていたが、師であった都良香《みやこのよしか》さまよりきっぱりと諦めるよう引導を渡された。紀に連なる者はどれほど頑張ったところで得業生《とくごうのしょう》の試験を受けられぬ、とな。得業生を経ずして文章博士《はかせ》にはなれない。大学寮を退《しりぞ》くしかなかった。私がまだ十五のときだ。別の官に就《つ》く道も安倍と無縁になったからには閉ざされた。幸いに都良香さまの引き立てで、なんとか学問は続けられてきたものの、どことも無縁の無為徒食《むいとしょく》の身でしかない」

　ほうっ、と凪実は吐息した。理解できぬ部分もあるが、それを聞けば幻水が藤原基経を嫌うのも当然のことだ。

「まことの名は安倍元水《げんすい》。かつては何人も大臣まで上り詰めた安倍の勢いを元の水流に戻さんと願って名付けたものとか。が、もはや夢の夢。幻《まぼろし》となった。それで自ら幻水、と」

　自嘲《じちょう》して幻水はさらに、

「負け犬の強がりとしか聞こえまいが、こたび式部少輔から文章博士に任じられた菅原道真どのより私の方が、という自負はある。華麗《かれい》な文章を操《あやつ》る点では向こうが上でも、大局を見渡す力にかけては足りぬ部分が……」

「道真さまもまさしくそのように」

真鹿に幻水は笑いを見せた。

瓜実は幻水を見直していた。

「道真どのはこの件をどこまで」

幻水は眉をしかめて真鹿に聞いた。

「あのお人も今の右大臣の専制を断じて良しとはしておらぬはずだが、私などとは立場が違う。聞き捨てにはできまい」

愚《おろ》かな真似を、という顔で幻水は深い吐息をした。

「なにも。こちらとてそこまで馬鹿ではない。道真さまには物部の商いの手助けをしてくれそうな賢者の心当たりをお訊ねしただけ。大学寮上がりで巷《ちまた》に埋《う》もれているお人は多い」

「そして道真どのが私を？」

「いや、道真さまが真っ先に名を挙《あ》げられたのは昨年大学寮の文章生となったばかりの紀長谷雄《はせお》どの。それこそ、たった今の話に出たように紀一族ゆえ出世から遠ざけられていた。歳は道真さまとおなじ三十三。道真さまは文章博士であるのに紀長谷雄どのの方はようやっと文章生。その不遇《ふぐう》を気に懸けられての紹介。やがては文章博士にもなれる明晰《めいせき》な頭を持ちながら、このままでは無駄に歳を重ねかねぬと案じなされていた」

「なるほど。長谷雄どのな」

幻水は納得した顔で何度も頷いた。

「その長谷雄どのからそなたの名が。こちらの申し出は、せっかく入所が叶《かな》った大学寮を退いてまで別の道に進むつもりはないとあっさり袖《そで》にされたものの、そもそも頭の閃《ひらめ》きなら一族の幻水どのの方が遥かに上、と。翌日、道真さまにそれとなく才を質したところ、いかにもと即座に頷かれた」

「持ち上げて誘う気と見える」

幻水は苦笑いした。それでも菅原道真ほどの者の褒め言葉だ。嬉《うれ》しくないはずはない。

「いかにも起ち上がる気でいる」

腹を割って口説くしかないと覚悟を決めた様子で真鹿は真っ直ぐ幻水と向き合った。幻水も真面目な顔に戻して頷いた。

「なれど永い戦にはせぬ。長引けば負けとわれらとて心得ている」

「永い戦とするかせぬかは内裏の思惑《おもわく》次第。そちらが決めることでは」

幻水は首を横に振った。

「ゆえに勝って勝って有利な和議に持ち込む。さほどの望みでもなければ朝廷とてあるいは話に乗る気になるやも」

「なにが望みだ？」

幻水の眉がぴくりと動いた。考えてもいなかった真鹿の言葉だったらしい。

「俘囚の立場を諸国並みとは言わずとも、それに近付けてもらいたい。そして蝦夷のみの暮らす地との境界をきちんと定める。それが曖昧《あいまい》なゆえに余計な面倒が持ち上がる」

「…………」

「理不尽《りふじん》な要求であろうか」

「いや……それだけのことか？」

幻水は戸惑いを浮かべて、

「実情はどうか知らぬが、内裏の方では境界線があると考えている。ただ蝦夷と取り決めをしておらぬだけの話。それは問題ないとして俘囚の扱いについては少し厄介。諸国と異なり、いつなにが起きるか分からぬゆえ鎮守府を置いて目を光らせている。むしろそちらの出方次第と見ている者が多い。それを変えろと言われてもなんと返答すべきかどうか困惑いたそう」

「帰順すれば他の国々の民らと同等の扱いをすると約束したのは朝廷だ。それが少しも守られておらぬから今の有様となっている。飢饉は等しく諸国に広がっているのに、出羽と陸奥ばかりが塗炭《とたん》の苦しみに襲われている。それではなんのために俘囚となるのを受け入れたのか分からぬ。救えぬくらいなら城や柵を捨てて出て行ってくれ。われら蝦夷だけでなんとか苦境を凌《しの》ぐ。約束したからには助けるのが道理。その目で見れば朝廷がいかに俘囚をないがしろにしているか分かる。いつなにが起きるか分からぬようにしているのは反対に内裏の方だ」

うーむ、と幻水は唸った。

「この通り京の都は飢饉などとは無縁の賑わい。西の市には食い物が腐るほど並べられている。出羽と陸奥に多少回すくらいなんでもあるまい。戦を長引かせることより楽のはず。面倒と思えば和議を受け入れよう」

「勝ちながら、それしか求めぬ……か。面白い。むろん勝てるかどうかにかかっている話ではあるが」

「そなたの知恵さえあれば」

ここぞとばかり真鹿は迫った。

「しかし内裏は疑心暗鬼《ぎしんあんき》の者ばかり。たやすくは信じまい。食い物を分けた程度で終わるはずがないと見る。むしろ弱気《よわき》になったと見なして大軍を投じる策に転じることも」

「だからこそそなたのような者が。ただの知恵者であれば蝦夷にもおる。内裏に伝手があるそなたなればわれらの本意も伝わりやすい。内裏の中にわれらの助けとなってくれる者を見付けることとてできよう」

「そなたこそなかなかの賢者」

「有利な和議が目的でなければ内裏に近い者の手助けなど求めはしない」

「肝心の兵はおるのか?」

幻水は明らかに乗り気となった。

「今集めている最中。三百の騎馬兵を春までに育て上げる」

「なぜだ？　攻めるなら冬の間の方がいい。内裏も援軍の用意ができぬ。雪にはそなたらの方がずっと慣れているはず」

「それでは朝廷が春を待っていきなり十万もの大軍を送り込んでくる恐れがある。和議を持ちかける前に敗北してはすべてが無意味となろう。狙いは小さな戦」

「なにからなにまで考えてのことらしい。いかにもその通り」

幻水はほとほと感心した顔で、

「それならこちらにも調べる時間が」

「調べるとは？」

「すべてだ。鎮守府将軍、陸奥守、出羽守といずれも戦には不慣れ。それゆえ勝ち目はあるが、いざとなれば内裏は武人を用いる。それがだれになるかが重要。場合によってはこちらが扱いやすい者が任命されるよう手を打つこととてできぬことではない。戦とはただの力比べではない。駆け引きだ」

「手伝ってくれるのだな！」

真鹿は歓声を発した。

凪実もおなじだった。

幻水の言葉一つ一つに頷けるものがある。これほど冷静に物事を見る者とははじめて会う。最初の印象の悪さはもはや消えている。

「勝ちながら僅かしか求めぬ戦か……三国志でも読んだことがない。やり甲斐がある。これはそなたの考えか？」

「天日子と申す者」

真鹿は胸を張ってそれに応じた。

九

幻水の住まいは宿からほど近いところにある。凪実と真鹿が門口《かどぐち》まで見送り、やれやれという顔で部屋に戻ると、そこには余った酒を旨《うま》そうに飲んでいる逆鉾丸の姿があった。凪実もすでに二度ほど会っている。

「よくぞあの者を味方に引き入れることができたものだな。無理と思うていた」

「われらの話を聞いていたのか」

真鹿は苦笑して腰を下ろした。幻水を口説き落とすのが今夜の大任と心得て酒はなるべく控えていた。これでゆっくり飲める。

凪実も笑顔で逆鉾丸の真向かいに座った。

今夜の逆鉾丸は刀を持たず、商人としか思えぬ目立たぬなりをしている。むろん検非違使を警戒してのことだ。この都一の繁華街である西の市界隈《かいわい》は市中警護の検非違使の目がことのほか厳しい。

「あの者の留守を幸いに屋敷を探ってきた。屋敷と呼べるほどの構えではないがな。母親が死んで一人住まいのゆえか酷い荒れ様。蜘蛛《くも》の巣があちこちに張っていた。厨《くりや》も埃《ほこり》だらけ。この無残《むざん》な有様ではろくな者ではないと見たに、寝所に足を踏み入れて仰天した。書物が山のごとく積み重ねられている。役所以外であれほどの書物を見たのははじめて。得た銭の大方をそれに注ぎ込んでいるのだろう。しかもおれにはとうてい読めぬむずかしそうな書物ばかり。只物でないのは確かだが、これではとても味方になどつけられまいと思った。世俗への欲のない者ほど厄介なものはない」

「学問で身を立てようとするのも大きな欲でござろうに」

真鹿は笑った。

「あの男が誘いに乗ったのであれば話は別。おれも心を決めた。行こう」

「来てくれると言うので！」

真鹿は思わず膝を叩いた。話を向ければ即座に頷くと思い込んでいたのに、逆鉾丸はぐずぐずと返答を延ばしていたのである。

「津軽に逃れんとしたのは配下らに安住の地を与えたいと願ってのこと。戦などに関わる気など毛頭《もうとう》ない。たとえ相手がおれの嫌う朝廷であるとしてもな。負け戦となるのも明らか。本当は今宵《こよい》こそはっきり断るつもりで出向いてきた」

「なのになぜ？」

凪実が質した。

「わずか十五という若さで大学寮の文章生に迎えられた男だぞ。それがどれだけ途方もない才の証しであるか内裏に仕える者ならだれでも承知。当時検非違使庁の下っ端《したっぱ》でひたすら鍛錬に汗水《あせみず》を流していただけのおれでさえ分かる。いかにも応天門の一件さえなければ今頃はどこぞの国の守辺りに任じられていてもおかしくはない。それが己れとは無縁のことで内裏から追われる羽目《はめ》に。普通なら腐って自棄《やけ》になる。なのにあの男は学問を続けている。それだけで頭が下がると申すもの。いつかは必ず報《むく》われるというよほどの信念なくしてとても続けられまい。それほどの者がこたびの馬鹿話に気持ちを動かした。おれには信じられぬことだが、勝算があると踏んだのであろう。なれば側で是非とも見届けてみたい。あの者がいったいどういう策を用いて朝廷に一泡《ひとあわ》吹かす気でいるか、をな」

逆鉾丸に凪実は頷いた。

「それに……あの者をあそこまで落とした責めの一端《いったん》はおれにもある」

凪実と真鹿は顔を見合わせた。

「あの者の話に出てきた、応天門に火を放った下手人と目され捕縛された紀豊城……その尋問《じんもん》は検非違使庁に一切を任され、このおれもそれに加わった」

「なんと！」

偶然に真鹿は驚いた。

「汚れ仕事はいつでも下っ端の役目。ばかりか詳しい経緯も聞かされず、ただ責めることだけ求められる。白状するまでは断じて容赦するなと言われてな」

「それで……白状を？」

「せずにはいられまいよ。尋常《じんじょう》な責めではない。逆《さか》さ吊《づ》りにしての水責めなど当たり前。爪剝《つめは》ぎやら真っ赤に焼いた鉄の棒を尻の穴に突き刺しもする。それが続いては、たとえ嘘でも白状する方が楽とだれもが思う」

さもあろう、と真鹿は吐息した。

「が、紀豊城についてはさすがに不審を覚えた。罪状は応天門に火を放っているところを見て直訴《じきそ》に及んだ者の妹を口封《くちふう》じのために殺めたというものだったが、なんで見た当人ではなく妹を殺さなくてはならぬ？　直訴を取り下げさせるための威《おど》かしと上の者たちはあっさり片付けたが、おれには得心がいかなかった。直訴した相手も今の右大臣藤原基経。小者《こもの》がたやすく近付ける相手ではない。普通であれば検非違使庁辺りに訴えて出よう。その奇妙さとて、当の藤原基経がそうだと認めているからには、それ以上の疑いを口にすることなど許されぬ。結局自白通り紀豊城の仕業と定まった。あのときもしおれがもっと上の立場にあったなら、再吟味《さいぎんみ》を求めていただろう。しかし二十歳《はたち》そこそこのおれではどうにもできなかった」

「ではだれが付け火をしたと？」

「あの男も言っていたではないか。一番得をしたのは藤原基経。分かり切った話。当時の検非違使庁を纏めていた連中の大方が基経の大臣就任以来桁外《けたはず》れの昇進を果たしている。それだけで裏が知れるというものよ。藤原の一族とはそういう輩。権勢を得るためには平気でなんでもする。あまり関わりのなさそうな女を殺した紀豊城への疑いとて、今にして思えば詮議《せんぎ》を検非違使庁に回すための方策だったに違いない。応天門は内裏の中にある。となれば詮議は内裏警護を担《にな》う衛士府《えじふ》の役目。基経の力もそこまでは及ばなかったのではないか？　それでわざと市中での騒ぎを引き起こし、検非違使庁が動けるように計《はか》らったのだ。そして付け火をしたという紀豊城の確かな自白を引き出せば衛士府とて結果を受け入れざるを得なくなる。この推測に間違いなかろう。そこまではさすがにおれも気付かなかった。紀豊城は紛《まぎ》れもなき冤罪《えんざい》。そのせいで紀一族は散々な憂《う》き目《め》に」

口にして逆鉾丸は吐息した。

「内裏とはそういうところか」

凪実は逆鉾丸を睨み付けた。

「そういうところだ。上に立つだれもが己れの得になることしか考えておらぬ。それゆえ平気で幼帝を立てられる。己れらの好きにこの国を操れるようにな」

「民らもそれで構わぬと？」

「怒ってはおるさ。が、どうにもならん」

「腐っているのは民らも一緒だ」

「かも知れん……いかにも」

逆鉾丸はまた深い吐息をした。

同魂
どう
こん

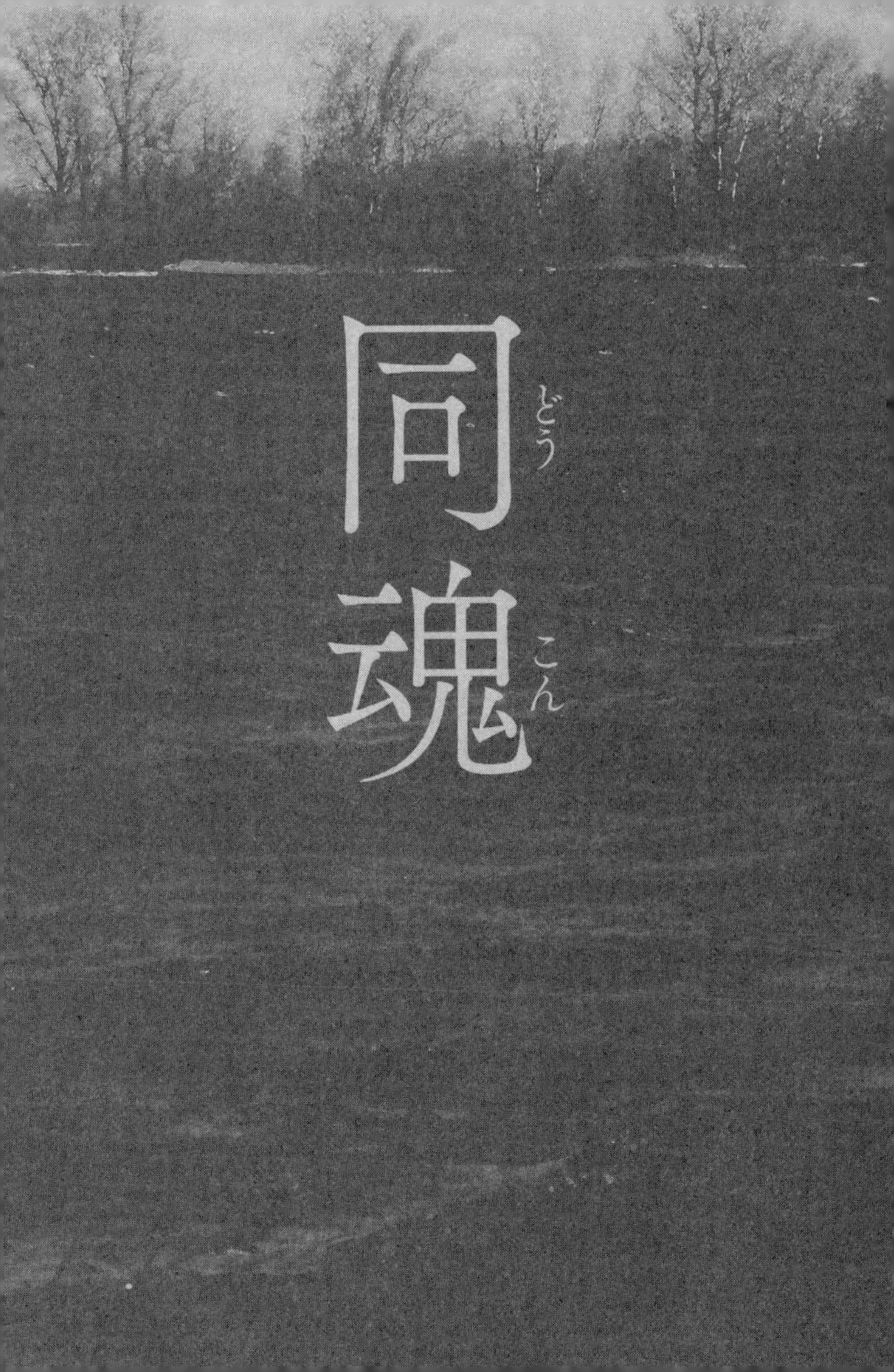

一

大湯《おおゆ》の里で本格的な兵の鍛錬《たんれん》が開始されてからすでに一月《ひとつき》近くが過ぎようとしている。そろそろ正月だ。が、今の天日子《そらひこ》には正月の祝いなど無縁である。このところ二日や三日ごとの鹿角《かづの》と大湯の往還の日々が続いている。それには雪の少なさも幸いしていた。いつもなら四尺《しゃく》前後が当たり前の豪雪地帯であるのに、今年はその半分以下で治まっている。お陰で道が閉ざされることがない。道は毎日のように鹿角から食糧や武具の類《たぐ》いを山盛り積み込んで何頭もの馬が牽《ひ》く大型の橇《そり》が拵《こしら》えたものだ。橇の重さできつく固められた道を辿《たど》れば迷うこともなく行き来ができる。

三日ぶりに鹿角に戻った天日子は真っ先に日明《じつめい》のもとに顔を出した。今日は玉姫《たまひめ》も同道している。

「新たに加わった者らはどうだ」

日明は挨拶《あいさつ》もそこそこに訊《たず》ねた。その者らとは出羽《でわ》と陸奥《むつ》両国の各地域から情報収集を目的として招聘《しょうへい》した四十人余りの連中である。兵としての働きは期待していない。が、騎馬《きば》軍と常に行動をともにする以上、少なくとも馬を乗りこなせるようになってもらわなくては足枷《あしかせ》となる。たいがいが農民なので日明はそれを案じていた様子だった。

「一月もすれば必ず。皆必死で頑張ってくれておりまする。たとえ馬から振り落とされても雪なので怪我《けが》の心配は無用。それで上達が一段と早い」

いかにも、と日明は頷《うなず》いて、

「昨日、真鹿《ましか》から早馬での報告が届いた。とっくに都《みやこ》を出たそうな。あと十日やそこらで鹿角に到着いたそう」

「そんなに早く！」

天日子の胸は弾《はず》んだ。

「せいぜい十五、六人と踏んでいたに、逆鉾丸《さかほこまる》は三十人ほどの配下を連れて参ったとか。これで合わせて二百八十人近くとなる。三百の騎馬軍はむずかしいと見ていたが、はじめてみればなんとかなるものだの。鎧《よろい》の調達の方が追いつかなくなりそうだ」

日明は声にして笑ったあと、

「ちょうどいいときに戻った。試《ため》して貰《もら》いたいものがある」

腰を上げて二人を庭に誘った。庭に下りて日明が指差したものを眺《なが》め、天日子と玉姫は顔を見合わせた。

「何人かにやらせてはみたが、そなたほどに弓の腕の立つ者でなくては、まこと役に立つかどうか案じられる」

「なんです？」

天日子は日明を見やった。真正面の木の枝に鉄の細い鎖《くさり》でびっしりと編み込まれた三尺四方の垂《た》れ幕《まく》が吊《つ》り下げられている。

「真鹿の誘いに乗った都の知恵者《ちえしゃ》が考案したもの。あれを馬の首に垂らして敵の矢を防ぐ。さっそく図面通りに作らせてみた」

「わずかの風でも揺れており申す。あんな薄さでは矢などとても」

天日子は苦笑した。

「その揺れこそ肝要。そのために馬の首に巻くのではなく垂らすのだ。前後左右自在に靡《なび》くあの鎖の盾《たて》は敵の矢の勢いを殺《そ》ぐ。たとえ突き刺さったとしても網《あみ》の目の細かさで貫《つらぬ》くことはできぬ。儂《わし》もまさかこの程度のもので、と思ったが実際その通りであった。騎馬軍にとって馬は命。ことに気をつけねばならぬのは真正面からの矢。首と胸元を射られては一溜《ひとた》まりもない。鎧のように分厚《ぶあつ》い鉄板で覆《おお》う手もあるが、それでは動きが鈍《にぶ》くなる。あれで足りるなら、まさに天の賜《たまもの》。城攻めもさらにたやすくなろう」

「まずは試してからの話」

天日子は側《そば》に立てかけられている弓の中から一番大振りなものを選んで手にした。遠くの獲物《えもの》を狙《ねら》う弓で、朝廷軍の兵らが用いるそれとほぼ同等のはずだ。

「こんな近くからでよいので？」

さすがに天日子は質《ただ》した。

目と鼻の先とはこのことだ。

「でなければ試しとなるまいに」

日明の返答を受けて天日子はぎりぎりと弓の弦《つる》を引き絞《しぼ》った。つがえている矢も太い。

「馬は激しく駆《か》けている。なるべく揺れの大きなときに矢を放て」

日明に天日子は頷いて狙った。

強い風を受けて鎖の盾が右に左にと舞った。天日子は勢いよく矢を放った。

がちん、と矢が鎖の盾に命中した音が鳴り響いた。が、肝心《かんじん》の矢は直後に力を失ったかのようにだらしなく地面に落ちた。天日子と玉姫は信じられぬ顔でそれを眺めた。

天日子はすぐに二の矢をつがえて、さらに腕に力を込めて放った。結果は一緒だった。前より僅《わず》かに大きく鎖の盾を後ろに揺らしただけに過ぎない。

「そなたでもこれなら使えるな」

日明は手放しで喜んだ。

「考案したのはどんな者にござる」

天日子は一息吐《つ》いて訊ねた。いかにもこの鎖の盾を馬の首と胸元の前に垂らせば最強の守りとなる。真《ま》っ直《す》ぐ向かってくる馬を弓で狙うにはそこしかないのだ。

「安倍幻水《あべのげんすい》と申す軍略に長《た》けた男であるとか。すべて書物で学び、戦《いくさ》の経験はない」

「どこぞの国にはこのような馬のための盾があるのでござろうか」

「いや、その者の知恵と真鹿は言うておる」

「頭の中ばかりでこれほどの武具を……そんなお人がわれらの手助けに」

「歳《とし》は二十七。そなたとさほど変わらぬ」

と聞いて天日子は驚いた。

「真鹿は幻水と申す者の頭の凄《すご》さを儂に伝えたくて図面を送ってきたのだろう。まったく世の中には途方もなき知恵者がおるものよな。しかも幻水は胆沢《いさわ》の鎮守府《ちんじゅふ》将軍安倍比高《これたか》の血縁であるとか」

「まさか！」

「儂もまさかと思った。いかに今は絶縁に等しき間柄とは言え一族には違いない。真鹿が図面を届けたのはそういう儂の危惧《きぐ》を払わんとしてのことやも知れんな。味方でなければこういう知恵を出してはくれまい」

「じかに会ってみるまで油断は禁物《きんもつ》かと」

天日子は慎重《しんちょう》だった。

「むろん儂とて心得《こころえ》ておる。が、まこと味方になってくれるのであれば面白《おもしろ》き因縁《いんねん》。安倍比高らは先祖に阿倍比羅夫《あべのひらふ》を戴《いただ》く一族」

「阿倍比羅夫？」

「朝廷の命を受け、この国で一番最初に蝦夷《えみし》を討伐《とうばつ》した者。かれこれ二百年以上も昔のことだ。その功績で阿倍の一族は今もそれなりに優遇《ゆうぐう》されている。つまりは蝦夷にとっての大敵。その中の一人がわれらの手助けに回るのだぞ。面白いと言うしかない」

日明に天日子は唸《うな》りを発した。

「むろん承知」

## 二

あっさり頷いた日明に天日子は信じられない顔をした。

「村々を荒らし回る野盗《やとう》どもの背後にどんな者らがおるのか、もな」

「捨て置いておったのですか！」

思わず天日子は声を荒《あら》らげた。

玉姫と二人で日明の元に足を運んだのは、その噂《うわさ》を耳にしてのことである。飢饉《ききん》で多くが山に逃《のが》れただけでも痛手であったのに、さらには頼みの綱である若者らが健児《こんでい》として出羽の城や柵《き》に徴用《ちょうよう》され、すっかり手薄《てうす》となっているいくつもの村里を野盗の集団が襲撃《しゅうげき》し、占拠《せんきょ》しているという話だ。老人や女子供しか残っていない集落では抗《あらが》う手立てなどあるはずがない。身動きもままならぬ年寄りは容赦《ようしゃ》なしに殺されているという。知って天日子は激怒した。聞き捨てにはできない。ましてや朝廷側がその暴挙の陰にあるらしいと聞いてはなおさらだ。どうやら若者らが徴用された直後に村が襲撃されているようである。野盗らと結託しているとしか思えない。

「そこまではせんだろう」

日明は首を横に振って、

「仕組んだのは間違いなく一儲けを企《たくら》んで都から出羽や陸奥に移り住んできた者ら。村里が壊滅《かいめつ》すれば、耕した田畑だけが残る。それをわずかの銭《ぜに》で我が物とする気だ。役人どもを懐《ふところ》に抱き込んでな。これまでもそうやって連中は己《おの》れの土地を増《ふ》やしてきた。朝廷の方とてそれがだれの土地であろうと年貢《ねんぐ》が得られればそれでいい」

「後ろに居るのがだれであろうと許すわけには参りませぬ」

天日子は歯嚙《はが》みして膝《ひざ》を進めた。

「退治せねばと思うております」

「退治？　そなたがか」

「われらはそれをやるために起《た》ったのでござろう。違いまするか」

「野盗ごときのためにこれだけの苦労を重ねておるのではない」

日明は厳しい目で睨《にら》み返した。

「いったいなにを考えておる。鍛錬ははじまったばかり。ここで起てばこれまでのことがすべて無駄《むだ》となる。二千以上もの兵が籠《こ》もる城を策なしに落とせると思うのか。だとしたら儂の買い被《かぶ》りであった。そなたに将の器量などない。ただの思い上がりだ」

「兵を進めるといつ申しました」

唇《くちびる》を震《ふる》わせて天日子は続けた。

「十人やそこらで退治して参る」

「数はどうであろうと、武装した騎馬兵が出向けば、それはたちまち朝廷軍に伝わる。どこから現れたか、敵も躍起《やっき》となって探りにかかろう。それで大湯のことが知れれば、こちらが仕掛《しか》ける前に大軍を送り込んでくる。それすら分からぬとは……こたびの蜂起《ほうき》はたった一度しかない機会なのじゃぞ。些少《さしょう》のことには目を瞑《つむ》って堪《こら》えるしかない」

日明は深い吐《と》息《いき》をした。

「些少のことと言われるか」

「いや……大事の前の小事。そなたには何万という蝦夷や俘囚《ふしゅう》らの先行きが懸《か》かっておる。それを忘れるな。哀《あわ》れと思う気持ちは分かるが、情に流されてはならぬ」

「情に流されてなど……手前には何万の命も、たった一つの命も重さはおなじ。どうしてもいかんと申されるなら一人でも参る。手前に代わる将であれば周りにいくらでもおるはず。それこそ都の知恵者を据《す》えてもいい。しかし、野盗どもに奪われた命は二度と戻らぬ。代えられる命などないのでござる。勝ちを得るために兵をむざむざ犠牲とする将などにはなりたいとも思わぬ」

「やりたいと先に言うたはそなたではないか。今になってなにを甘いことを。戦は喧《けん》嘩《か》ではないと言い聞かせたはず」

日明は声高《こわだか》に制した。

「いかにも蝦夷のためになにか果たしたいと思いました。その気持ちは今も一緒。なれどみすみす仲間の辛苦《しんく》を知りつつ目を瞑ることは断じてでき申さぬ。それでたとえ勝利を得たとして手前には……」

天日子の目から涙が溢《あふ》れた。

玉姫は固く肩を強張《こわば》らせていた。

「ここまで来て後戻りはできぬ」

日明は低い声で言った。

「三百近い兵らの命も懸かっておる。どうしても行くと申すなら、そなたを鹿角と無縁の者とするしかない」

玉姫は絶句して日明を見やった。

「致し方ありませぬ」

即座に天日子は返した。

「僅かの者らのために命を捨てるのも多くのために捨てるのも手前にとってはなに一つ変わらぬこと。悔《く》いはござらぬ。大湯の兵がある限り安心と申すもの」

「困った者だの」

渋面《じゆうめん》を拵えて、やがて日明は、

「理屈では儂に分《ぶ》があるが、この頑固者《がんこもの》にはそれも通じん。呆《あき》れ果てたわ」

くすくすと笑った。

玉姫も笑いでそれに同調した。

「が、せっかくここまで運んでおいて天日子を死なせるわけにはいかん」

日明は玉姫に目を向けた。

「そなたの配下十人ほどを引き連れて天日子に同行してやってくれ」

「お任せあれ」

喜んで玉姫は下知《げち》を受けた。

「野盗らの数はそれぞれ二十人余りと耳にしておるが、今のそなたらでは断じて引けを取るまい。幸いに玉姫一党の名は出羽にも伝わっている。万が一朝廷軍らが事の次第を探りに入ったとしても野盗同士の小競《こぜ》り合《あ》いと見る。鹿角に繋《つな》げられる恐れはない」

「伯父御《おじご》！」

天日子は床に額《ひたい》を付けた。

「だが長居《ながい》は困るぞ」

日明は天日子に念押しした。

「そなたと玉姫が留守《るす》にすれば鍛錬中の兵らの士気が弱まる。救うのは二つやそこらの集落でよい。それで野盗らも警戒いたそう。どうせ銭で雇《やと》われている連中。命を懸けて争う気などあるまい。当分は近付かぬ」

いかにも、と天日子は頷いた。

「反対はしたが、あるいは良き判断であるやも。いざ起ったとき、野盗どもから村を救ったのもわれらであったと知れば戦いに同調してくれる数も増えよう。大湯の兵らにとっても嬉《うれ》しい話に違いない。一人一人の命を大事にする将と分かってな」

日明はしみじみと口にして、

「これがそなたの初戦となる。必ず勝て。そして無事に戻って参れ」

天日子に命じた。

三

ようやく二ツ井《ふたつい》の里、切石《きりいし》の集落を見下ろす山の中腹に辿り着いて天日子は、これから先の面倒《めんどう》より安堵《あんど》の方を大きく覚えた。なにしろ寒さに耐《た》えながら野宿を重ね、雪原をまるで馬で漕《こ》ぐようにして渡る厳しさの連続の三日間であった。これが夏なら、厳しさは半分以下、しかも途中からは米代《よねしろ》川を舟で下る呑気《のんき》な行程であったに違いない。

例年より積雪が少ないとは言え、尾去沢《おさりざわ》の裏手に聳《そび》える竜ケ森《りゅうがもり》を越えて十二所《じゅうにしょ》の里経由で米代川に出る近道を用いるのも躊躇《ちゅうちょ》された。近隣の山に詳《くわ》しい者が頑《がん》として無謀であると首を横に振ったのだから諦《あきら》めるしかない。大迂回《だいうかい》と承知しつつ延々と広がる雪の原に馬を進めるしかなかったのだ。加えて頼みの綱《つな》としていた途中からの舟も使えなかった。馬を何頭も乗せて運ぶ舟には川の水がまだまだ浅すぎたのである。

「小さな里だ」

玉姫は天日子と並んで吐息した。

右側を滔々《とうとう》と流れる米代川と左手に連《つら》なる深い山々に挟《はさ》まれた細長い平地である。

ここから見える貧しげな藁屋根《わらやね》の数もせいぜい三十やそこらでしかない。

「難儀の果てがこれか……」

「でもない。この里の向こうはあのまま川沿いに平地が能代《のしろ》の海岸まで続いている。米代川の北側は蝦夷の地。つまりここは川を越えずに朝廷が支配できる最も北の端に位置する。できることなら朝廷の息のかかった者にこの地を預けたいと願っていたはず。ここを今のうちにわれらの手に取り戻しておけば、いざというときにどれほど楽になることか」

「能代からここまでの距離は？」

「馬であれば一日足らず」

「そんなに近いのか」

「だからこそ万が一にでも柵など造られたら危《あぶ》ない。ことあれば二日もせずしてその柵が朝廷の騎馬兵で埋《う》まる」

「そこまで見越してのことであったか」

「いや、この地形を見て思った。おれが敵の将ならここに柵を拵える」

「では、ここまで踏ん張って来た甲斐《かい》があるというものだ」

玉姫に配下らも勇《いさ》み立った。これだけの苦労を重ねながら、僅かの俘囚を救う程度では物足りないと思っていたはずである。

「たまたま通りかかったふりをしたとて、この数では必ず警戒される。ここで疲れを取り、夜を待とう。どうせ話し合いなど通じぬ連中。一気に襲《おそ》って片付ける」

それがいい、と玉姫も同意した。

「もう一人を連れて里の様子を探ってくれ。野盗らはきっと一ヵ所に固まっている。俘囚たちはどこかに押し込められていよう」

天日子は、どうしても同行すると言って聞かなかった鷹人《たかと》に命じた。鷹人なら山の民《たみ》である証文《しょうもん》を肌身《はだみ》離さず所持している。たとえ野盗らと遭遇《そうぐう》しても怪《あや》しまれる気遣いはない。

「手前だけで十分。ご心配なく」

鷹人は張り切って馬から下りた。

鷹人の足ならここと里の往復などたやすい。

「戻らずともいい。里の手前に大きな一本杉が見えよう。あそこでわれらの到着を待て。日暮れと同時にこっちも山を下りる」

承知、と鷹人は笑いを見せて早足で急な斜面を駆け下りて行った。まるで平地を走るような身の軽さに皆は驚いた。しかし、そうでなくては険《けわ》しい山を狩り場になどできない。高い崖《がけ》だとて猿のごとくよじ登る。

「あんな男を仲間に欲しいもの」

山賊《さんぞく》とて似たようななりわいなのに玉姫はほとほと感心した。鷹人の姿は藪《やぶ》に隠れてもう見えなくなっている。

「まだ山賊に戻るつもりか」

天日子は苦笑した。

「戦をいつまでも続ける気はないと言うたのはそっちではないか」

「伯父御はそなたを気に入っている。手放すつもりなどない。そなたら一党はしばらく津軽《つがる》に匿《かくま》ってもらい、頃合いを見て鹿角に呼び戻す気でいる」

「なにも聞いておらぬ」

「むろん今は戦が第一。勝って生き延びることができての話」

と聞かされて玉姫と配下たちは互いに見やった。嬉しさが顔に出ている。

「それより馬から下りて体を休ませておけ。今夜はどうなるか分からん。この寒さだが焚《た》き火は禁物。野盗らに煙を見咎《みとが》められる恐れがある。馬を円陣にして囲み風除《よ》けとしろ。馬の熱で多少は温《ぬく》もる」

天日子はてきぱきと命じた。

戦いの指揮を執《と》るなど生まれてはじめてのことだが、玉姫が選んだ者たちの力を承知なので不安は微塵《みじん》もない。度胸や刀の腕はもとより弓も以前に比べて遥《はる》かに上達している。たった十人ほどであろうと、たとえ三、四十の敵を相手にしても引けは取らないはずだ。それにこの数なら自分の策もしっかり伝わる。いきなり三百の騎馬軍を率《ひき》いるよりむしろよかったと言えるかも知れない。

「はじめての戦。怖《こわ》くはないか」

玉姫は頼《たの》もし気《げ》な笑いで質した。

「不思議とそなたとならな」

玉姫は頬《ほお》を染めたように見えた。

美しい月が里を照らしている。

一本杉の陰から鷹人が現れた。さすがに天日子もほっとして手を振った。

「連中は集落を見渡せる高台にある村の長《おさ》の住まいを奪い取っておりまする。数はおよそ二十ばかり。村の者たちは川沿いの三つの小屋に一纏《ひとまと》めに。そこの見張りは六人。武器は腰の刀ばかり。楽にやれましょう」

鷹人は請け合った。

「どちらを先にやるか、だな」

天日子は迷った。

単に野盗を退治するだけの奇襲《きしゅう》であれば当然本拠《ほんきょ》としている村長の住まいの方だ。もし村の者たちが押し込まれている小屋を先に襲い、その騒ぎが伝われば二十人の敵が一気に馬で駆けつけ、包囲にかかられる恐れがある。馬同士での争いとなると数の少ないこちらが不利となりかねない。それを避けるにはこっそりと本拠に接近し、敵の馬を解《と》き放ってからの対決とするのが常套《じょうとう》である。が、それでは奇襲を察した小屋の見張りたちが村の者たちの命を奪いかねない。

「六人の見張り、何人でやれる」

天日子は玉姫に訊ねた。

「三人。いや二人でもなんとか」

「なんとかでは困る。三人を選んでくれ。残りはおれとともに本拠を攻める。同時にやるしかなさそうだ」

天日子は覚悟を決めた。

# 四

〈この数でどうする……〉

大きな屋根構えの村長の住まいを見やって天日子は微《かす》かな不安に襲われた。板戸を立て回してあるので中の様子がまるで分からない。耳に伝わるのは賑《にぎ》やかな笑い声だけだ。

こちらの手勢は自分に鷹人、そして玉姫とその一党七人の合わせて十人である。鷹人の偵察《ていさつ》によれば敵は二十人という話だが、それは裏に繋がれた馬を数えての見当で実際はもっと多いかも知れない。それより厄介《やっかい》なのは村の女たちが一緒であることだ。それでは火をかけるわけにはいかない。馬を解き放って中に突入するしかなさそうだが、となるとせっかくこちらが馬上にある強みが失われる。屋内では弓も使えない。

「どうする？」

玉姫も眉間《みけん》に皺《しわ》を寄せて訊ねた。

「半々に分けよう」

急《せ》かされる形で天日子は決めた。

「刀を得手《えて》とする三人におれと鷹人とで一気に踏み込む。と同時にそっちは馬を遠くへ追いやれ。頃合いを計《はか》って敵を外に誘い出す。おれたちを追って来た連中を待ち構えて弓で狙い射ちにしろ。外《はず》す距離ではない。月明かりもある」

「なれば私も一緒に参る」

玉姫は腰の刀に手を当てた。

「いかん。外の指揮を頼む」

「天日子を守ってくれとお頭《かしら》に頼まれた。心配するな。刀でも滅多《めった》に引けは取らぬ」

「まことか」

天日子は玉姫の配下らに質した。配下らは一斉《いっせい》に首を縦《たて》に動かした。

「小屋の見張りを片付けに行った者たちへの合図も忘れるな」

配下たちはしっかり頷いた。

「残るただ一つの心配は女たちを盾にされることだな」

天日子は案じた。

「真っ先に私が名乗りを挙《あ》げる。食い物目当ての襲撃と思わせる。里と無縁の山賊相手なら人質などなんの役にも立たぬと見よう」

「いかにも」

これで天日子の不安も霧散《むさん》した。あとは存分にやり合うだけだ。

「ここからか！」

玉姫は低いながら驚きの声を発した。天日子が的《まと》とした板戸の奥は一番賑やかな座敷だ。ときおり女たちの声もする。酒の酌《しゃく》をさせているに違いない。

「軽く十五人近くはおるぞ」

玉姫は耳打ちした。踏み込むにはあまりにも数が多すぎる。手薄な場所を選ぶべきだ。

「仲間だけの酒席。武器はせいぜい腰の小刀。それにだいぶ酔っている按配《あんばい》。そこが狙い」

あ、と皆は目を丸くした。

普通は数ばかり気にしてしまう。

「さぞかし仰天《ぎょうてん》しよう」

玉姫も得心《とくしん》の笑いを見せた。

「飛び込んだら目に付く灯《あか》りを消せ。おれたちはこうして夜目《よめ》に慣れている。敵がば

「さすがわれらの将だけある。その言葉だけでもはや勝った気になる」

刀を引き抜いて玉姫は二人の配下に板戸への体当たりを命じた。

一度後退して二人は勢いを付けると突進した。激しい音を立てて板戸が破れた。敵の慌《あわ》てた叫《さけ》びが聞こえる。天日子たちは咆哮《ほうこう》を上げて中に飛び込んだ。夜目には眩《まぶ》しい灯りが輝いている。天日子は手近の灯明台《とうみょうだい》を蹴《け》り飛ばした。

玉姫や鷹人たちも灯りを打ち倒す。

たちまち外と変わらぬ暗がりとなる。

敵はまだなにが起きたか分からずにいる。

女たちがとなりの部屋に逃げて行く。

闇雲《やみくも》に小刀を振り回して二人が天日子を襲って来た。だいたいの見当をつけての攻めとすぐに分かる鈍い動きだ。一人が足下の膳を踏みつけて不様《ぶざま》に転《ころ》んだ。天日子は難なく一人の膝を断ち切った。殺すまでもない。

しかし、玉姫は違った。すでに二人の首を刎《は》ねている。小気味《こきみ》よいほどの腕だ。自慢しただけのことはある。感心した天日子の背後に敵の気配《けはい》が感じられた。振り向きざま天日子は容赦なく刀を振り下ろした。相手は膝を割って動けなくしたはずの男だった。

「情けは己れの命と引き替えになるぞ。これは戦だ。忘れるな！」

見ていた玉姫が叫んだ。

天日子は自分の甘さを知った。

と同時に膳を踏んで転げた男が体勢を整えて正面から小刀を突き出した。天日子は軽く体を捻《ひね》って躱《かわ》すと脇腹を切り裂《さ》いた。今度は迷いもない。玉姫も鷹人もだれもが命を懸けて敵とやり合っている。

「頭はどいつだ！」

甲高《かんだか》い玉姫の声が響き渡った。

「われは陸奥の志波《しわ》を本拠とする玉姫！　米俵を渡せ。それで命は助けてやる。でなければ皆殺しだ」

敵はたじたじとなった。玉姫一党の怖さを承知だったと見える。

そこに長い刀や薙刀《なぎなた》を手にした者らがどっと駆けつけた。途端に敵の勢いが増す。とうに十人は倒したはずだが、ざっと見渡した限り十五人は居る。こちらの三倍だ。敵の目も暗がりに慣れてきている。

「わざわざ陸奥からお出ましかよ」

恰幅《かっぷく》のいい男が前に出てせせら笑った。どうやらこの男が頭目と思える。

「噂以上の良い女。殺すのは惜《お》しい。ここら辺《あた》りの女とはまるで別物」

「死にたいのか。阿呆《あほう》」

玉姫は頭目をぎりぎりと睨んだ。

「米俵が欲しいならいくらでもやるぜ。その代わりおれと組まねえか」

「うぬらが好き放題やっていると聞いて襲う気になった。われらは弱い里の民など断じて獲物とせぬ。見損《みそこ》なうな」

「そっちが思っている以上の銭になる。おれたちだってただの野盗じゃねぇ。こいつにゃ面白《おもしれ》ぇ裏があるのよ」

「米俵さえ貰えばそれでいい」

そろそろ潮時《しおどき》と玉姫は天日子に目配《めくば》せした。天日子は頭から転がって敵の目前に出ると二人を切り伏せた。また乱闘になる。

だが多勢に無勢。

じりじり追い詰められたふりをして天日子たちは外に逃れた。敵は調子づいて追ってくる。薙刀の威力もこれで増す。

「女はおれのものだ。殺すなよ」

頭目はひゃひゃひゃと笑った。

「薄気味悪いやつだ」

玉姫は唇を歪《ゆが》ませた。こんなときなのに天日子はおかしくて仕方なかった。

外に出るなり多くの悲鳴と呻《うめ》き声が上がった。仲間の倒れていく姿を見て野盗たちは慌てた。それが待ち伏せの矢によるものと気付いたときは数が半分近くに減っている。恐怖に駆られて屋内に引き返す者も居る。その背中に容赦なく矢が射込まれた。策を立てた天日子でさえ驚くほどの鮮やかな攻めであった。瞬時にして敵の数が七、八人となったのだ。

よし、という天日子のかけ声とともに配下らが暗がりから勢いよく出現して包囲にかかった。いずれも馬上で弓を構えている。これでは逃げ場がない。野盗たちはひとかたまりとなって身を縮めた。

「てめぇら、汚《きたね》えぞ！」

頭目は喚《わめ》き散らした。

どこかで成り行きを見守っていたようで、女たちの歓声《かんせい》が聞こえた。

「なら一対一でやる度胸はあるか」

今度は玉姫がせせら笑う番だった。

「なめた口を利《き》きやがって」

頭目は玉姫を睨み付けた。

「おれに任せろ」

玉姫を制して天日子が前に出た。

「どうせこっちが勝ちそうになりゃ、どっかから矢が飛んでくるんだろうよ。なにが一対一だ。笑わせるな」

身構えていた頭目は降参の顔でがらりと刀を地面に投げ捨てた。

「貴様《きさま》らとは違う。しかと口にしたからにはおれとおまえただ二人」

「………………」

「命乞いされても許す気などない。この里の者を何人手に掛けた？　勝負を受けぬなら矢の的とするだけのこと」

くそっ、と頭目は手下《てか》の薙刀をもぎ取って天日子と向き合った。重い薙刀を軽々《かるがる》と振り回す。激しく風を切る音が鳴り響く。

「そこそこはやる。気をつけろ」

薙刀の扱いを目にして玉姫は案じた。天日子もむろん分かっている。

「こうなりゃせめててめぇを地獄の道連れにしてやるぜ」

頭目は怒声《どせい》を発して一気に突進してきた。天日子は地を蹴って最初の攻めから逃れた。が薙刀はそのまま天日子についてくる。さすがに天日子も動転した。薙刀相手に戦うのははじめてのことだ。互いの距離が摑《つか》めない。着地と同時に天日子の顔面に薙刀が伸びてくる。辛《かろ》うじて天日子はそれを払った。払いながらまた地を蹴って逃れる。頭目は薙刀をぐるりと反転させて返した。恐るべき腕だ。天日子は空中で足を縮めた。びゅーんと薙刀が空《くう》を切る。天日子から冷や汗がどっと噴《ふ》き出た。これでは逃れるばかりで攻撃ができない。

「おらおら、どうした」

頭目は勝ち誇った声を上げた。

さぞかし玉姫たちもはらはらして見守っていることだろう。が、天日子には玉姫たちを横目にする余裕もない。

真正面から攻めを躱して懐に入るしかない、と天日子は覚悟を決めた。長い柄《え》の薙刀は懐に入られると打つ手がなくなる。並の者ならそれを警戒して後退するが、これほどの腕達者ならむしろ逆に突きの手に出るはずだ。横払いの構えでは自分の胸元を大きく空《あ》けてしまう格好《かっこう》となる。が、大きな賭《か》けには違いなかった。突きならわずかに体を捻るだけで逃れられても、横払いとなれば振り回した勢いも加わってたやすくは弾《はじ》き返せない。そうなると薙刀がこちらの体を切り裂く。

ままよ、と天日子は迷いを振り切って飛び出た。頭目にも驚きが見られた。しかしそれは一瞬で、頭目は薙刀を思い切り前に突き出してきた。天日子の狙い通りである。

天日子は右に体を傾けた。

薙刀が天日子の左の衣《ころも》をざっくりと裂いた。そのときには天日子はすでに頭目の間近に迫っていた。頭目の顔に焦《あせ》りが浮かぶ。すかさず天日子は喉元《のどもと》を狙って刀を横殴《よこなぐ》りにした。頭目の頭が胴体から離れた。地面にどさっと転げ落ちたその首には自分の負けが信じられないという表情が見られた。続いてゆっくりと体が崩れていく。

遠巻きにしていた手下らはへなへなとその場に腰砕《くだ》けとなった。玉姫は腕を高く空に掲《かか》げて吠《ほ》え立てた。

「もういい。十分だ」

ふたたび矢をつがえて手下らを狙った配下に天日子は言った。

「これで二度とこの里に戻りはすまい。里の者らを押し込めていた仲間も片付けた。とっとと消えろ」

天日子に手下らは両手を揃《そろ》えて礼をすると脱兎《だっと》のごとく逃げ去った。

歓喜の顔で女たちが姿を見せた。

「どうなるかと思ったぞ」

玉姫に天日子も苦戦を認めた。

「おっかあや弟たちを助けてくれたってのは本当?」

一人の娘が前に出ておずおずと天日子に質した。この娘らにすれば天日子たちもまた同様の盗賊に変わりはない。それでも玉姫の存在が恐れをだいぶ薄れさせている。

「当分は心配ないと思うが、この里を我が物にしたいと思っている者は多い。この先なにがあるか分からん。川を渡って反対側の里に逃れろ。しばらくの辛抱《しんぼう》だ」

娘たちは目を丸くした。

「案じるな。向こうの里の連中にはおれたちが話をつけてやる。おなじ蝦夷。きっと受け入れてくれよう」

「あんたたちがこのまま守ってくれれば」

そうだ、と何人もが願った。

「ここと同様、里を襲った野盗らがまだまだ他に居る。おれたちはそれを退治するためにやって来た。飢饉に乗じて田畑を奪うような真似《まね》は断じてさせせん」

「はじめから助けに来てくれた人たち？」

娘たちは信じられない顔をした。

そこに荒々しい馬の足音が聞こえた。娘たちにまた怯《おび》えの色が広がる。

「おお、無事じゃったか！」

駆けつけた配下の馬の背に同乗していた年寄りが喜びの声を上げた。どうやら里を纏める長らしかった。娘たちは安堵の混じった涙顔でそれに応じた。

「他の皆も助かった。今こっちに向かっておる。このお人らのお陰」

村の長は馬から下りて天日子と玉姫の手を握った。娘らも膝をついた。

「気持ちがいいものだな」

礼を繰《く》り返す皆に玉姫は照れながら天日子に言った。天日子も微笑《ほほえ》んだ。

「これがわれらの役目か」

玉姫に天日子は大きく頷いた。

五

三人が手傷を負ったものの一人も死なせることなく意気揚々《ようよう》と天日子が鹿角に戻っ

たのはそれから十日後のことだった。

出立《しゅったつ》して半月以上が過ぎている。

「ああいうのは苦手だ」

歓声に充ち満ちた町中の出迎えの列を通り抜け、尾去沢の鉱山への山道に入ると玉姫はようやく緊張から解放された顔となった。先発させた鷹人の報告が鹿角の里にまで伝わっていたらしい。里の住人の大方《おおかた》が尾去沢の鉱山となんらかの関《かか》わりを持っている。

物部《もののべ》の館《やかた》の門前には五十人近い数が居並んで天日子たちの到着を待ち構えていた。天日子が手を振ると皆は小躍《こおど》りしながら駆け寄った。その中には凪実《なみ》と真鹿の姿もある。

「こんなときに勝手な真似を！」

真鹿は真っ先にどやしつけた。

「どうなることかと案じたぞ」

「そっちがいつまでも都から戻らぬせいだ。ただ待つのは退屈」

天日子は馬から飛び下りて真鹿の腕をしっかりと握った。その後に凪実が抱きついてきた。瓜実の目には安堵の涙が見られた。鷹人の報告を得るまで天日子たちがどこでどうしているやらなにも分からなかったのである。

「急に娘らしくなった」

天日子は瓜実を見詰めて思わず口にした。都風の美しい衣を纏っている。その手触りがなにやらむず痒《がゆ》い。

「お頭がお待ちかねだ。戻った早々気の毒だが、のんびりしている暇《ひま》はない。残り十日やそこらでなんとしても隊を纏め上げねば」

「残り十日？」

天日子は目をしばたたかせた。

「お頭からじかに聞け」

真鹿は天日子と玉姫を促《うなが》した。

「この者が例の安倍幻水だ」

天日子が顔を見せると日明はにっこりと頷きつつ、目の前に端座《たんざ》している幻水を紹介した。幻水は無言で静かに顎《あご》を引いた。天日子より僅か二つしか上でないのに、なにか威圧《いあつ》を感じる。都一の知恵者と聞かされているせいであろう。

「春になってから参ると思うていたに、真鹿らとともにやって来た」

幻水と向き合って腰を下ろした天日子に日明は口にした。真鹿らも同席する。

「逆鉾丸とやらは？」

「すでに大湯の里。兵らの馬の扱いに満足した様子。存分にやれる、とな」

「それはなにより」

と言いつつ天日子はどこか苛立《いらだ》ちを覚えた。自分の知らぬところで新しいことがはじめられている。そんな気がする。

「真鹿より残り十日がどうとやらと耳にいたしました」

「幻水が急ぎ駆けつけたのもそれ」

「…………」

「四月や五月ではとても間に合わぬ。本気で和議に持ち込むつもりであるなら二月の中頃からかからねばしくじる」

「飢饉がどうなるか見極《みきわ》めもせず！」

天日子は拳《こぶし》を固く握り締めた。天日子とて十中八九は駄目と見ているが、それでも天気のことはだれにも分からない。もし飢饉が回避されるようなら民の心も上向きとなる。そこに兵を挙げたとて同調する者は少ない。春以降の決起とは定めたものの、それにはあくまでも様子見《ようすみ》をしてからのことと話し合っていたはずだ。

「内裏《だいり》が和議に応じるのは――」

天日子を制するように幻水が割って入った。

「陸奥や出羽を任せている国府《こくふ》の兵ではとても抑え切れなくなり、大軍を派遣《はけん》しなくてはならぬと考えはじめたとき」

天日子は思わず幻水を睨んだ。

「が、その気になれば朝廷は十万もの兵を送り込むことができる。こちらがたとえ一万という数であろうと驚きはしない。それに諸国に対しての体面というものがある。さほどの要求ではないにせよ、たやすく蝦夷との和議に応ずれば示しがつかなくなる。その方が朝廷にとっての大問題。そなたらが考えているほど甘くは運ばぬ」

「…………」

「しかし十万もの大軍を投じるとなれば、その戦支度《じたく》に少なくとも三月《みつき》や四月《よつき》の時を要し、莫大《ばくだい》な糧食《りょうしょく》を掻《か》き集めなくてはなるまい。たとえ半月で制圧できたとしても、都からここまでの往復にいったいどれだけの日数を取られるものか。その間中、兵たちに食い物を与えなくてはならないのだ」

「だからこそ狙い目と見た」

天日子は膝を進めた。

和議か戦か、どちらが得かを秤《はかり》にかければ和議を選ぶと睨んだのである。

「確かに今はお帝《かみ》の力が大きかった昔と異なる。幼帝の下ではいかに右大臣《うだいじん》とて軽々と戦とは口にできまい。判断を誤れば己れの進退にも関わってくる」

「ではなぜ?」

「戦とするか否《いな》か……その朝議をいつ行うかが一番の問題だ」

涼《すず》しい顔で幻水は続けた。

「十月になればじきに冬となる。どうせ戦などできぬ。仮に大慌てで戦支度を調《ととの》えさせ送り込んだところで雪が邪魔《じゃま》をする。結局は睨み合うだけ。無駄と見て翌年の春の出兵ということに決すれば余裕も生まれる。まだ半年もあるのだ。だれ一人として和議に耳を傾《かたむ》けはしない。十万では必ず勝利する。とりあえずは出方を見ようということになる」

それには天日子も得心できた。

「ところがもし八月の朝議となれば話は別。慌ただしさは一緒だが、兵を出せば辛うじて間に合う時期でもある。それが悩みどころ。問題は蝦夷の側から和議の申し出がなされていること。しかもさほどの要求ではない。朝議はさぞかし揉《も》めに揉めることだろう。無理を押して軍勢を整え出兵させてもこちらに到着するのは冬間近。半月程度で退治できれば良いが、万が一長引けば十万もの兵が雪に閉ざされて身動きできなくなる。春までぐずぐず返答を延ばせば内裏の威信に傷が付く」

なるほど、と天日子は頷いた。

「参議たちの心を和議に傾けさせるためには遅くとも七月中にすべてを成し遂《と》げなくてはならない。しかも参議たちが恐れおののくような華々《はなばな》しい戦果を挙げて、だ」

うーむ、と天日子は唸った。

「なれどその相手はこちらの十倍もの数。三月やそこらで片付けられるはずがない。今日にでも起ち上がらねば全部が無駄となる」

幻水の言葉に天日子から汗が噴き出た。

「言い分はもっとも、とは思うが」

首筋の汗を拭《ぬぐ》いながら天日子は、

「あまりに早くことを起こし、朝廷が即座に大軍を派遣して参れば和議を持ちかけるどころか先にこちらが敗北してしまう」

「すぐに大戦とするなどあり得ぬ」

幻水はあっさり退《しりぞ》けた。

「ではいったいなんのための国府や鎮守府か、ということになろうに。近頃は戦慣れしておらぬ者が大方とは言え、それでも陸奥と出羽の両国合わせれば九千から一万の兵力。まさか千にも満たぬ敵を相手に後《おく》れを取るとは思うまい。必ず呑気に構えて見守る」

「一万……か」

天日子は吐息した。真鹿や玉姫も神妙な面持《おもも》ちとなった。あらためて言われると途方もない数に感じられる。

「それは内裏が思うておる数」

幻水は小さく笑って、

「実際は六千がせいぜい」

「どういうことだ？」

天日子は幻水を見詰めた。

「国府や鎮守府に属する兵たちには朝廷から糧食が給付される。千人居れば千人分。二千人なら二千人分。当然のことではあるが、大事でも起きぬ限り兵はそれほどに要《い》るまい。無駄に飯《めし》を食うだけ。それで国守《こくしゅ》たちの間に悪習が広まった。たとえば陸奥国府には常駐の兵が四千と定められておるのに、平時の治安であるなら二千五百の兵で十分に事足りる。しかし朝廷には規定通りの四千人と届け出て、現実には駐留しておらぬ千五百人分の給付米を国守や権守《ごんのかみ》らが分け合って懐に入れる。陸奥や出羽の守になりたがる者が多いのはそのせいだと耳にした。他国と違って兵の数が格段に多い。それだけごまかしが利く」

「それを上の者らは知らぬのか」

天日子は呆れた。

「知らぬはずがない。すっかり承知の上で、一万もの兵を擁《よう》しているからには己れらの力だけで早々に制圧せよと命じる。懲罰《ちょうばつ》の意味も含まれる。これですぐに援軍を送れば国守たちの欺瞞《ぎまん》を見過ごすばかりか、逆に助長させる結果となりかねまい」

「負けたとて構わぬと？」

「それはない。たとえ実数はどうあれ楽に勝つと見ての判断。もし苦しくなったとしても国守たちが己れで兵を調達する。一万と届け出ているのは当の国守たちであるからな」

「わけの分からん連中だ」

天日子に幻水ははじめて親しみの籠もった笑いを浮かべて、

「今の内裏は一人一人がばらばら。それぞれの損得一つで動いている。ゆえにこそ策も立てやすい。むずかしいと思っていたが、あの大湯の兵たちであればやれると見た。六千と言っても一つに固まっているわけではない」

いかにも、と天日子も頷いた。

「その戦いにしてもさほど厄介とはなるまい。和議を前提とするなら絶対に国府や鎮守府を攻めるわけにはいかぬ。それをやればさすがに内裏とて許しはせぬ。となればこちらの的は駐留する兵の少ない城や柵に限られる。いずれも国府から遠く離れた場所。援軍の到来を案ずることはない。さらに好都合であるのは城や柵を守る兵の半分以上が徴用された健児であること。刀すら満足に扱えぬ」

まさに、と皆は笑いを発した。

「なにやらこれでやれそうな気分になってきたであろう」

幻水からすでに細かく聞かされていたようで日明には自信が見られた。

「胆沢の鎮守府には手出しは禁物、というのがなにより。あそこを落とすのは難儀の上にきっと長引く。それを真っ先に言われて儂も肩の荷が下りたわ」

「こちらにとっては楽な戦でも、小さな柵だけでは脅威と感じられぬのではないのか。それでは意味がない。和議を申し立てたとしてもあっさり退けられる」

天日子は幻水に質した。

「勝ち方による。たとえ小さな柵にしろ、わずかの手勢によって完膚《かんぷ》なきまで叩《たた》き潰《つぶ》されたとなれば落ち着いてはいられまい。ましてやその敵がたちまちどこぞに消えて追討もむずかしいとなるとなおさら。それを二度三度と繰り返されれば参議らとて音《ね》を上げる」

「どこまでも先を見越している」

ほとほと天日子は感心した。いかにもその通りに違いない。これで幻水が天日子よりたった二つしか年上でないとは驚きである。天日子には朝廷を纏める者たちの心の裡《うち》など微塵も推《お》し測れぬことだ。

「まこと頼もしき者を得てござる」

天日子は日明に本心から言った。

「和議どころか、その気になれば勝てる、とも言うておる」

「何十万もの敵を相手に！」

日明に天日子は目を丸くした。

「ぎりぎりまで踏ん張った末に、津軽の者らとともに渡島《おしま》へ本拠を移す覚悟があれば、だ。朝廷の軍は津軽までなら一度足を踏み入れている。が、渡島の地勢についてはなにも知らぬ。その上、攻め込むには途方もない数の大船を新造せねばならぬ。食い物とてままなるまい。結局は戦を諦める。あとは蝦夷ばかりで朝廷とは無縁の国を作り上げていける」

「渡島にすべての蝦夷が……」

天日子には返す言葉がなかった。

「それだけの気概《きがい》で心を一つにすれば勝利もあり得る、ということだ。朝廷軍の兵どもには命を懸けるほどの大義がない。ただ上からの命令で戦場に出るだけ」

「こちらにもし二万あれば、十万を相手にしても決して負けはすまい。命を捨ててもいいという気持ちがあるかどうかだ」

幻水が付け足してさらに続けた。

「ただし、負け続けでも内裏が戦から手を引くまでには五年や十年はかかる。たとえばのこととして口にしただけ。忘れてくれ」

そうか、と天日子は苦笑した。

「が、あるいは勝てるかも知れぬ蜂起ゆえ、こちらからの和議の申し入れが生きてくる。力を出し尽くした果てのただの強がりでは内裏にも見抜かれる。下手《へた》をすれば数年に及ぶ戦になりかねぬと内裏に思わせるのが肝要」

「凄いな」

天日子から素直にその言葉が出た。戦に勝つだけが策ではない。頭では承知していても、それがどういうものか今一つ分かってはいなかったのだ。

「そなたらなら成し遂げられる」

幻水は断じた。

「内裏の動きもすぐに伝わるよう手を打ってきた。あとは皆の働き次第」

任せろ、と天日子は胸を張った。

六

「こちらの気候を知らず慌てて都を出てきたが、まだあちこちに雪が積もっている。戦とするには早いな」

天日子が席を外して酒の火照《ほて》りを冷ましていると幻水が現れて傍《かたわ》らに並んだ。満月が庭を照らしている。

「雪があってはせっかくの騎馬軍を満足に動かすことができぬ」

「それは双方おなじ。雪の中で鍛錬を積んできた分、われらに有利」

「承知だが、敵と真正面から渡り合うような戦いはなるべく避けるつもりでいる。逃げる速さが大事。それには雪がない方がいい」

「そんな戦で勝てるのか？」

「そこを工夫《くふう》するのが私の役目」

当然の顔で応じながら幻水は、

「和議を前提とした戦を思いついたのはそなたと真鹿は言うたがまことか」

「おれではない。真鹿の方」

やはりな、と幻水は頷いた。

「それがどうした？」

「あの真鹿、とてつもなく頭が働く。朝廷のだれと繋がれば戦や和議を上手《うま》く運べるかまで見極めている。都に生まれていれば必ず内裏からも重用《ちょうよう》される者となっていたはず」

「聞けば真鹿が喜ぶ」

「旅の途中でその真鹿から幾度となくそなたを褒《ほ》めそやす言葉を耳にした。この見事な策を思いついたことといい、いったいどれほどの者かと、こうして会うまで緊張していた」

「がっかりしたであろう」

天日子は噴き出した。

「反対に得心できた。真鹿はそなたの将としての器量の大きさを盛んに口にしていたのだ。頭の働きではない。それほど賢ければ私などわざわざ都から招く必要もなかろう」

「褒められたか、馬鹿《ばか》にされたか」

ぼりぼりと天日子は頭を掻いた。

「そなたには人の言葉に白紙で耳を傾ける素直な心と、状況を見極める明瞭《めいりょう》な判断力が備わっている。さらに人を動かす気にさせる熱がある。私欲もなければ、こたびのようにいざとなれば皆の先に立って野盗とやり合う度胸まで。それこそが将に求められるすべて」

「知恵がなくてもか」

「知恵と威張ったところで、それはただ頭の中に描いた絵でしかない。命を懸けて戦うのは兵たち。きっと勝てると思わせ、自分らとともに戦ってくれる将が居てこそ兵は何倍もの力を発揮する。そなたが纏めであるなら私も存分に策を練ることができる。楽しみだ」

「本当によくわれらの手助けに」

天日子は幻水に腕を差し出した。

二人はがっしりと手を握った。

七

翌日の早朝、天日子は真鹿、玉姫らとともに大湯の鍛錬場に向かった。十日のうちにはすっかり隊を纏め上げなくてはならない。それを終えれば新しい本拠地に移動する。その場所をどこにするかは幻水が思案中である。

「野盗退治の留守の間に喜助《きすけ》が皆の鎧を。一段と強そうに見えるぞ」

真鹿が天日子に並んで口にした。

「なんとか間に合ったか」

「道案内の者らでさえ遠目では屈強な兵としか。敵はさぞかし恐れよう。馬も幻水の進言でお頭が百頭増やしてくだされた。これで歩みの遅い荷車で食糧を運ばずに済む。ばかりか馬が傷ついたときの替えにもなる」

「またまた幻水の知恵か。よくぞあれほどの者を探してきたもの」

「どうやら凪実さまが惚《ほ》れた様子」

真鹿が困った顔で耳打ちした。

「なるほど。それで急に娘らしく」

天日子は得心した。

「構わぬのか？」

「幻水ならなに一つ文句ない男」

「ではあろうが……」

「惚れてなにが困る？　もしや幻水に他に好きな相手でもおるのか」

「いや、おれはてっきりおまえが」

天日子は真鹿の言わんとしていることが分かってくすくす笑うと、

「凪実は妹同然。昔も今も一緒」

きっぱりと返した。

真鹿の方も安堵の顔となった。


「無事でなにより」

天日子たちの到着を知って弓狩《ゆがり》が小屋に駆けつけた。兵らの姿はない。

「逆鉾丸が引き連れて森へ。雑木相手に薙刀の鍛錬をさせている。ただ空《くう》を切っているばかりでは力の入れ具合が身につかぬとか」

「道案内の者たちにまで？」

「もしものときは振り回しただけで敵が近付かん。いかにもその通り。たった五日やそこらで様になってきた。もともと田畑を耕している連中。腕の力が強い。重い薙刀を軽々と扱う。馬の方は相変わらずだが」

「ということは、逆鉾丸がやって来て、ずうっと薙刀の鍛錬だけを？」

天日子は首を傾《かし》げた。

「幻水の頼み」

真鹿が説明した。

「馬上にあっての薙刀なら五人の歩兵相手でも引けは取るまい。そういう戦になるよう策を練ると申してな。間近の争いとなっても広い場所なら薙刀が有利。しかも敵より遥かに柄の長いものを作らせている最中」

「なにからなにまで」

天日子は思わず吐息した。

「自分は一度も刀を抜いたことがないらしい。臆病者《おくびょうもの》ゆえ避ける道や勝てる方策をいつも考えているのだと言う」

「それが一番の利口者《りこうもの》。おれなら後先も考えず飛び出してしまう」

「逆鉾丸もおなじことを。強い者ほど長生きができん、と。大事な戦を前にしながら野盗退治に向かったと知って呆れていた」

「気が合いそうだ」

「笑い事ではない。弓狩や兵らがどれほど案じて帰りを待っていたか。ここでおまえを失えば戦をする気もなくなる」

「弓隊の方は？」

玉姫が弓狩に訊ねた。

「隼人《はやと》が厳しく鍛《きた》えている。一日に五百本の矢を射らせてな。へとへとの顔で戻る」

「五百本ならさもあろう」

「的を外した矢は自分が探しに行かなくてはならぬ。射るよりその方が辛《つら》い。それで必死だ。自《おの》ずと腕が上がる」

「よく堪えているものだ」

天日子に玉姫も頷いた。

「間違いなくこの国で最強の軍と逆鉾丸が請け合った。おれもそう思う」

弓狩には自信が漲《みなぎ》っていた。

# 八

そのまま大湯に残り、鍛錬を見守っていた天日子に尾去沢に戻れとの日明の使いが来たのは八日後のことだった。

大広間で迎えた日明には緊張の色が見られた。左右に控えている幻水と真鹿も神妙な顔をしている。いよいよ、と天日子は察した。天日子に同行した弓狩、玉姫、逆鉾丸も同様に姿勢を正した。

「雪解けの水のお陰で大きな舟が使えるようになったとの知らせが届いた。これで難儀な山越えなどせずに移動ができる」

日明は覚悟を決めた様子で、

「去年の飢饉のせいで俘囚が五千人以上命を落とした。掠《さら》われた娘らは数知れぬ。今だとて里に戻れずそのまま山に籠もっている俘囚たちが何千と居る。田に蒔《ま》く種もなければ人手も足りぬ。今年たとえ天候に恵まれたとしても大きな収穫は望めまい。去年と同様、いやそれ以上の辛苦が必ず陸奥と出羽の両国を襲う。そうなる前に起たねばならぬ。もはや様子見をしているときではない」

それに天日子は大きく頷いた。

「三日の後には出立して貰いたい」

「ようござるが、どこに？」

承知したものの天日子は質した。

「幻水が本拠地を定めた」

天日子は思わず幻水に目を動かした。戦の策であるなら文句なしに従うつもりだが、幻水は陸奥と出羽の地勢についてなにも知らない男なのである。

「二ツ井の里」

幻水の返答に天日子は仰天した。そここそ天日子も本拠地として最適と考えていた場所であったのである。

「なんで二ツ井なのだ！」

だれにも口にした覚えはない。天日子は幻水に膝を進めた。

「出羽と陸奥の絵図を前にして、山や川、朝廷軍の籠もる城や柵の位置、戦場への道筋や逃げ道、あらゆる状況を頭に思い描いて四、五日も考え続ければ自ずと場所が決まる」

こともなげに幻水は応じて、

「むろんそなたらが先日二ツ井の民らを野盗らから救ったことも大きく関わっている。そういう里であればたやすくわれらを受け入れてくれるやも。が、なにより重要なのはまさかのときの逃げ道。ここなら山を二つ越しただけで津軽の地に易々《やすやす》と抜けられる。朝廷軍は断じて津軽には足を踏み入れぬ。それをやれば取り返しのつかぬ事態になると承知。ばかりか二千や三千の兵力では津軽の蝦夷に包囲されて全滅する。こういう場所は米代川沿いに二ツ井の里しかない」

「米代川沿い……か」

「米代川はこの鹿角から秋田《あきた》の城に近い海まで通じている。その意味ではどちらにしても一緒だが、上流はこちら。川を遡《さかのぼ》るのと下るのでは雲泥《うんでい》の差。加えて朝廷軍にはは舟の数が少ない。この大河を軸《じく》とせぬ手はなかろう。さらに米代川の北側はほとんどが蝦夷の地。となると朝廷軍にとって米代川は天然の城壁《じようへき》のようなもの。いや、川であるから長大な水壁《すいへき》と呼ぶべきか」

「水壁……」

「二ツ井はこの鹿角と海までのだいたい真ん中辺り。攻めるにも退《ひ》くにも好都合。絵図で見れば二ツ井の背後に蝦夷岳《えぞだけ》という山がある。恐らく大昔に蝦夷たちが本拠としていた山だろう。この山からなら二ツ井の里を横断する米代川の上流と下流とを同時に見渡すことができるはず。仮に朝廷軍が舟を調達して攻め寄せて来たとしても、二ツ井の里に上陸する前に逃げられる。あるいは上流に隠している舟での奇襲もたやすい」

ほうっ、と皆は溜息《ためいき》を漏《も》らした。

ことに天日子はほとほと感心した。

天日子は二ツ井の里が朝廷軍との戦いの最前線になると見て陣を置く必要を考えていただけだ。逃げることまで頭にはなかった。しかし確かに二ツ井は津軽に近い。万が一ここが朝廷軍との戦場になったとしても民らを素早く津軽に逃れさせることができる。他の場所では包囲されれば否応《いやおう》なしに民まで戦闘に巻き込んでしまう。

「絵図を眺めただけでそこまで見通せるものなのか」

天日子は何度も首を横に振った。

「地勢の見極めは戦術で最も重要なものだ。が、たいがいの場合、籠もっている城が先にあるため兵を動かす戦略がなにより優先される。それで戦法が限られてしまうことも……今回は幸いに本拠地選びからはじめることができた。ならば策に好都合な場所を探すことができる。平野の真ん中に陣を張っていては舟など用いられまいに」

「どこを攻めるための本拠地だ」

天日子の言葉に玉姫らも詰め寄った。

「まだ言うわけにはいかん」

幻水は口を噤《つぐ》んだ。

「まさか……疑《うたご》うておるのか」

天日子は呆れた。

「そなたらだけなら安心だが、これがもし三百もの兵らに伝われば」

「断じて言いはせぬ」

「絶対にしくじってはならぬ戦。明かさぬ方が互いに気楽と申すもの。二ツ井を本拠地とする程度なら漏れたとて逃げれば済む話。しかし狙いが知れれば敵の防備が厚くなってしまう。そうなればすべてが終わる」

「分かった。その通りに違いない」

天日子は笑顔で返した。幻水の周到さこそ今度の決起に欠かせぬものだ。

「あの者をどう思う？」

天日子が宴《うたげ》の途中で厠《かわや》に立つと、追うように凪実が近付いて訊ねた。

「幻水のことか？」

それに凪実は小さく頷いた。

「途方もない賢さ。この土地をなにも知らぬはずなのに、おれより詳しい。世の中にはあんな男も居るのだな」

「気に入ったか？」

凪実は微笑んだ。

「やはりな。真鹿の睨み通りだ」

「なにがだ？」

「惚れたのであろう」

「なにを突然！」

凪実は慌てて口を尖《とが》らせた。

「幻水なら惚れて当たり前」

「それで構わぬのか？」

凪実は複雑な顔をした。

「似合いだ。嘘《うそ》など言わぬ」

「本当にそれでいいのか」

凪実の目には涙が溢れていた。

「おまえの目は正しい。信じろ」

天日子は凪実を抱き締めた。

怒濤
ど
とう

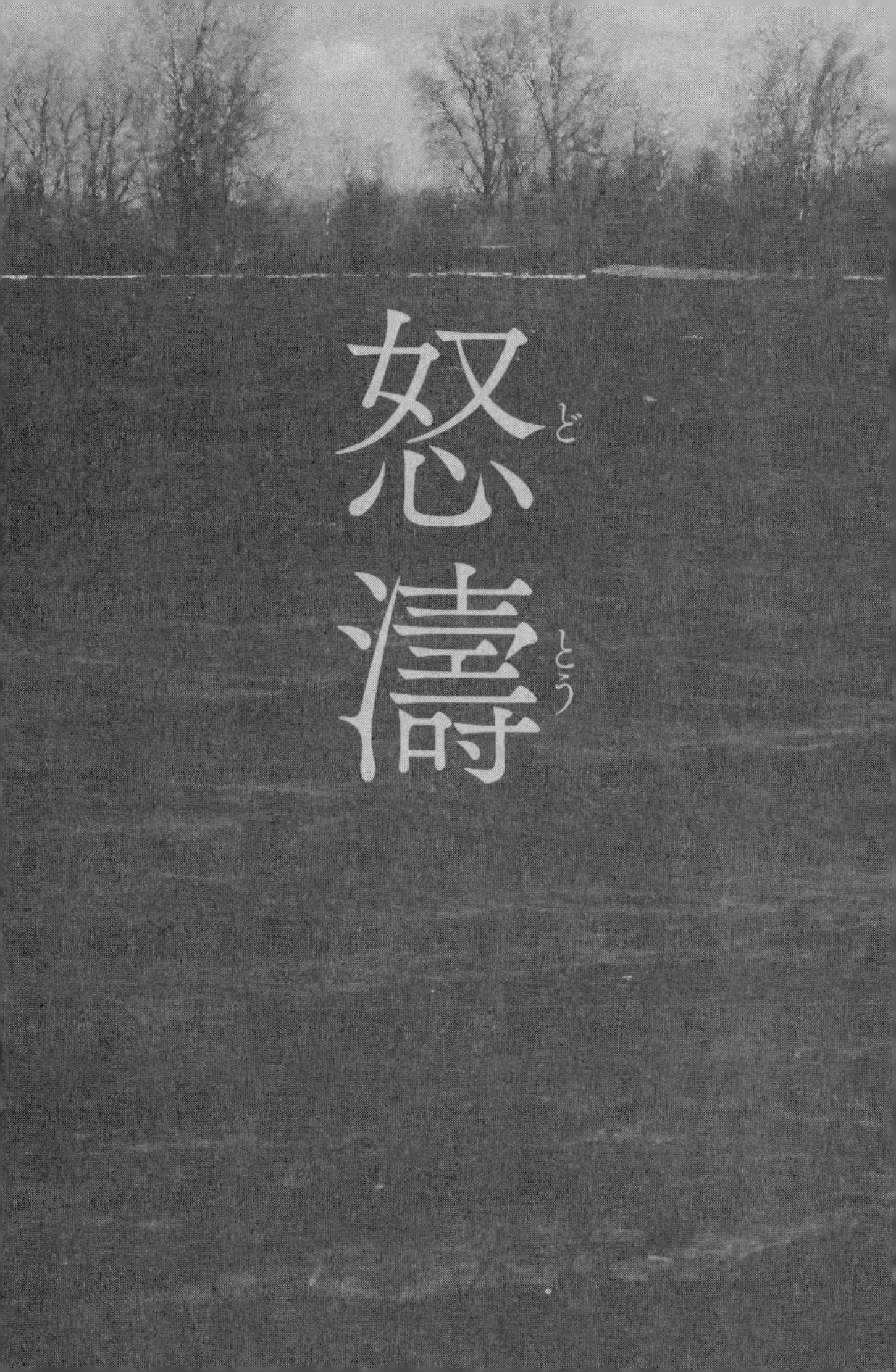

一

六日後の早朝。

昨日のうちに尾去沢《おさりざわ》から山越えして十二所《じゅうにしょ》の里に入っていた天日子《そらひこ》たち総勢二百人は十五艘《そう》の舟に乗り込んで二ツ井《ふたつい》を目指した。

四百頭の馬の方は弓狩《ゆがり》が馬の護衛《ごえい》を兼ねる百人の薙刀《なぎなた》隊を従え、五十人の煮炊《にた》き隊及び道案内の者たちを引き連れて二日前にすでに出立《しゅったつ》している。

合流はほぼおなじ頃となるだろう。

「そなたら、怖《こわ》くはないか」

舟が川面《かわも》を滑《すべ》りはじめると、幻水《げんすい》が落ち着かぬ様子で傍《かたわ》らの天日子に耳打ちした。

おなじ舟には玉姫《たまひめ》も乗っている。

「舟の揺れが、か」

「これでもはや後戻りはできぬ」

「急に戦《いくさ》が心配になったのか」

天日子は笑った。

「策と必死で向き合っていたときはただただ胸が高まっていたのに、いざこうしてはじまった途端、どうにも心が……大勢の兵の命が私の策一つに懸《か》かっている」

幻水は兵らに聞こえぬよう声を潜《ひそ》めて心底《しんてい》を明かした。

「それが見事なゆえ皆も安心して舟に乗っていられる。おれなら二ツ井に行くことだけ考え、先など二の次だ。なのにおぬしは二ツ井の里の出の者を呼び寄せ、戦となるまで四百頭の馬を放し置く牧《まき》の場所まで定めた」

「その程度のことはだれだとて」

「おらぬから驚いたのだ。いかにも四百頭の馬の食い物を深い山中で調達するのは厄《やっ》介《かい》。あの弓狩でさえそれには目を瞑《つむ》り、行けばなんとかなろうと頭から追いやっていた。それがすなわち戦をすることなのだとだれもが教えられた。こちらでは永《なが》く戦がない。喧嘩《けんか》と変わらぬものと思い込んでいた。伯父御《おじご》に頼んでくれた煮炊きの者らとて同様。お陰で兵たちは二ツ井でも鍛錬《たんれん》に専念できる。すでに津軽《つがる》もまさかのときの支援を請け合ってくれた。これで逃げ口も万全。あとは思う存分に力を出し切るだけ」

そうだな、と幻水は頷《うなず》いた。が、本心からのそれとは思えない。

「なにが気になる？」

「これほど簡単でよいものか、と」

「必死に思案した策であろうに」

「たかだか半月やそこらのこと。いざとなれば何十万もの軍を動かせる朝廷相手の戦なのだぞ。いかに和議を前提とした見せかけの抗《あらが》いだとしても、半月程度で策を固められるはずがない。上手《うま》くいくと見たのは私の自惚《うぬぼ》れに過ぎぬかも知れぬ」

幻水に天日子と玉姫は顔を見合わせた。幻水の目には怯《おび》えさえ見られる。

「初戦には必ず勝利しよう」

幻水は断じつつ、

「奇襲《きしゅう》ゆえ敵にはわれらの正体や勢力も分からぬ。間《ま》を置かずにやれば二戦目も恐らくこちらのもの。なれど三戦目となれば……」

眉根《まゆね》を寄せて幻水は口を閉じた。

「どうなる？」

天日子は先を急《せ》かした。

「敵将の器量が読めぬのでは策の立てようがない。大敗に恐れをなして出羽守藤原《でわのかみふじわらの》興世《おきよ》が国府《こくふ》に立て籠《こ》もりでもすれば面倒《めんどう》となる。出羽国府は二ツ井から遠く離れている。それにそもそも国府を攻める気はない。それをやれば和議など望めなくなる。双方身動きが取れぬままずるずる日数だけが過ぎる。今一番案じているのはそれだ。と言って本拠地《ほんきよち》を二ツ井からわざと国府近くに移せば、今度は四方が敵の領域。きっと苦戦を強《し》いられる」

「おぬしでも先が読めぬ……か」

天日子は唸《うな》りを発した。

「戦略とは互いの器量の見極《みきわ》めあってこそ成り立つもの。相手が臆病者《おくびょうもの》とか間抜《まぬ》けであっては策そのものが無意味。私は三戦目を真正面からの堂々とした戦にして勝つつもりでいた。それでこそ朝廷も慌《あわ》てる。しかし奇襲ばかりとなるとどうか……本当の強さが向こうに伝わるまい。報復の方に傾《かたむ》けば終わりだ」

「二戦目を堂々とやり合えばいい」

玉姫が口を挟《はさ》んだ。

「二戦目は間違いなく二千や三千の兵との争いとなる。この数で勝つには奇襲策でなくては無理と申すもの」

あっさりと幻水は退《しりぞ》けた。

「なぜ二戦目は間違いなく大軍を繰《く》り出してくると分かる？」

天日子は幻水を見詰めた。

「いかに出羽守が戦知らずの臆病者であったとしても、出羽支配の要《かなめ》である秋田《あきた》の城を落とされたとあっては奪還《だっかん》の兵を即座に出さずにはおられまい。自身の進退にも関《かか》わる」

「秋田の城だと！」

思わず天日子は大声を上げそうになった。玉姫も仰天《ぎょうてん》した。

「そのために本拠地を二ツ井に」

天日子に幻水は無言で頷いた。

「二千近い兵を擁《よう》する城だぞ」

天日子は兵らに聞こえぬよう口にした。城は高い土塀《どべい》で囲まれている上に、こちらの兵力はわずか三百。無謀としか思えない。

「だからこそ必死で策を立てた」

「胆沢《いさわ》の鎮守府《ちんじゅふ》と変わりがないではないか。もし落とせたとしても、それをやれば朝廷が和議に応じなくなる。そう言ったのはおぬしだったはず」

「胆沢の鎮守府と秋田の城は違う」

「どう違う？」

天日子は幻水を睨み付けた。

「たとえ規模は同等でも、胆沢鎮守府は出羽と陸奥《むつ》両国の治安を一切委《いっさいゆだ》ねられている鎮守将軍の居城。一方、秋田の城は朝廷の目から見ればあくまでも出羽国府の出城《でじろ》でしかない。津軽に近い最前線ゆえ兵の数を多くしているだけに過ぎぬ。城の守りを命じられている城司《じょうし》とて出羽守などとは比べものにならぬただの下《した》っ端《ぱ》役人」

「そうなのか？」

天日子には信じられないことだ。

「が、敗れたと知れば朝廷も大きく揺らぐ。それが最大の狙《ねら》い目」

「上手くやれれば、の話だ」

「兵は二千近いと言うが、大方《おおかた》はなんの戦力にもならぬ健児《こんでい》。実際の敵の数は精々《せいぜい》七、八百のもの。それも歩兵がほとんど。三百の騎馬《きば》軍が城内に踏み込みさえできれば勝利は疑いない。突入の手立てもすでに考えている」

聞いて天日子は目眩《めまい》を覚えた。

「大事なのは城を奪っても決して長居《ながい》せず、火をかけぬこと。狙いはあくまでも城に蓄《たくわ》えられている米。朝廷側にはそう思い込ませる。それが後々の和議の道に通じる」

「おぬしというやつは……」

天日子はただただ吐息《といき》した。

二

「どうなっておる！」

幻水とともに米代《よねしろ》川沿いの里を決起の手助けを頼むため訪ね歩いていた天日子の戻りを待っていたのは逆鉾丸《さかほこまる》の苛立《いらだ》ちの言葉だった。

本拠地を二ツ井の山中に定めてからとうに一月《ひとつき》近くが過ぎている。里には心を浮き立たせる春の草花が群れ咲いている。

「米代川沿いばかりでなく八郎潟《はちろうがた》の辺《あた》りまで足を延ばした。さらに幻水と真鹿《ましか》は津軽に出かけた。鯵ヶ沢《あじがさわ》から大船を回して貰《もら》う心積もり。その話が上手く纏《まと》まればいよいよ」

「大船？」

逆鉾丸と玉姫は目をしばたたかせた。狙いは秋田の城とすでに承知でも策についてはまだなにも聞かされていない。

「われらの足取りを摑《つか》めぬようにする。三百もの騎馬軍が平地を駆《か》け戻れば必ず本拠地が二ツ井と突き止められよう。が、馬ごと乗れる大船で津軽に入ればその心配はない」

「なんと面倒な」

逆鉾丸は呆《あき》れた顔で、

「そもそも、せっかく頑強な城を奪ったなら、そのまま籠もればよさそうなもの。そうすれば大軍とも堂々とやり合える。それでこそ朝廷の者たちも震《ふる》え上がる」

「幻水の策に反する。敵とて城攻めとなれば慎重《しんちょう》にことを運ぼう。ずるずる時が過ぎて秋まで決着がつかねば和議が遠ざかる。加えて兵糧《ひょうろう》攻めの恐れもある」

「秋田の城には食い切れぬほどの米が蓄えられていると言ったではないか」

「その米は城を落としたらすべて近隣の俘囚《ふしゅう》たちに分け与える」

うーむ、と唸って逆鉾丸は、

「先の先を読む幻水の賢《かしこ》さを認めぬではないが、戦とはそう容易《ようい》なものでは……相手次第でこっちの打つ手も変わる」

それには玉姫も同意した。

「いや、戦がどう転《ころ》ぶか知れぬのは幻水とて十分に承知。大船は万が一、秋田の城攻めにしくじった場合を考えての用意でもある。失敗と耳にすれば俘囚たちはわれらを見限って朝廷側の言いなりとなりかねまいに。となると一変して周りが敵だらけとなる。逃げ道を確保しておかねばこちらが全滅する」

「そこまで見越してやり合うなど、おれには好かんことだが……いかにもあの兵らを無駄死《むだじ》にさせるわけにはいかぬな」

逆鉾丸は仕方なく認めた。

この二月《ふたつき》で心が一つとなっている。

「勝たねばならぬのがむろん第一。なれど、敗れてもこちらの正体をどこまでも隠し通すのがそれより大事。物部《もののべ》が後ろにあると分かれば勢いに乗って敵が滅《ほろ》ぼしにかかる」

しかし、と逆鉾丸は口にして、

「各地の長《おさ》らに手助けを頼む際、物部の名を出しているのと違うか？」

「そうだが、物部はあくまでも津軽蝦夷《えみし》の仲立ちという立場」

「信じていると思うのか？」

「物部の絶大な力は長らに知れ渡っている。わざわざ都《みやこ》の盗賊や山の民《たみ》を頼りとせずともやれると思い込んでいよう。長のだれしもが背後にあるのは津軽と信じているはず」

「それもあってのわれら、か」

逆鉾丸は自嘲《じちょう》ぎみに呟《つぶや》いた。

「物部が潰《つぶ》されればもはや後がない。たとえわれらが生き残れたとしても、だ」

「肝心《かんじん》の津軽があってもか」

玉姫が天日子に質《ただ》した。

「津軽は陸奥や出羽と違って朝廷の支配下に組み込まれておらぬ。おなじ蝦夷ゆえいざというときの手助けは惜《お》しまぬが、まだ真《ま》っ向《こう》から朝廷軍とやり合うつもりなどなかろう」

「だらしないものだ」

「陸奥や出羽の蝦夷とて朝廷側が入り込んで来るまでは争う気などなかった。蝦夷の大方はそういう優《やさ》しい者たち。だからこそ朝廷側のいいようにされる」

天日子は言って唇《くちびる》をきつく嚙《か》み締めた。いつの戦でも発端は朝廷側による一方的な侵攻か、ぎりぎりまで追い詰められての抗いである。今度にしても、たとえ僅《わず》かにしろ朝廷側が俘囚に情けをかけてくれればこうはなっていなかっただろう。飢《う》え死《じ》にした俘囚の数はすでに七千近くにも達している。

「逃げる段取りはいいとして、難題は城の門。夜は固く閉ざされている。入れぬではどうにもなるまい。敵も心得《こころえ》て防備に専念する」

逆鉾丸は案じた。

「敵の方から開けて貰う」

天日子はにやりとして応じた。

「もともと幻水が真鹿より噂《うわさ》として耳にしていたことだが、八郎潟の俘囚らの言ではっきりした。秋田の城に近い牧に俘囚たちから年貢《ねんぐ》米の代わりとして強引に取り上げた馬が何百頭と集められている。中には軍馬も」

「俘囚らがなぜ軍馬を？」

逆鉾丸は小首《こくび》を傾《かし》げた。

「都の公卿《くぎょう》らに秋田の城司が出世を願っての献上《けんじょう》用。俘囚たちに育てさせていた」

「またそれか」

逆鉾丸は眉をしかめた。

「むろん警護の兵を置いていようが俘囚相手では数も知れている。そこを真っ先に襲《おそ》う。二、三十人程度の薙刀隊で十分間に合おう」

「…………」

「牧が狙われたと聞けば城司は真夜中であろうと大慌てで兵を繰り出そう。こっちがなにをせずとも中から門が開かれる。それを待ち構えて一気に城内へと雪崩《なだ》れ込む」

逆鉾丸は膝《ひざ》を叩《たた》いた。

「牧の噂あってこそ幻水は秋田の城を的《まと》にできると考えていたそうだ」

「三百近い騎馬隊だ。城の近くに潜んでいては気取《けど》られる恐れがある」

玉姫は懸念《けねん》した。馬のいななきや気配《けはい》は思っているより遠くまで届く。

「門の確保にはわずかの数で足りる。われらは離れた場所で待つ」

「これでまこと城内の兵の数が八百やそこらなら勝ちはこちらと定まった」

逆鉾丸は断じて、

「むしろそこまで確かな策を立てながら逃げ道まで考えに入れるなど……幻水、げに恐ろしき軍師としか言えぬの」

肩を揺すらせた。

「八郎潟の俘囚たちの手助けを得に出かけたのもそのため。秋田の城とは深い山々で隔《へだ》てられている。奇襲するのに山越えなどで無駄な時を取られでもすれば策の乱れの元。川を下り、能代《のしろ》の手前から八郎潟沿いに平野を駆け抜けるのが一番の早道。それにはわれらの進軍を黙って見過ごして貰わなくてはならぬ。幸いにそれもなんとか叶《かの》うた」

天日子に二人は安堵《あんど》の顔で頷いた。

三

元慶《がんぎょう》二年（八七八）三月十四日。

幻水からの指令の下、いよいよ天日子たちは三十艘の舟を仕立てて二ツ井を出立した。四百頭の馬は前日逆鉾丸と弓狩とが率《ひき》いて陸路を先発している。合流点は能代の手前。舟には、馬を渡すため川面に舟を一列に並べて簡易の橋とする分厚《ぶあつ》い板も積み込んでいる。

これでもはや後戻りはできない。

頬《ほお》をくすぐる春風が天日子には神による最後の恩寵《おんちょう》にさえ思えた。

勝てる、とは確信しているが、一人一人の命運については分からない。

〈それもいいか〉

天日子から笑いが生まれた。

自分はやるだけやった。ここに来ての命惜《いのち》しみはこれまでの自分を無に戻してしまう。どうせ何事も人間一人の短い一生では成し遂《と》げられない。続く者を得ることこそが大事なのである。たとえ自分が倒れたとて仲間たちが望みを果たしてくれる。そう信じられる仲間を得ただけで満足というものだ。あとは存分に地を駆け、天を揺るがすばかりだ。

天日子から迷いが霧散《むさん》した。

「自信たっぷりだな」

玉姫が頼《たの》もしそうに口にした。

「何十年とただ堪《た》え忍んできた蝦夷が、ようやく新たな一歩を踏み出す。その先頭におれたちが立っている。それだけでいい」

その声が伝わって同乗の兵たちが拳《こぶし》を高々と突き上げた。

「われらの難儀など、なにもできず飢え死んでいった者たちの苦しみや絶望に比べればなにほどのものか。あの者たちの望みがすべてわれらに懸けられている。明日戦うのはわれらだけではない。皆が空の上で見守ってくれているのだぞ」

おおっ、と兵たちは勇《いさ》み立った。その勢いで舟が大きく揺れる。それは他の舟にも伝わった。歓声が湧《わ》き起こった。

「そういうことか」

玉姫はぼろぼろと涙を流した。

「そういうことだったのだな」

玉姫は涙声で繰り返して、

「私はこの戦に加われたことを光栄に思う。それは今ここに居るだれもが一緒だ。生まれてきた甲斐《かい》があった」

玉姫に兵のだれもが泣いた。


川幅の狭《せま》い場所だけに流れはきつい。

並べた舟に板を渡しただけの橋は大きく湾曲して膨《ふく》らんでいる。その板も馬の重さを支えるのが精一杯でゆらゆらとたわむ。渡り切るには馬を操《あやつ》る腕が要《い》る。真っ先に川岸の地を踏んだ逆鉾丸は苦笑《にがわら》いで天日子に会釈《えしやく》した。

「すまぬ。板をもっと多く積んでこれればよかったに」

「なに、弓狩に鍛《きた》えられた者らはおれなどより遥《はる》かに馬が得手《えて》」

逆鉾丸は冷や汗を拭《ぬぐ》いながら下馬すると後続の者たちを見守った。確かにほとんどが危《あぶ》なげなく渡ってくる。

「高岳山《たかおかさん》とやらは遠いのか」

逆鉾丸は幻水と真鹿の待っている地との距離を質した。八郎潟に沿って続く平地の真ん中辺り、格好《かつこう》の目印となる高岳山の麓《ふもと》にある里が今夜の野営地だ。そこからなら秋田の城までわずか半日やそこらで行き着ける。

「恐らく日暮れ前には」

この上天気で平地続きだ。ばったりと秋田の城の見廻《みまわ》りと遭遇《そうぐう》でもせぬ限り邪魔《じゃま》するものはなにもない。

そこに渡り終えた隼人《はやと》と鷹人《たかと》が張り切った顔で駆け寄った。

「なんだ？」

昂《たか》ぶりを認めて天日子は訊《たず》ねた。

「城の門攻めを志願している」

逆鉾丸がにやりとして言った。

「弓隊は後攻めだ」

「だから志願と言ったであろう。薙刀もだいぶ上達した。案ずるな」

逆鉾丸は請け合って、

「混戦となれば弓はどうしても様子見《ようすみ》。それでは腕の見せ場がない」

「喧嘩とは違う。まだ分からぬか」

天日子は二人を睨み付けた。

「おまえたちには幻水と真鹿の守りに就《つ》いて貰うつもりでいた」

「おぬしは？」

「むろん門攻めの指揮。それを果たせるかどうかが勝負の分かれ目」

聞いて逆鉾丸は呆れた。隼人と鷹人も青ざめた。

「ここでしくじれば次はない」

「承知だが、おぬしは総大将だぞ」

「ゆえにこそ果たさねばならぬ。最初からそう決めていた」

「その心意気、褒《ほ》めてやりたいところだが、喧嘩ではないと言ったのは当のおぬし。万が一のことでもあれば──」

「この戦、おれ一人のものではない。蝦夷皆の戦。おれが死んでも勝てばよい。そなたや幻水たちが引き継いでくれよう」

「おぬしあってこその軍。死ねば日明《じつめい》どのもこの戦から手を引く」

「伯父御はさように身勝手な真似《まね》はせぬ。が、仮におれが抜けたとて、勝てば必ず俘囚たちも起《た》ち上がる。心配は無用」

「どうやら見誤っていたらしい」

逆鉾丸は腕を差し出した。

「歳《とし》が下ゆえ軽んじていた。門攻めの指揮はおれに与えてくれ。きっと勝ってやる」

「では二人でやろう」

天日子は腕を握って笑った。

「二人なら絶対に勝てる」

それに逆鉾丸は大きく頷いた。

「どうした？」

玉姫が怪訝《けげん》な顔でそこに現れた。

「総大将は天日子。異存ない」

「なにを今さら」

玉姫は二人を交互に見やった。


「皆も手助けしてくれると！」

里で騎馬軍の到着を待っていた幻水の口から真っ先に出た言葉に天日子は胸を躍《おど》らせた。この場には八郎潟を囲む集落の長たちも顔を揃《そろ》えている。

「奪われたのは自分たちの馬。せめてそれくらいは己《おの》れの手で、と」

「ありがたい。この通りだ」

天日子は長たちに深々と頭を下げた。これで秋田の城攻めの意味が明瞭《めいりょう》となる。伝われば多くの俘囚たちの心も動くはずである。もはや歴然とした俘囚の決起だ。

「何百もの数で牧を襲えば秋田の城司も仰天する。必ず城の門が開く」

幻水に皆も勝利を確信した。

四

「これまで学び続けてきた軍略書は結局地図のようなものでしかなかった。居る場所から目的地までの地勢や距離をこと細かに教えてはくれるが、実際に参るとなれば自分の足を使わなくてはならない。その途次の難儀や楽しみは地図では決して分からぬ」

幻水は春の月を眺《なが》めながら天日子に言った。二人だけが肩を並べている。

「戦局を左右するのは正《まさ》しく策。が、それを果たすのは名もなき兵たち。古来、必ず勝てたはずの戦が無残《むざん》な結果となったのは、すべてそれに起因する。兵がどう動くかによって策などたちまち用をなさなくなる」

「明日の戦の心配か？」

「逆にこれまでの己れの自惚れを恥じているのだ。たとえ十万の大軍を用いようと、兵の大方が味方の数だけを頼りとしている臆病者ばかりでは三千の精鋭の籠もる砦《とりで》一つ容易には落とせまい。昔の戦で蝦夷が善戦したのも結局はそれに尽きる。なのに私は無能な軍師のせいと頭から思い込んでいた。十万もの兵を預かりながらあまりにもだらしない。自分であればその半数の五万でも勝ちを得られる策をいくらでも思いつく、とな」

「…………」

「しかし蝦夷は違った。一人一人に死ぬ覚悟ができている。今のあの連中であるなら五千の大軍に突入を命じたとて臆せず飛び込んで行くだろう。命知らずの敵の、しかも奇襲に対していったいどう対処すればよい。反撃の策が浮かんだところで肝心の兵らがすでに逃げ腰ではどうにもなるまい」

「確かに」

「正直に申せば、私がこたびの決起に加わるつもりになったのは、己れの才を存分に示すことができると思ったからだ。朝廷は私を無用の者として遠ざけた。その私がわずかの兵を動かして大軍と対等の戦をなせば、策こそが根幹と内裏《だいり》に知らしめることができる」

「その通りではないか。そなたの策なくして秋田の城攻めなどとても」

「いや、今のそなたらなれば私などおらずとも勝てる。初戦は秋田の城にならなかったとしても、きっと勝ち続けられたはず。八郎潟の長たちが心を動かしたのもそなたらの死をも恐れぬ覚悟に対してだ。戦とはつまりそういうもの。頭に思い描いていたこととは異なる展開が次々に出来《しゅったい》する。それが私には驚きであり、楽しみともなりはじめた」

「領ける策ゆえ皆もやれると信じた。覚悟だけで勝てるわけがない」

「細かな策を明かさなかったせいもあろうが、どれほど勝てると力説しても長たちは昨日まで慎重に構えていた。なのにそなたらの勇姿を目にした途端、一変して手助けを自ら申し出た。長たちには神が俘囚のために遣《つか》わしてくれた神兵と映ったのかも知れぬ。現にこの私にしてもそなたらの背に激しく燃え盛《さか》る炎《ほのお》が見えるような気がした」

幻水に天日子の胸は高鳴った。

## 五

翌日。

天日子たちは薄暮《はくぼ》に紛《まぎ》れ、海の方角に目をやれば秋田の城が聳《そび》える丘陵をはっきり望むことのできる小山まで隊を進めた。舟を用いて八郎潟の俘囚たちがやって来る刻限にはまだまだ早い。本当はもっと城に接近しておくつもりだったが、城の周りは平地で民家も密集している。ここがぎりぎりだ。

「深更《しんこう》に乗じ十頭やそこらの数に分散し四方からこっそり近寄るしかない。多数ではどうしても気付かれる。それに十頭程度なら民らも城の兵と見なそう。騒ぎとはなるまい。合流場所はここから見て城の裏手、海に面した焼山《やけやま》の麓とする。外郭《がいかく》に囲まれた焼山一帯は倉《くら》が大方。つまりは見廻りの数が少ないということだ。さらにそこなら雄物《おもの》川を上《のぼ》って来る八郎潟の連中の到着も確かめられる」

地形を見極めて幻水は策を変えた。

「坂を登る途中、神社の大屋根を二つ見掛けた。それぞれに兵を二十人ほど差し向けて神官たちをどこぞに押し込めておけ。われらの気配を察して城に通報でもされれば終わりだ。ただし手荒《てあら》な真似は断じてさせるな。城や柵《き》近くの社《やしろ》は朝廷から歴《れっき》とした官位を与えられている。後々の和議の足枷《あしかせ》となる恐れも」

「神官ごときに二十人は要るまい」

逆鉾丸が言った。兵の数が減る。

「少なければ抗われる心配がある。そうなるとこちらもつい刀を抜いてしまおう。押し込めてからは見張りの者二、三人で十分」

「なるほど。さすがに周到」

逆鉾丸も得心《とくしん》した。

「牧の襲撃の通報を受けて飛び出すのは東の外郭門か南の大門《おおもん》のどちらかだが……牧の方角からして東の外郭門で間違いないはず。ただ、そうなると門攻めの者たちが踏み込んでから後続の本隊が駆けつけるまでしばらく時を要することになる。外郭の反対側からぐるりと半周りしなくてはならない」

「何人の敵を相手とすると見る」

逆鉾丸が幻水に質した。

「残るは牧の制圧に向かった兵らの見送り。多くて二、三十に過ぎまいが、その門のすぐ裏側には城で用いる武具や食器を拵《こしら》える工人たちの小屋が建ち並んでいる。それらがもしも兵の手助けに回れば厄介」

「俘囚ではないのか」

「むろん。俘囚に武具や自分たちの使う食器などを作らせるわけがない」

「では敵と一緒。容赦《ようしゃ》は無用」

「いや、おれがまず言い聞かす」

天日子が逆鉾丸を制した。

「兵でない者まで手に掛ければ野盗《やとう》と変わらぬことに」

「そんな暇《ひま》がどこにある。外壁とは言え、われらはすでに城の中。ぐずぐずしていれば何倍もの敵がすぐに駆けつける。門攻めには馬が使えぬ。いくらわれらの腕が勝《まさ》っていようと十人やそこらでは限りがある」

「やはり火をかけるしかないな」

幻水は口にして吐息した。

「門の扉を燃やしてしまえば、たとえそなたらがどうなろうと、本隊は突入できる」

「われらの命などどう使ってくれても構わぬが、火を用いれば和議の差し支えになると言うたはおぬしの方」

逆鉾丸は幻水に詰め寄った。

「天日子の言う通り、兵でない工人まで殺《あや》めては蝦夷の大義が失われる。扉だけならまだ言い訳が利《き》く。そなたらは門内に踏み込んで真っ先に扉を燃やせ。無事にやり遂げたら撤退《てったい》するのだ。無駄な争いは無用」

「ここにきて策の変更か」

「それが実際の戦の面白《おもしろ》さ」

幻水はくすくすと笑った。

六

「ようやくはじまったか」

八郎潟の者たちの到着の知らせを受けて東の外郭門近くに移動し、藪《やぶ》に身を潜めてじりじりと待っていた天日子たちだったが、慌てた様子で城内に飛び込んで行く兵の姿を認めて逆鉾丸は肩で大きな息を吐いた。

「兵らの支度《したく》にはまだ手間取ろう」

天日子は皆の昂ぶりを鎮《しず》めた。皆も心得たように頷いた。たった二十人でしかないが、ほとんどが逆鉾丸が都から引き連れてきた配下で修羅場《しゅらば》には慣れている。

「門の扉を燃やすのが第一」

逆鉾丸は油のたっぷり詰まった樽《たる》を脇に置いている六人に念押しした。

「たやすく消されぬよう入念にやれ。邪魔する者はおれたちが追い払う。炎の勢いが十分と見たらさっさと退散しろ。手助けはかえって混乱の元となる」

それに六人は首を縦《たて》に動かした。

「検非違使《けびいし》を相手とするよりずっと楽。どうせ坂東《ばんどう》辺りから徴用《ちょうよう》された格好だけの兵ばかり。五倍であろうとおまえらには赤子《あかご》同然」

逆鉾丸は続いて他の者らに言い聞かせた。自信に満ちた笑みが広がる。

「今からの働きですべてが決まる。己れの栄達しか気にせぬ都の公卿どもに一泡《ひとあわ》吹かせてやるのだ。この大事な役目を与えてくれた天日子に感謝しろ。あぶれ者のおれたちを仲間と認めてくれた一番の証《あか》し」

おおっ、と皆は顔を輝かせた。

必ずやれる、と天日子は確信した。怒濤《どとう》の勢いはだれにも止められない。

「おれの側《そば》から離れるなよ」

開いた扉から五頭の馬を先頭に二百前後と思《おぼ》しき兵らが必死で追う様子を薄笑いで眺めながら逆鉾丸が天日子に耳打ちした。

「死なせぬのがおれの務め」

「門内の敵はせいぜい倍程度のもの。これで死ねば皆に笑われる」

牧に向かう敵の姿が小さくなったのを見極めた天日子は薙刀を構えて藪から飛び出

た。皆も全力で天日子に続く。幸いに兵らの何人かはまだ外に居るが、扉はじきに塞《ふさ》がれる。外の敵兵より先に着かなくてはならない。

〈くそっ!〉

たちまち接近に気付かれたようで扉は外の兵をそのままに軋《きし》みの音を立てて中から閉ざされはじめた。叱咤《しった》の声も混じっている。

「そうはさせるか!」

ぎりぎりのところで間に合った。わずかの隙間《すきま》を肩で押し広げて天日子は門内に突入した。扉を支えていた敵兵の二人が慌てて腰の刀を引き抜くと守りにかかった。が、その顔には明らかな怯えが見られた。いつもなら躊躇《ちゆうちよ》する天日子だったが、薙刀を持つ腕の方がそれより先に動いた。気付いたときには目の前に左腕と脇腹を斬《き》られた二人が転がっていた。それを見て他の敵兵が扉から離れた。

「やるな。言っただけある」

次いで隙間を潜《くぐ》り抜けてきた逆鉾丸は高笑いした。敵も態勢を整えて包囲にかかる。こちらの数が少ないと見てのことだ。

逆鉾丸は門を背に円陣を組ませた。

火をかける者たちが手早く扉に油を振り注《そそ》ぐ。敵は目的を察して仰天した。そうはさせじと十五人ほどが飛び込んできた。

「今度はこっちに任せろ」

出ようとした天日子を逆鉾丸が制した。命じられるまでもなく逆鉾丸の配下らが迎え撃つ。いずれも目を見張るほどの薙刀捌《さば》きであった。命のやり取りなら断然こちらが上だ。楽々と敵の刀を弾《はじ》き返す。暗闇《くらやみ》にその火花が散る。鎧《よろい》と鎧のぶつかり合う音が喧《かしま》しい。

〈これが戦か──〉

野盗退治などとは比較にならない激しさだ。鉄と鉄との擦《す》れ合う饐《す》えた臭いが鼻をつく。そして間近に響き渡る怒声《どせい》や絶叫《ぜっきょう》。天日子の心臓は高く鳴り響いていた。一方の逆鉾丸は敵の出方を冷静に見ていた。

「二人が知らせに走ったぞ！」

逆鉾丸に応じて三人が駆けた。追いつけぬと見てか三人は同時に薙刀を投じた。薙刀は二人の背に深々と突き刺さった。三人はその薙刀をすぐに引き抜いて身構えた。これで敵は完全に動転した。広い門内である。どこにでも逃《のが》れられる。それすら忘れさせる勢いだ。

そこに待ち望んでいた火の手が上がった。油を吸い込んだ扉が炎に包まれていく。

敵は仰天し、こちらの士気はさらに高まる。

「やはり出おったか」

逆鉾丸は舌打ちした。

門内に暮らす工人たちである。その数ざっと百人。棒や槌《つち》を振り翳《かざ》している。

咄嗟《とっさ》に天日子の足が前に出た。

薙刀を思い切り振り回し敵を掻《か》き分けて背後に抜ける。逆鉾丸もついてきた。

「もはや手遅れ！」

燃え盛る炎を示して天日子は叫《さけ》んだ。

「兵でない者を傷つける気はない。われらは先兵。すぐに騎馬軍が現れる。命を粗末にするな。小屋に隠れておれ」

が、その声は罵声《ばせい》で掻き消された。

「耳を澄ませ！　馬の足音が聞こえよう。無益な殺生《せっしょう》はしたくない」

工人らの勢いが止まった。

いかにも馬の足音が近付いている。

「これは蝦夷への都の冷たい仕打ちに対する抗い。そなたらとて承知のはず。飢饉《ききん》でどれだけ数知れぬ蝦夷が見殺しとされたか。女や子供、そして年寄りたち全部が、だ」

　工人たちは顔を見合わせた。

「そなたらには一切無縁のこと。手出しせぬと誓う。今は見逃してくれ」

　天日子の言葉よりも高まる馬の足音に怯えてか反転する工人が出た。つられるように多くがその後を追った。

　残ったのはわずかに過ぎない。

「今夜はそうでも勝てはしねぇぞ」

　一人が天日子に声を発した。

「それでも今日奪い取った米で何百人かの命が救われる。それでいい」

　よし、と男は頷いて、

「どうせおれたちの米じゃねぇ。こいつらにくれてやるとしよう」

　皆に言い聞かせた。皆も同意した。

　そこに燃え盛る炎を蹴散《けち》らす勢いで何十頭もの騎馬隊が踏み込んできた。

　工人たちは青ざめた。

「気にするな。小屋に引き返せ」

　天日子に皆は頭を下げて散った。

「怪我《けが》はないか!」

騎馬隊の先頭に立っていた玉姫が天日子たちを探し当てて駆け寄った。

「今の天日子を見せたかったぞ」

逆鉾丸はほとほと感じ入っていた。

七

三百近い騎馬隊の突入で門の攻防はあっさりけりがついた。二十人にも満たない数ではとても太刀打《たちう》ちできない。敵は武器を投げ捨てて降参した。

「牧に向かった敵が騒ぎに気付いて反転してくるやも知れぬ。防ぐ扉は燃え落ちた。弓隊は暗がりに散らばって待機しろ。敵が踏み込んで参ったら門に向けて一斉《いっせい》に放て。狭い的だ。狙わずとも当たる。敵の方には皆の姿が見えぬ。恐れてしばらくは様子見に回る」

幻水の指図で弓隊が散らばった。

「こうまでたやすく運ぶとは」

玉姫は興奮を隠さず口にした。

「まだ門内に入ったばかり。築地塀《ついじべい》で囲まれた正殿《せいでん》を奪い取らぬ限り勝ちとはならぬ。この真夜中。城司までおるかどうかは知れぬが、少なくとも五、六百の兵が牧の襲撃の報を得て待機しているはず」

「築地塀の門はどうやって破る？」

天日子が訊ねた。兵の数よりそちらの方が面倒だ。

「外郭と違って築地塀はそう高くない。馬の背に立てば上に手が届く」

「敵もそう見て待ち構えておるぞ」

だな、と幻水は逆鉾丸に頷いて、

「威嚇《いかく》に火矢《ひや》を射込《いこ》もう。敵は火攻めと信じて鎮火《ちんか》の方に兵を向ける」

「それでいい。ここまできたら勝つのが先決。派手《はで》に火矢をぶち込んでくれ」

逆鉾丸は玉姫にそれを頼むと、

「命知らずの者はおれについてこい。塀を乗り越えて門の扉を開ける」

すぐに三十人ほどが進み出た。五、六百の敵が居ると承知の上である。

「天日子は他の兵らと門の外で待て」

今度ばかりは逆鉾丸が制した。

「なに、すぐに開けてやる」

逆鉾丸は馬に飛び乗ると先に出た。

「正殿を燃やせば後が厄介」

天日子はまだ案じていた。

「ここからでも正殿の大屋根が見える。間違っても当てぬゆえ心配するな」

玉姫が請け合った。

そこにいきなり矢の雨が降り注いだ。おおよその見当をつけてのものだろう。一雨去るとすぐにまた矢羽根《やばね》の音がざあっと襲ってくる。天日子にとってもはじめて耳にする音だ。

「盾《たて》を頭にして凌《しの》げ」

それ以外に防ぎようがない。天日子が盾を高く掲《かか》げた途端、がつん、と一本の矢が命中した。天日子から冷や汗が噴《ふ》き出た。盾がなければ馬か自分に突き刺さっている。苦痛の呻《うめ》きがあちこちから上がった。

「固まるな！　散って矢を逃れろ。矢は追ってこぬ。玉姫は幻水を頼む」

叫んで天日子は馬の腹を蹴った。

薙刀隊が負けじと続く。

逆鉾丸たちの姿はもう見えない。

「必ず勝つぞ！　おれたちは勝つ」

天日子は振り向いて兵を鼓舞《こぶ》した。自分に言い聞かせる言葉でもあった。矢の雨への恐れがまだ残っている。

弓隊の放った無数の火矢が美しく闇に光の線を描いている。天日子たちは門前でじりじりと突入の瞬間を待った。築地塀を隔てた中ではまだ壮絶な争いの音が聞こえている。

待望の扉が開いた。

天日子たちは一気に雪崩れ込んだ。

逆鉾丸が振り回していた薙刀を高々と掲げて天日子を迎えた。百人ほどの兵に取り囲まれている。敵は百頭以上の騎馬隊に恐れをなした。力を得た逆鉾丸たちはすかさず攻めに転じた。敵は総崩れとなった。間近で地を蹴る馬の勢いにはだれでも怯える。逆鉾丸も配下の引き連れた馬に素早く飛び乗った。

「済まぬ。案外と手こずった」

「火矢はもういいと伝えろ！」

天日子は間近の兵に命じた。敵味方構わず火矢が空から降ってくる。

「こっちの戦に加われと言え」

兵は了解して反転した。

「敵の大半は正殿の中だ」

どうするという顔で逆鉾丸は、

「馬では踏み込めん。こうなっては火をかけて外に誘い出すしかない」

「それでは今日の戦の意味がなくなる。ばかりか中には徴兵された俘囚も居る」

「どうやってそれを見定める！」

「逃げ道を作ってやる」

天日子は正殿を目指して駆けた。

「完全に包囲したぞ！」

声を限りに天日子は叫んだ。

矢を射かけてくると覚悟しての叫びだったが、敵の迎撃がぴたりと止《や》んだ。進んで死を望む者など滅多《めった》に居ない。

「これから西側の門を開けてやる。駆り出された俘囚はむろんのこと、死にたくない者はとっとと立ち去れ。断じて嘘《うそ》はつかぬ」

中から歓声《かんせい》が聞こえた。

「こちらの騎馬隊は三百。もはや勝ち負けは決した。見るがよい」

天日子は配下に合図して西側の門を大きく開けさせた。正殿にざわめきが広がる。何人かが怖々《こわごわ》とした顔を見せて刀を投じると西門に走った。騎馬兵が道を作ってやる。嘘ではないと分かって大勢が飛び出た。明らかに俘囚ではない兵も多く交じっている。

玉姫率いる弓隊がそこに現れた。なにも知らぬ弓隊は弓に矢をつがえた。

「よせ！　撤退の最中《さなか》だ」

天日子は玉姫に声を張り上げた。

それでまた逃げる者の数が増えた。どれだけの兵が正殿に籠もっていたか知れぬが、逃れた数は少なく見ても四百は下らない。天日子は安堵の息を吐いて、

「どうする！　今からでも遅くない。これだけ減っては戦にもなるまい」

静まり返った正殿に目をやった。

「城を預かる城司はおるか！」

それに返事はなかった。城司の館《やかた》は南の正門近くの城外に建てられている。

「この城はわれら蝦夷が貰った。溜《た》め込んでいる米さえ運び出したら退散する。城司ともども国府に戻ってしかと出羽守に伝えろ。これからのことはそちらの出方次第、となと」

敵は変わらず無言である。

「それとも火で焼け死ぬか。われらが欲しいのは倉の米。正殿などどうでもいい」

あい分かった、と声が戻った。

分厚い正殿の扉が開いて纏めらしき数人が覚悟の様子で天日子と向き合った。天日子の肩からどっと力が抜けた。

騎馬隊は勝利の雄叫《おたけ》びを上げた。

〈勝った、のか?〉

天日子にはまだ信じられなかった。

八

正殿に押し込んでいた敵の兵たちを天日子は夜明けを待って城から退去させた。兵の総勢五百余り。相当な数ではあるが、いずれも武装を解《と》いてあるので反撃の心配は一つもない。その中には牧の制圧に出た二百の兵たちも含まれている。城が落とされたと知り自ら投降を申し出てきたのだ。歩兵ばかりでは三百の騎馬隊に勝てるはずがない。

国府目指して消えた敵を見届けて天日子はようやく安堵の胸を撫《な》で下ろした。

「あのうちの半数以上は途中で隊列から離脱しよう。どうせまた戦に出されるだけのこと。こちらの強さを目の当《ま》たりにしている。死にたくはあるまい」

幻水に逆鉾丸も頷いた。

「しかしだらしない話。死守すべき城司であるはずの良岑近《よしみねのちかし》は外郭門が破られ騎馬兵が突入したと耳にした途端、大慌てで女ともども館から抜け出し、どこぞに消えたと聞く」

「この近隣の俘囚たちはそんな者の好きにされていたのか」

幻水に天日子は目を吊《つ》り上げた。

「これでもはや出世の道は断たれた。朝廷に戻ったところで居場所はない」

そこに鷹人が笑顔で駆けつけた。

「城から逃れた俘囚たちがわれらとともに戦いたいと申して引き返してござる」

「どれだけだ？」

「ざっと二百はおりましょう」

天日子は拳を高々と突き上げた。それこそが決起の狙いでもあったのだ。

「勝ちすぎたかも知れぬ」

八郎潟周辺と米代川流域の蝦夷たちに分配する米や武具等を勇んで倉から運び、広場に山と積み上げている兵たちを眺めながら幻水は反対に眉を曇らせた。途方もない量だ。

「むろん勝つ気でいたが……そなたらはあまりにも強い。それが心配」

「心配とは？」

幻水に天日子は小首を傾げた。

「まだまだ朝廷を本気にさせるには早い。戦の策にはほどよい勝ち方というものもある。まさか出城に過ぎぬここがかほどに米を蓄えているとは思わなかった。膨大《ぼうだい》な武具と牧の馬まで数えれば朝廷軍にとって大損失と言えよう。これで出羽守が気弱となり即座に内裏に軍の派遣《はけん》を求めでもすれば……一度の報復もせずしての大軍要請など内裏も認めはせぬだろうが、と言って決めつけもできぬ。万が一そうなれば和議の道が閉ざされる。何万もの大軍を背にすれば和議など出羽守が撥《は》ねつける」

「勝ちすぎたなど、いかにもそなたならではの悩み事だが、こうなった上は致し方あるまい。そのときはそのとき」

逆鉾丸に皆も頷いた。

「それとも次はわざと負けようか」

逆鉾丸に皆は噴き出した。

「いや、出羽守が報復に転じてくれればそれでいい。案じたのはその逆」

「では勝って構わぬのだな」

「二度続けての大敗となると出羽守としての面目《めんぼく》が立たなくなる。都に戻ればこの城の良岑近同様の憂《う》き目《め》に遭《あ》うは必定《ひつじょう》。まずはそれを避けんとして陸奥国府や胆沢鎮守府の力を当てにする。そう読んで私も次の策を……」

「次の策まですでに頭に！」

逆鉾丸は唸った。

「そうして秋まで長引かせる。出羽守が諦《あきら》めて大軍を要請したとて手遅れ。冬に入る。否応《いやおう》なしに和議を受け入れるしかなくなる」

「なんだか知らんが、次も勝っていいなら文句はない。策はおぬし任せ」

「戦況次第では落ち延びるつもりで津軽の蝦夷に大船を出して貰ったが、もはや無用。礼として奪い取った武具を差し出し、今日にも引き返して貰おう。沖合の大船の姿はこの城下の多くが目にしている。蜂起《ほうき》の背後に津軽あり、と朝廷に伝わる。それが肝要」

「深手《ふかで》を負って動けぬ兵が二十人ばかり居る。大船に乗せて戻してやりたい」

天日子に幻水はあっさり頷いた。その方が自分たちも楽になる。

「敵が報復に参るとしたらいつだ」

真鹿が心配顔で質した。真鹿は八郎潟の者たちと一昨日《おととい》から一緒で天日子たちの戦いぶりを見てはいない。

「ここと国府では往復だけで五日はかかる。早くても七日後。もし半月が過ぎて現れぬときは八郎潟まで退《ひ》く」

「来ぬとしたら情けない敵だ」

真鹿に皆は大笑いした。

「が、来ると見なして外郭門の補修をしておかなくてはならない。どれほどの数で繰り出してくるか予測がつかぬ。油断すれば燃やした門から敵が易々《やすやす》と踏み込む。となってはこちらが昨日の敵とおなじになりかねぬ」

幻水一人がいつでも冷静に見ている。いかにも、と皆は気を引き締めた。

「工人たちも今日中に城下に移させろ。われらと違って敵は城中の者すべてを敵と見る。巻き込まれては哀《あわ》れ」

そう付け足した後、幻水は交替で兵らにしばしの休息を取らせるよう命じた。皆は勝ち戦の興奮が醒《さ》めやらず一睡《いっすい》もしていない。

「倉には酒もたっぷりとあった。大酒を喰《く》らっての祝宴といきたいところだが、それでは卑《いや》しき野盗と変わらぬな」

逆鉾丸は頭を掻いて諦めた。

これからの振る舞いが大切となる。

それで多くの俘囚も起ち上がる。

九

そして八日後の夜中。

散らせていた見張りの一人が敵軍の到来の報をもたらした。城から徒歩で一日余りの場所に野営の陣を布《し》いているという。その規模から推《お》して敵の数は八百からおよそ千。

「馬の数は？」

安堵の顔で幻水が訊ねた。

「目にした限りでは三十やそこら」

なんだ、と皆は小馬鹿《こばか》にした。

「いや、朝廷軍の通常の編成より馬が多すぎる。歩兵が千なら馬を用いる将はせいぜい十人から十五人。他に同数の別働隊がおると見て間違いない。挟み撃ちとする気だ」

「すると敵はその倍の二千」

幻水の推測に真鹿は眉をしかめた。こちらの兵力も八日の間に一段と増《ふ》えたというものの、まだ千には届いていない。

「この広い城内に兵を散らしてはどうしても手薄《てうす》となろう。必ずどこかの門が破られる。いっそのこと招き入れるのが良策かも」

「難儀して門を補修したのにか！」

逆鉾丸は目を剝《む》いた。

「三百の騎馬隊あれば勝てる」

幻水に天日子も同意した。

「本当にこれでいいのだな」

騎馬隊の他はむしろ戦いの足枷となる。そう言って幻水はせっかく仲間に加わった俘囚たちを未明のうちに八郎潟へと発たせた。四百近くが減って城内は寒々とした感がある。いつも陽気な煮炊き隊までそれに同行したのでことに寂しい。がらんとした正殿で天日子と幻水二人が向き合っているところに玉姫がやって来て落ち着かぬ顔で質した。

「外郭門の扉もすべて開け放った。敵はどこからでも好きに攻め込んでこられる。これでは平野の真ん中に居るのと変わるまいに」

「案ずるな。将を除き敵のすべてが歩兵。馬の脚《あし》なら楽に逃げられる」

「逃げるだと！　なんの話だ」

玉姫は幻水の返答に耳を疑った。

「まだ死ぬ気はない。騎馬隊だけ残したのはそれが一番の理由だが、敵とてこの様子を見れば警戒する。難儀して奪ったはずの城の扉を大きく開けているのだ。誘いの罠《わな》と勘繰《かんぐ》る。いきなり全軍を投じはすまい。私が敵の軍師でもそうする。五百くらいなら三百の騎馬隊で軽々《かるがる》と退治できよう」

なるほど、と玉姫も得心した。

「米や武具を頂戴《ちょうだい》したからにはもはやこの城に用はない。こうして居残っていたのは敵を引き寄せるため。あとは包囲される前に頃合いを見て脱出する。ついでに当分の間は敵の拠点とできぬよう正殿だけを残して焼き払う」

「二戦目は勝つのではなかったか」

「その二戦目ははじまったばかり。われらが城を捨てて逃げ出せば敵は勢いに乗って討伐《とうばつ》にかかる。そのときこそまことの勝負。待つのはこちら。奇襲策も通用する」

「なぜそれを皆に言ってくれぬ。聞けばどれほど張り切ったことか」

「もし間抜けな将であったなら考えなしに全軍を突入させる。その場合は戦わずして逃げるしかない。たやすくは負けぬにしてもこちらの半数近くは手傷を負おう。逃げる策を教えて兵たちの士気が上がると思うか？　さらに私の読み違いを知らせることにもなる」

それも道理である。玉姫は頷いた。

「策など後から見返せば単純なもの。が、戦っている最中は些細《ささい》な動きにも頭を悩まされる。これも書物では分からなかったこと。書物には人の命の重さが記されておらぬ」

「朝廷は大馬鹿者揃いよな。そなたほどの者を野《や》に捨て置くなど」

玉姫は吐息混じりで口にした。

さすがに敵も間抜けではなかった。

巨大な外郭門が大きく口を開けている様は、さぞかし自分たちを呑《の》み込む悪鬼《あつき》のそれと映ったに違いない。せっかく二手に分かれて迫った敵は一つに合流し、しばし互いに睨《にら》み合う形となった。

その敵がようやく動きを見せた。

よし、と幻水は珍《めずら》しく拳を握った。

四百やそこらの数でしかない。

「逸《はや》るな。城中に入るまで待て」

幻水が命じた途端、敵に新たな動きが認められた。同数近い兵が間を置いて出たのだ。門の間近で見守らせるつもりなのだろう。

と思ったが、それは別の門を目指していた。よほど挟み撃ちの好きな将が率いているらしい。敵はこちらが騎馬兵だけとは知らない。多くの俘囚が味方についたことは承知のはずである。その退路を断つ気と思われる。

「一人で三人。たった三人だぞ」

逆鉾丸に兵たちは気勢を上げた。

「倒すのは二人で十分。薙刀隊と弓隊以外の者は弓狩の指揮に従って城内の小屋や官《かん》衙《が》に火を放ち、敵の少ない焼山口から先に逃れろ。われらも一働きしてすぐに退く」

天日子に兵らは顔を見合わせた。

「敵には敗走と見えようが、撤退は誘い水。本当の戦いは朝に脱《ぬ》けさせた者たちと合流して行う。断じて無理はするな。おなじ死ぬならそのとき」

どっと歓声が湧き起こった。

「人をその気にさせるのはおまえにかなわんな。おれまで熱くなった」

逆鉾丸はにやにやして小突《こづ》いた。

他のだれより死を恐れていない天日子と承知しているゆえの言葉だ。

敵がときの声を上げて踏み入った。

天日子と逆鉾丸は競うように馬を走らせた。燃える松明《たいまつ》を手にした五十ほどの騎馬兵らが四方に散る。突入の前に城内から炎が上がっては敵に怪《あや》しまれる。

「二人だ！　それでいい」

「そう簡単にことが済むか！」

天日子を遮《さえぎ》るように逆鉾丸は薙刀をぶんぶんと振り回した。その勢いに気圧《けお》されて敵の先端が二つに割れた。逆鉾丸は敵の固まりのただ中に飛び込んだ。たちまち三、四人が逆鉾丸の餌食《えじき》となる。

「逆鉾丸を死なすな！」

天日子に言われるまでもなく逆鉾丸の配下らが吶喊《とっかん》の声とともに分け入った。息をつく間もないほどの大乱闘となる。が、鍛え上げた騎馬兵と坂東辺りから仕方なく兵役に就《つ》いた者らでは結果が知れている。挟み撃ちするつもりで別の門から踏み込んだ敵はまだ姿すら見えない。広い城内だ。それが仇《あだ》となっている。この騒ぎを耳に必死で駆けているだろう。お陰で楽な戦となった。敵の中には死んだふりをして地面に倒れている者も居る。

五人目を片付けて天日子は振り向いた。小屋や官衙から激しい火が噴き出ている。

「もうよかろう」

天日子は返り血を浴びて赤鬼の形相《ぎょうそう》となっている逆鉾丸と並んだ。敵は明らかに逃げ腰だ。なのに騎馬隊に囲まれて逃げることもできずにいる。

「そろそろ別の兵が現れる」

「退け！　大軍が押し寄せるぞ」

逆鉾丸は背筋を伸ばして声を張り上げた。むろんわざと発したものだ。これで敵も撤退と信じる。声に応じて騎馬隊は戦の渦《うず》を掻き分け抜け出た。群れとなって焼山口を目指す。

背後から敵の歓声が聞こえた。決して勝利のそれではない。死なずに済んだという喜びの声だろう。四百のうち三百以上が地面に転がったままだ。それに比べ騎馬隊で深手を負った者はわずか七、八名に過ぎない。

「幻水はたいした男よ」

働いたのは自分たちでも、この策を立てたのは幻水である。

「あんな男が側におれば、たとえ大臣の館であろうと難なく押し入れた」

重ねた逆鉾丸の言葉に天日子は、

「まだ盗賊のつもりか」

呆れ笑いするしかなかった。

十

勝ちに乗じて追討の兵を繰り出すと見ていた幻水の読みは外《はず》れた。六日が過ぎ、七日目を迎えても敵に動きはない。偵察《ていさつ》の報告では奪い返した秋田の城に腰を据《す》え、火を放たれた官舎の補修や軍の態勢の立て直しに専念している様子である。ばかりか兵にあてがう食い物にも困り果てているようで、城下に暮らす民らの供出にすがっている有様《ありさま》らしい。緊急の出動で糧《りょう》食《しょく》の用意が十分でなかったのと、城の倉にはたっぷり食い物があるとの甘い読みが外れたせいである。まさか城を襲って陣取っている敵が食い物や武器などを即座に分配したなどとは思いもしない。敵には城を奪還したという実感もないのだろう。

「さすがにそこまで間抜けではなかった、というわけだ」

当分はこのまま、という見極めをつけて幻水は苦笑いした。こちらの居場所は朝廷軍に伝わるようわざと漏《も》らしている。攻める気などないと考えるしかない。食い物がなくてはわずか数日の出陣もままならない。

「敵の将は小野春泉《おののはるいずみ》と文室有房《ふんやのありふさ》。知らぬ名だが、姓からして小野永見《ながみ》と文室綿麻呂《わたまろ》に繫《つな》がる者たちと見ていい。蝦夷の強さをある程度は承知しているのだろう。小野永見、文室綿麻呂ともに坂上田村麻呂《さかのうえのたむらまろ》の副将として蝦夷征討で名を馳《は》せたお人ら。その功績あって血縁の多くに出羽守や陸奥守を輩出している」

幻水の言葉に天日子と真鹿は思わず顔を見合わせた。坂上田村麻呂が相手としたのは阿弖流為《あてるい》。それでは双方の血を引く者が今この地で再び対峙《たいじ》している形になる。

「二人は無理をせず陸奥の援軍を待つつもりと見た。それならそれでこちらも別の手を講じなくてはならない」

「攻めるのはどうだ」

と逆鉾丸が膝を前に進めた。

「意味がない。ばかりか難儀いたす。敵もそれを一番警戒していよう。この前のような奇策は二度と通じぬ。どうやってあの頑丈《がんじょう》な門を打ち破る気だ？」

「そなたなら妙案が出せように」

「それよりは陸奥の援軍を来させぬようにするのが遥かに早道。私は明日にでも真鹿とともに多賀《たが》城に向かおうと思っている」

「多賀城だと！　正気か」

詰め寄った逆鉾丸に天日子も驚いた。初耳だ。

「陸奥の援軍が当てにできぬと知れば敵も動くしかなくなる。これからもわれらの味方となる者が増え続けるはず。むざむざ見過ごしてはそれこそ出羽国府の大失態。内裏にも見限られてしまう」

「それはその通りだろうが」

天日子は頷きつつ、

「どうしたら援軍を封じられる？」

「今後の損得を説く。確約はできぬが、試《ため》して無駄はなかろう。しくじったとて私の首一つが飛ぶだけの話」

「…………」

「私などおらずとも今のそなたらなら決して負けはせぬ。ただ、皆がこうして一つに固まっていては数が多すぎて動きが鈍《にぶ》くなる。八郎潟周辺や米代川流域に分散する方がいい」

「そなたを失うわけにはいかん」

天日子は断じて反対した。

「私でなくては陸奥守や鎮守府将軍と話が通じまい。ここで手を打たねば取り返しのつかぬ事態となる。陸奥の兵が加われば敵がたちまち一万にも膨らむ」

「なればおれも一緒に参る」

「そなたを失うわけにはいかん、と私も返そう。そなたは総大将だぞ」

「おれは蝦夷だが、そっちは違う。なんで命を懸ける必要があるのだ！」

天日子に皆が同意した。

「そう申してくれただけで命を懸けるに値する。礼を言いたいのは私」

幻水は涙を浮かべて頭を下げると、

「嬉《うれ》しいな。私は……これまでいつも一人きりだった。紀《き》一族に繋がる者は都では蝦夷同然。だれも相手にしてくれぬ。私は……この地にやって来てはじめて真の友を得た。だからこそ皆のために働きたい」

その言葉にだれしもが泣いた。

泣いて泣いて皆が拳で床《ゆか》を叩いた。

「真鹿！　絶対に幻水を死なすな。幻水とともに勝利の日を迎えるのだ」

天日子に真鹿は両手を揃えた。真鹿が平伏《へいふく》するなどははじめてのことだ。

「幻水おらずして今はない」

天日子は立ち上がると皆に叫んだ。

「幻水が戻るまでわれらは死守する。ここは蝦夷の地。好きにはさせぬ」

皆は高々と拳を突き上げた。

「まことの将となられましたな」

「なんだ、その物言《ものい》いは」

幻水の身を案じて不機嫌《ふきげん》になっていた天日子は真鹿を睨み付けた。今は二人だけだ。遠慮なしの言葉でいい。

「正直に申し上げただけ」

「馬鹿馬鹿しい」

「あの逆鉾丸と玉姫でさえ泣いており申したぞ。もはや紛れもない総大将」

「おれは反対に決起を悔《く》やんでいる」

「……？」

「和議が成ればいいが、もし果たせなかったときはおれの我《わ》が儘《まま》のせいで多くの仲間の命を縮めたことに……特に幻水や逆鉾丸たちは蝦夷と無縁の身。おれが死んだところで申し訳が立つまい。おれが居なければこの地に足を運びもしなかっただろう」

「そのお気持ちに皆もついて参る」

「だから止《よ》せと言っている。なにやらこそばゆい。おれとおまえの仲だ」

「いや、もはや二千もの数に届きつつある蝦夷軍の総大将。それでは皆に示しがつき申さぬ。なに、手前とて多賀城では遥か年下の役人に頭を下げ通し。慣れておりまする」

「形だけのことか」

「だれが聞き耳を立てているか知れませせぬ。気にせずにいてくだされ」

思わず天日子は噴き出した。

「ご安心召《め》され。あの幻水、勝ち目もなしに戦地に赴《おもむ》く愚《おろ》か者ではあり申さぬ。よほどの目算《もくさん》あっての決断」

「だといいが」

「恐らく物部が間に立つふりをするのではないかと見ており申す」

「そんな話が通ると思うてか？」

天日子には信じられなかった。

「こたびの蜂起の裏に物部が在ると朝廷側には少しも知られておりませぬ。幻水も、自分を物部の相談役として陸奥守と対面する段取りを付けてくれと申しております」

天日子はただただ困惑した。

## 十一

大きな戦はないにしろ、小競《こぜ》り合《あ》いはしばしば繰り返された。蝦夷軍が広く分散したとの情報を得てのことである。秋田の城からは連日のごとく偵察の兵が出動した。と言ってもたかだか百やそこらに過ぎない。七隊に分散しても蝦夷軍はそれぞれ三百前後。騎馬兵だけでも五十近い。姿を目にした途端、慌てて反転する。天日子たちにしても深追いする気はさらさらない。包囲網に隙間がないことを知らせれば十分だ。それで八郎潟周辺や米代川流域の俘囚たちの安全がはかられる。

　天日子たちに同調する者たちの数も日増しに増えていった。

　その頃、四日も前から多賀城入りしていた幻水は陸奥守 源 恭《みなもとのつつしむ》と国守館での対面がようやく叶《かな》えられていた。真鹿も同席している。

「鎮守府の安倍比高《あべのこれたか》どのの縁者と耳にしたが、いかなる繋がりぞな」

　源恭は疑いのまなざしで質した。

「手前の父は安倍富麻呂《とみまろ》。比高どのの兄に当たりまする」

「富麻呂どのならよく存じておるが」

　はて、と源恭は首を傾げた。

「母は紀一族。それで母ともども安倍とは無縁の身とされてござる」

　その返答に源恭は得心の顔をして、

「なればさぞかし苦労を重ねたことだろう。あの一件は冤罪《えんざい》。今は皆そう見ておるが、相手が右大臣《うだいじん》では内裏のだれ一人口にできぬ」

「そのお言葉ばかりで胸が一杯に」

幻水は深々と頭を下げた。

「ゆえに大学寮《だいがくりょう》からも追われ、物部の相談役となっているというわけか。都では満足な居場所もなかろう。また、そなたのような者を迎えた物部もさすがに目端《めはし》が利く」

源恭は打ち解けた口調《くちょう》となった。

「城下がだいぶ落ち着かぬ様子」

「明日明後日《あさって》にも出羽に援軍を出立させねばならぬ。なにしろ急な話」

苦々《にがにが》しい顔で源恭は応じた。

「こたび伺いましたのはその一件」

「とは？」

源恭は怪訝な顔で幻水を見た。

「蝦夷らは秋田の城を落とし、今は八郎潟周辺ばかりか米代川流域にまで勢力を拡大しており申す。物部の拠点である鹿角《かづの》もその領域内。先般、蝦夷軍を纏める者らから物部にも手助けの要請がござりました。頭領《とうりょう》である日明は蝦夷に心を傾けながらも蝦夷にあらず。この通り多賀城の城下に店も許されている身。とりあえず決起の次第を細かく質したところ、すべては秋田の城を預かる良岑近どのの苛政《かせい》に対する俘囚らの私憤《しふん》とあい分かり申した。断じて朝廷すべてへの抗いにはあらず。陸奥にまで戦火を広げる気など毛頭《もうとう》ありませぬ。なれどもしここで陸奥国府と鎮守府が制圧にかかれば戦場が両国に拡大するは必定。蝦夷らの結束も強まりましょう。戦が何年にもまたがる懸念とて。それを日明はなにより案じておりまする」

「と言われたとて、儂《わし》は出羽と陸奥の両国を預かる立場。要請を断れぬ」

「蝦夷軍は今や軽く三千にも届く勢い。しかも広く各地に散っておりまする。制圧はすこぶる厄介。そうして万が一苦戦となった場合、右大臣さまは間違いなくその責めのすべてを陸奥按察《あぜち》使の任に就いておられる大納言《だいなごん》源多《まさる》さまにお被《かぶ》せすることになりましょう」

あ、と源恭は身を強張《こわば》らせた。その通りに違いない。陸奥按察使は陸奥と出羽両国の軍事に関する最高の責任者である。

「そもそも秋田の城司の不始末はすなわち出羽守の不行き届きと断じられるべきもの。なのに制圧に手間取れば手助けを命じられたに過ぎぬ源のご一門に責めが及ぶことに。対して元凶《げんきょう》であるはずの出羽守藤原興世さまにはなんのお咎《とが》めもなし。いかに出羽守が右大臣さまの同族とは申せ、あまりに理不尽《りふじん》な話」

うーむ、と源恭は腕を組んだ。その額《ひたい》には冷や汗が噴き出ている。

「にも増しての心配は兵を出して手薄となった多賀城や鎮守府をだれが守るかという

こと。陸奥の手助けを知れば蝦夷らもどう出るか分かりませぬ。下手《へた》に大軍を相手とするより陸奥が楽。昨年より山に逃れし俘囚たちも必ずそれに同調いたすはず」

「いかにもあり得る」

源恭は恐れを浮かべて同意した。

「易きと見なした儂の過《あやま》ち。ろくな武器など持たぬ蝦夷と侮《あなど》っていた」

「ろくな武器しか持たぬ輩《やから》では堅牢《けんろう》な秋田の城を落とせるはずなどないと。加えて今は秋田の城より奪い取った大量の武器や馬まで。背後には津軽の蝦夷も控えおるという噂とて。決してたやすき戦とはなりますまい」

「容易ならざる事態となった」

嘆息《たんそく》して源恭は天井《てんじょう》を仰《あお》いだ。

「手助けの要請は内裏からで？」

「出羽守からじゃが、その文面では内裏にも陸奥の出兵を頼んだ由《よし》」

「それこそ両国を束《たば》ねる陸奥国府をないがしろにした話。まずは陸奥守さまに次第を報告いたし、礼を尽くしての援軍をお頼みするのが筋。両国だけで鎮圧《ちんあつ》できれば、内裏に余計な心配もかけずに済み申す。やはり、同族であらせられる右大臣さまへの甘えがあるとしか」

「なにか良き知恵はないか」

頼みに足る者と見てか源恭は訊ねた。幻水の狙いもまさにそれだった。胸の鼓動を鎮めて幻水は本題に入った。

「出羽と陸奥の境界に無数の俘囚たちが逃れおることは内裏も承知。今度の蝦夷の蜂起に乗じてその者たちがどう動くかだれにも予測がつき申さぬ。これ以上戦火を広げぬためには、むしろ陸奥国の治安こそ大事。実際に今も境界付近に千近くもの兵を出動させておりましょう。それを倍増せねばならぬほど俘囚たちの気持ちが浮き足立っておるのも確か。たまたま出羽が戦場となっただけで、いつ何時陸奥がおなじ目に遭わぬとも限りません。ここで援軍を出し、陸奥が手薄となることこそ危険。決して詭《き》弁《べん》ではなく、正論と心得まする。代わりに内裏が境界を守る兵を増やしてくれれば話は別。その場合、戦の責めは、それを命じた内裏ということに」

聞いて源恭は膝を叩いた。

「もし多賀城が兵の留守に落とされでもすれば国の威信にも関わります。内裏とて陸奥守さまのご判断を逃げ腰とは取りますまい」

「そなた……多賀城に仕《つか》えぬか」

源恭は大真面目《おおまじめ》に望んだ。

「比高叔父《おじ》の迷惑となりまする」

やった、と内心で快哉《かいさい》を叫びながら幻水は申し出を辞退した。これで源恭は出羽への出動を必ず取り止めとするはずである。

十二

「庭に多くの配下らが潜んでいたのを承知であったか？」

源恭の館を後にし、何事もなく路《みち》に出ると真鹿は幻水に囁《ささや》いた。

「むろん。それが当たり前。蝦夷と物部の繋がりは周知のこと。油断なるまい。が、ゆえにこそ私がなんの目的で対面を望むのか気になるはず。きっと応じると見ていた」

「出羽に援軍を出すなという話。一つ間違えばたちまちわれらの首が飛ぶ。内心ではどうなることかと」

「それでも永くは保《も》たぬ。右大臣が許しはしない。精々踏ん張って一月《ひとつき》か。しかし秋田の城に籠もる敵には途方もない長さ。どうしても動かざるを得なくなる」

「なんにせよ今宵《こよい》ほどそなたを得てありがたいと思ったことはない。陸奥守の判断次第で源氏一門が危《あや》うくなるなど、どうすればそういう知恵が頭から出てくるものか」

「私は司馬遷《しばせん》の戦や治世を大局から公平に眺める見方を範《はん》としている。敵対するどちらの側にもそれぞれの大義がある。また美点と欠けた点も。己れの属する陣営の良さばかり見たり、敵のほころびを探るだけではしくじりの元。自軍の弱き部分を熟知してこそ最大の防御《ぼうぎょ》も編み出せる。策を立てるに私はそれを常に念頭に置いている。戦は兵だけのものではない。兵を動かす将、あるいはそれを命じる上の者たち。立場によって思惑《おもわく》も異なる。もし私が右大臣であればなにを考えるか……その果てに浮かんだものに過ぎぬ」

「司馬遷か。名は承知だが……」

「『史記』を読まずとも、そなたは商《あきな》いでそれを自然に学んでいよう。客との駆け引きは相手の財や欲を見定めることによって大きく変わる。常に己れの欲ばかりでは商いなどとうてい纏まるまい。今の損が後の得に繋がることとて……私は世の中とは無縁の暮らしをしてきた。だから書物が師」

なるほど、と応じつつも真鹿は盛んに首を横に振り続けた。

「私は早々に天日子たちの元に戻るが、そなたはこのまま多賀城に居残ってもらいたい。それで源恭の物部に対する疑いも薄れるだろうし、陸奥の動きもいち早く知れる」

「分かった。お頭《かしら》にも今宵の次第を報告しておこう。任せろ」

「いずれ、やむなくの出動となったときはすぐに駆けつける」

「それさえも阻《はば》む算段が？」

「いや。たとえ兵を出したとて戦を遠巻きにしてくれるなら、ただの飾《かざ》り雛《びな》。源恭とて源氏の得にならぬ戦で兵を無駄に死なせたくはあるまい。これはあくまで出羽と藤原一族の問題。そう説《と》けば耳を貸すかも知れぬ」

「上手く運べばそなた一人の働きで陸奥四、五千の敵を遠ざけることになる。そんな戦があり得るなど考えもしなかった」

　真鹿は吐息を繰り返して、

「もしや、そなた……そこまで見越して的を秋田の城に選んだのか」

　幻水をしげしげと見詰めた。

「国府の多賀城や鎮守府を落とせば取り返しがつかなくなる。秋田の城は必然の的となるが、出羽守が藤原一門であるなら面白いとは睨んでいた。政《まつりごと》には長《た》けていようと戦は不慣れ。兵を単に数でしか見ておらぬ」

「底が知れぬ者とはそなただ」

真鹿は呆れ果てた。

十三

秋田の城に籠もり、守りを専《もっぱ》らとしていた敵がついに大きな動きに出た。天日子らによる最初の城攻めからすでに一月《ひとつき》以上が過ぎている。即座に陸奥へ援軍を頼んだはずなのに陸奥守源恭は境界の治安こそ肝要と主張して頑《がん》として拒《こば》み続けている。このままでは出羽の面目が立たなくなる。

「なるほど。能代の営に入り八郎潟一帯を両側から包囲するのが狙いか」

それを知らせてくれたのは、なんと秋田の城の工人であった。蝦夷軍は工人ばかりか城下の民にも刀を向けはしなかった。逆に出羽軍は、むろんいつ襲われるか分からぬ恐れもあるのだろうが、工人や民らまで補修の使役《しえき》に駆り出し難儀ばかり強いてくる。これでは俘囚たちに心を動かす者が増えて当然だ。

「いかほどの兵を繰り出す気だ？」

幻水が質した。

「五、六百……あるいは七百やも」

幻水は頷いた。そんなものであろう。城に籠もる兵でまともに戦ができるのは千五百と居ないはずだ。能代に千も出せば今度は城が危うくなる。信頼に足る知らせである。丁重《ていちょう》に礼を言って幻水は工人を下がらせた。


「今度こそわれらの力の見せどころ。真正面から迎えて出羽軍を撃滅《げきめつ》する」

その夜、急遽《きゅうきょ》呼び集めた隊の将たちを前に天日子は高らかに口にした。

「それよりは能代の営を灰《はい》とするのがたやすいぞ。兵は二百とおらぬ」

逆鉾丸に多くが同調した。これまで捨て置いたのは、さもなし、と見てのことである。肝心の能代の営がなくなれば、そもそも五、六百の出動も中止される理屈だ。

「火矢を飛ばせばそれで片付く」

「姑息《こそく》な攻撃で得た勝利などいくつ重ねたとて無意味。まともに相対し打ち勝ってこそ敵は怯える。でなければ戦をずるずると長引かせるだけ」

天日子は皆を睨み付けて続けた。

「幻水が陸奥の援軍を封じた甲斐もなくなる。能代を襲ったとて秋田の城の兵は減らぬ。それこそが真の狙い」

いかにも、と皆も得心した。

「したがって大軍も用いぬ。倍以上なら敵も都の者らも敗戦を致し方なしと見よう。出すのは騎馬兵五十と弓隊百。それに退路を断つ歩兵の百五十」

「それでは敵の半分でしかない」

指折り数えて玉姫は案じた。敵にしても能代を目指すにはこちらの勢力範囲を縦断《じゅうだん》しなくてはならない。当然警戒もしていよう。

「せめて同数とするのが――」

「すべては場所次第」

天日子は玉姫を制して、

「秋田の城から能代はだいぶ離れている。探せばこちらの都合によさそうな場所をきっと見付けられる。それはおれと幻水の役目。騎馬兵の纏めは逆鉾丸。弓隊は玉姫。歩兵はおれと鷹人で引き受ける。明日の夜までにその人選を済ませておいてくれ」

「減らす方がむずかしい。今や騎馬軍は四百を超えている。そのだれもが願い出る」

やれやれ、と逆鉾丸は眉をしかめた。玉姫も同様の顔をした。

# 十四

「八郎潟の皆は命知らずばかり」

微塵《みじん》も恐れが見られぬ兵たちを眺めて天日子は、その二十人ずつを束ねる者に言った。こうして歩兵二百が分乗する十艘の舟はすでに雄物川に入り、目指す上陸地点も間近だ。夜も白々《しらじら》と明けはじめている。

騎馬隊の五十と弓隊の百は大方が鹿角から一緒の仲間で戦に慣れている。しかし、敵の退路を断つ役目を受け持つ歩兵のほとんどはこの一月《ひとつき》の間に加わった八郎潟の俘囚たちだ。厳しい漁撈《ぎょろう》で体は鍛えられていると言っても網《あみ》と櫂《かい》の代わりに薙刀や刀を手にしてまだ半月やそこらのものでしかない。なのに、これは自分たちの戦と言い張って多くが参戦を志願してきたのだ。鍛錬を任せた逆鉾丸と弓狩二人の請け合いに天日子も仕方なくそれを許し、もしものため予備としていた隼人率いる五十を足したのだが、今ではすべて杞憂《きゆう》であったと分かる。

「向こうとて半分はわれらと大差ない坂東辺りの民にござりましょう」

束ねの者に天日子は頷いた。徴用された兵たちで戦場を知らぬ者が多い。

「ましてや奇襲に恐れをなして逃げてきた者ども。引けを取るなど。気合いの違いを見せてやりまする」

おう、と皆も力強く応じた。

「やはりこことするしかない」

絵図から目を離し、幻水が思案の果てに口にしたのは昨日の昼過ぎだった。秋田の兵の出動は明日に迫っていた。天日子は思わず息を呑み込んだ。秋田から能代まではずっと平野が続いている。それでは確かに奇襲とするのはむずかしい。早くから姿を見付けられてしまう。態勢を整えて迎え撃ってくれればいいが、散って逃げられたらそれで終わりだ。今度の戦いは蝦夷軍の強さを知らしめるためのものである。せっかくの好機を逸《いっ》するわけにはいかない。その通りに違いないが、幻水の示した地点はあまりにも城に近すぎた。兵の駆け足で秋田の城とは半刻《はんとき》と離れていない焼山の中腹である。戦闘が長引けば敵の援軍に囲まれてしまう恐れがある。負ければ好機を逸するどころかこちらの今後がなくなる。

「片側は険《けわ》しき渓谷《けいこく》。前後を塞げば敵に逃げ場はない。なにより敵は城を出た直後に奇襲されるなど考えてもおらぬはず。縦に長い隊列では将の指図も届かぬ。狭い山道ゆえ騎馬隊の動きもままなるまいが、そこはなんとか策を考える。始末にさほど時は要すまい」

「大きな賭《か》けだな」

「遠く離れた場所での待ち伏せでは敵も必ず内通を疑う。せっかく手助けしてくれた工人たちに迷惑が及びかねぬ。ここならこちらの偵察隊とたまたま遭遇したとしか思うまい。しかも少ない数に完敗したとなれば敵の衝撃はいかほどのものか」

その言葉で天日子も心を決めた。

そして——今がある。

歩兵隊を舟での接近としたのはもちろん敵の目を搔い潜るためだが、城の間近に上陸すれば兵の出立をこの目で確かめられる。戦闘に遅れる気遣いはない。焼山の方にはすでに逆鉾丸と玉姫も到着していよう。

「来た!」

渓谷を挟んだ反対側の斜面に一刻《いっとき》も前から身を潜めていた玉姫は拳を強く握り締めると配下らを横に散らせた。

「段取りはしっかり頭に入っているな。騎馬隊が突入したら断じてその前方に矢を放つな。馬の脚は速い。味方を傷つける恐れがある。馬と遠く離れた敵を狙え」

配下らは心得た顔で藪に隠れた。

「常に藪を移動しながら射よ。敵は細い道で身動きがならぬ。楽な的だ」

励ましではなく玉姫は心底《しんそこ》思っていた。鍛錬を積んだ弓隊であれば的を外しようがない近さなのである。しかも狙ってくれと言わんばかりに一列となって進んでくる。弓隊の百人それぞれが三人の敵を倒せばそれだけで三百人。ざっと眺めた限り敵の総数は七百に満たない。騎馬隊はたやすく二百以上を片付けてくれるはずだ。馬上で薙刀を振り回し、蹴散らすだけで敵は渓谷に転げ落ちる。となると逃げ道を塞ぐ天日子たちの相手は戦意を失った百五十程度のものとなる。

〈幻水とは……〉

なんと恐るべき策士だろうと玉姫は今さらながらに感嘆した。頭の中にこの光景が見えていたとしか思われない。もし自分が策を任されれば絶対に敵の城近くを攻め場所には選ばない。なのに幻水は躊躇なく決めた。敵の気の緩《ゆる》みを狙ってのことである。そしてその通り、敵兵らに警戒の様子は微塵もない。

「われらが射るのは逆鉾丸たちの踏み込みと同時。それで隊列も止まる」

玉姫は勝利を確信しつつ命じた。

逆鉾丸率いる五十の騎馬隊も敵の到来を待ち構えていた。馬も気負《きお》い立って荒々しいいななきを発している。

やっと偵察の者が大きく腕を振り回して駆けつけた。逆鉾丸は安堵した。敵が出立の日程を変えることもあり得たからである。

「玉姫が苛立っていよう」

逆鉾丸は勇んで皆の先頭に出た。敵を玉姫たちの潜んでいる地点まで押し戻さなくてはならない。三頭も並べば一杯の細い山道だ。五十頭が襲いかかれば必ず後退する。

「十頭はしっかり道を塞いでいろ。攻める者らは立ち止まるな。一気に駆け抜けろ。われらが一つところにぐずぐずしていれば玉姫らも矢を射かけられなくなる。敵の後ろに出たらまた反転して蹴散らす。三度も繰り返せば敵の大方は谷の底。本当の戦いはそれからだ。功を逸るでないぞ」

兵らも心得て吶喊の声を上げた。

角を曲がった途端に敵と遭遇した。

敵には弓に矢をつがえる余裕もない。

慌てて背を向けた敵を猛々《たけだけ》しい五十頭の馬が蹴り飛ばす。多くが谷底に飛ばされた。勢いの凄《すさ》まじさに敵は縮み上がった。将の制止も無視して我先にと逃げ出す。たちまち敵の先鋒は総崩れとなった。隊列の後ろは前でなにが起きているのか分からずにいるだろう。

その後方の敵を百人の弓隊の放った矢が襲った。立ち止まっている兵らを的とする至近距離からの矢だ。ほとんどが命中してばたばたとその場に倒れる。間を置かずに次の矢が——敵はただ右往左往するだけで、状況すら把握《はあく》できていない。そこに野獣と見紛《みまご》うような馬が飛び込んでくる。逃れようにも味方の数が邪魔をしてままならない。

戦の趨勢《すうせい》はすでに決していた。

十五

天日子たちは下りの山道が細くなる手前の林で待機していた。敗走の敵は必ずここに現れる。それを挟撃《きょうげき》する策だ。息を潜めて待つ兵たちには緊張が見られた。どれだけの数が雪崩れ込んでくるか分からない。こちらの倍もあればさすがに難儀する。そのときは騎馬隊も加勢する手筈《てはず》となっているが、それまでに何十人と命を失うことになるだろう。

「馬の脚だ。ここまで逃れてくる前に数を減らしてくれている。多くても百」

天日子は皆に笑顔で言い聞かせた。

「深追いも無用。囲みを掻い潜った敵はそのままにしろ。何人かにはわれらの強さを報告して貰わねば困る」

その言葉で兵らの表情がほぐれた。

「三人一組でかかれ。それでたやすく五十の敵は片付けられる。敵には三人を相手とする余力など残っておらぬ」

一気に皆に自信が甦《よみがえ》った。思えば、かなわぬと見て退散した臆病者たちだ。

「心配ない。手こずっていれば逆鉾丸が伝令を走らせて参ろうに」

その通りである。兵らは勇んだ。

山道を駆け上がってくる乱れた足音が耳に届いた。悲鳴も混じっている。

「三人一組だぞ。忘れるな!」

天日子は敵の退路を断ちにかかった。兵らも刀や薙刀を振り回して林から飛び出た。もはやだれの顔にも恐れはない。遅れじと天日子に続く。

敵の出現はほぼ同時だった。

敵は待ち伏せに大慌てとなった。

背後からは馬も近付いている。

「百やそこらだ。負けはせぬ！」

天日子は隼人とともに攻め込んだ。

敵には山道を登ってきた疲れもある。天日子の刀が易々と三人を葬《ほうむ》った。隼人も二人。これで味方の勢いがいや増した。果敢《かかん》に敵の固まりに分け入る。敵はもはや逃げることしか頭にないようで固まりはすぐに散り散りとなった。その隙だらけの背中に容赦なく薙刀が浴びせかけられる。もはや戦とは呼べない一方的な展開となった。それも当然であろう。こちらはわずか半月しか鍛錬を積んでいない漁師たちでも、武具を貸し与えられただけの徴用兵ではそもそも勝負にならない。

そこに荒々と五頭の馬が出現した。

声を張り上げて兵たちを蹴散らす。

てっきり逆鉾丸たちと見ていたが、それは敵の将たちであった。天日子が気付いたときは遅かった。将らは刀を抜くこともなく阿鼻叫喚《あびきようかん》の地獄と化している戦の渦をひたすら駆け抜けて城の方角に逃げ去った。

〈あれで将か！〉

天日子は呆れ返った。

「もうこれで十分だ！」

天日子は腹立たしい顔で叫んだ。

「将はおまえらを見捨てて逃げた。降伏《こうふく》すれば助けてやる。あとは城に戻るなり故郷にこのまま立ち去るがいい」

天日子の言葉に敵は腰砕《くだ》けとなった。

がちゃがちゃと武器を手放した。

逆鉾丸たちが怒濤のごとき勢いで踏み込んできたのはそのときだった。

「どうなっておる！」

その場に茫然《ぼうぜん》と立ちすくむ敵兵らを認めて逆鉾丸は目を丸くした。

「この兵たちに恨《うら》みなどない。許せぬのは敵の将。兵たちこそ哀れ」

「逃がしたか」

「まさか将とは思わなかった」

「ではすぐに敵が駆けつけるぞ」

「それで戦を止めた。引き揚げだ」

「うぬら運が良かったと思えよ」

逆鉾丸は項垂《うなだ》れている兵に言った。

「でなければ皆殺しとなっていた。その運を無駄にするでない。城に戻ったところでまたおなじ目に遭うだけだ」

敵兵らは膝をついて両手を揃えた。

「前方の敵は？」

天日子は訊ねた。

「あらかた始末した。だから将らが逃げ出した。騎馬隊に死んだ者はおらぬ」

天日子は頷いた。頭に描いていた通りの大勝利である。そうには違いないが天日子の胸の底には虚《むな》しさが生じていた。敵の将たちは己れの配下をただの数としか考えていないとはっきり知らされたせいだ。それでは痛手とも感じないのではなかろうか。となると自分たちはさほど罪もない兵たちの命を奪っているだけのこととなる。

その鬱屈《うっくつ》は八郎潟の本陣での勝利の宴《うたげ》の席でも晴れはしなかった。天日子以外の者たちの顔には喜びが溢《あふ》れている。六百近い敵を葬ったというのに自分たちの被害は三十にも満たないのだから当然のことだ。すべては幻水の見事な策と兵の働きの賜《たまもの》である。分かっている。分かっていても心が沈んでいく。

察してか幻水は天日子に目配《めくば》せすると席を立った。天日子も続いた。

どうした、と幻水は庭で質した。

「おれたちの怒りが朝廷の者らに本当に届いているとは思えなくなった」

口にして天日子は吐息した。

「こんな戦をいつまで続けねばならぬ。兵をいくら倒しても、やつらは屁《へ》とも思うまい」

「だからこそ和議が成り立つ」

「……？」

「さもなき被害と見ればこそ損得を重んじる。そなたらであれば大事な仲間を殺されてただでは済ますまい。命を懸けて仇《かたき》を取る。しかし朝廷は違う。一介の兵の命など軽きもの。そのために莫大《ばくだい》な軍費を使う気にはなかなかなるまい。蝦夷の側から折れて参れば、とりあえず一考する。何千もの兵が殺されたことを気にする参議《さんぎ》は一人とておらぬ」

「そんな者たちなのか！」

天日子は目を剝いた。

「さらにわれらの強さとて承知。敗北した将たちは己れに責めが及ばぬよう、常にこちらの数を何倍にも膨らませて報告していよう。たとえば今日の戦など二千の敵に包囲されたとでもな。陸奥守の源恭も、蝦夷軍の数が三千にも膨らむ勢いと大袈裟《おおげさ》に口にしたら疑念も持たず即座に頷いた。つまりは出羽守が朝廷に対してそのように伝えているからだ。今では一万の兵をわれらが擁していると思い込んでいるやも知れぬぞ」

「そんな数があれば苦労はせぬ」

「和議の談判、も少し先と考えていたが、頃合いかも知れぬ。もし一万と見ておれば向こうとて穏やかではいられまい。早く大軍を繰り出さねば危ないと懸念《けねん》しているやも」

言って幻水は眉根に皺《しわ》を寄せた。

十六

それから五日後。以前は対面までに四日も間を置かされた幻水だったが、今日はその日のうちに陸奥守源恭から参れとの返事が戻った。幻水と真鹿はすぐに国守館を訪ねた。

「蝦夷はいかほどの軍勢じゃ」

向き合うなり源恭は幻水に質した。

「近頃は物部の助力も当てにしておらぬ様子。もはや自分らだけでやれると自信を抱《いだ》いておるのでござりましょう。それから察するに四、五千には膨らんでおるものと」

「出羽守は八千と言うておる」

「まさかまだそこまでには」

「儂もそう思うが、内裏から境界の蝦夷など捨て置いて出羽の手助けに回れとの厳しい書状が毎日のように届く。よほど弱腰の嘆願《たんがん》を出羽守が発しているのであろう。内裏はそれを受けて上野《こうずけ》と下野《しもつけ》の両国にそれぞれ千の出兵を命じた」

「上野と下野に出動命令を！」

幻水と真鹿は顔を見合わせた。

「こちらと都は遠く離れている。出羽守の上奏を鵜呑《うの》みにしておるのだ。現に陸奥はさほどの騒ぎとなっておらぬではないか。両国ともさぞかし迷惑な下知《げち》と腹を立てていよう。この食糧不足の最中に兵の糧食を調達せねばならぬ。内裏の支援はなに一つない」

「それで陸奥守さまは？」

「こうなっては下手な言い訳も通らぬ。右大臣の狙いもそこにあるに違いない。やむなく二千の兵を出すことに決めた。それがぎりぎり。まさか陸奥をそれ以上手薄にはできまい。上野と下野の兵が一緒であれば、たとえ苦戦したところで源氏一人の責めにはならぬ」

「それでも蝦夷の側にすれば陸奥が敵に回ったと見るは必定。守りの堅くなった出羽より陸奥が楽と考えるやも」

「儂が案じているのもそれ。今度は陸奥が出羽の二の舞になりかねぬ。ゆえにこそ敵のまことの戦力が知りたい」

うーむ、と幻水は腕を組んで、思案のふりをした。この先が肝要だ。上野と下野の二千に陸奥の二千が加わればさすがに厄介となる。

「物部が陰で動いて構いませぬか」

やがて幻水は口にした。

「どう動く？」

「こたびの騒動の発端は秋田城司の苛政によるもの。抗いおる蝦夷の大方があの近辺の者らであることでも明らか。陸奥には少しの恨みも抱いておりますまい。陸奥の側に介入する気がないと知れば、下手な手出しはむしろ禍《わざわい》の種と考えるに相違ござらぬ」

「秋田の城に二千もの援軍を送り込みながら、それは通るまい」

「すべて陸奥守さまのお覚悟次第」

「とは？」

源恭は怪訝な顔で身を乗り出した。

「耳にした噂に過ぎぬことなれど、蝦夷たちはそろそろ戦の収束を願っている様子。それも当然。五千や一万の敵が相手ならともかく、内裏が性根《しょうね》を据えれば勝てるわけがないと多くが見ておるはず。場合によっては陸奥守さまが間に立つとお約束召されれば必ず心を動かす者が出て参りましょう」

「そないな約束、できるわけが」

源恭は激しく首を横に振った。

「場合によっては、でござる。陸奥には一切攻め入らず、出羽の戦場《いくさば》においても陸奥の兵には手出しをしない」

「馬鹿な。戦場でどう見極める」

「そこがお覚悟。請われたとしても戦場に出ねばよろしい」

「なにがなにやら」

源恭は大きな吐息をした。

「われら物部が陸奥守さまのお気持ちを蝦夷らに伝え、陸奥の兵たちが秋田城に入るのを見届けて和議を願う使者を遣わせまする」

「たとえ蝦夷らがそれに頷いたとて、出羽の者らが許しはすまい」

「出羽と陸奥の治安については陸奥守さまのお立場の方が遥かにお高い。それに、いかに相手が蝦夷であろうと和議を求める使者を内裏に報告せず追い払えば、その責めはだれに及ぶとお考えにござります？」

うーむ、と源恭は唸った。出羽の戦であっても結局は自分に降りかかる。

「出羽勢が和議を受け入れれば陸奥守さまはその見届け役。拒みしときは、内裏の判断を仰ぐまで蝦夷軍と戦わぬと真正面より反意を突きつけられましょうに。だれの目にも道理は陸奥守さまにあり申す。右大臣とて文句はつけられますまい」

「本当に和議の使者を出せるか」

源恭は真面目な顔で訊ねた。

「ここで確たるお約束はできませせぬが、頭領の日明が説けば道も開けるものと」

「そうなればいかにも参戦を拒むことができる。さらにそのまま和議に傾けば手柄《てがら》は儂のものとなる……か」

源恭の目は落ち着かなく動いた。

「よし。決めた」

源恭は膝を叩いて、

「我が軍が秋田の城に入り、五日のうちに和議の使いが参ればそうする。仮に戦となってもその責めは使者を追いやった出羽勢。兵らは早々に城を出て陸奥へと引き返させる」

「お任せを。きっと陸奥守さまの悪いようにはいたしませぬ」

「またまた窮地を救われたの。これでこちらの兵を無駄に死なせずに済む」

晴れ晴れとした顔をして源恭は手を叩くと酒の支度を言い付けた。

「言葉を失うとは今夜のことだ」

物部の店で真鹿はあらためて幻水と祝杯を交《か》わしながら口にした。

「二千の兵をまさに飾り雛とした。しかもあわよくば早々《はやばや》と和議が成る」

「そうたやすくは」

幻水は首を横に振って、

「大敗と感じているのは当の出羽ばかり。二千や三千の兵を失ったところで内裏はさほど恐れてはおるまい。そこに和議を請えばこちらの弱気と取る。他国への体面もある。その報告に勢いづいて討伐の下知を出す」

「ではなんのために！」

「弱気からのものではないと示すため。こちらは一応恭順の意志を示した。それを退けたのは内裏。その上でわれらがさらなる大勝ちをいたせば、いかに内裏とて震撼《しんかん》する。素直に受けていればその被害などない理屈。そうしてはじめて和議の道が見えてくる」

「勝てれば……の話だ」

「秋田の城に在るのはたかだか千やそこらの出羽軍と他国の戦と心得る上野、下野の二千。陸奥の兵は動かぬ。勝つのはたやすい」

今度こそ真鹿は幻水に圧せられた。

# 水壁
すい　へき

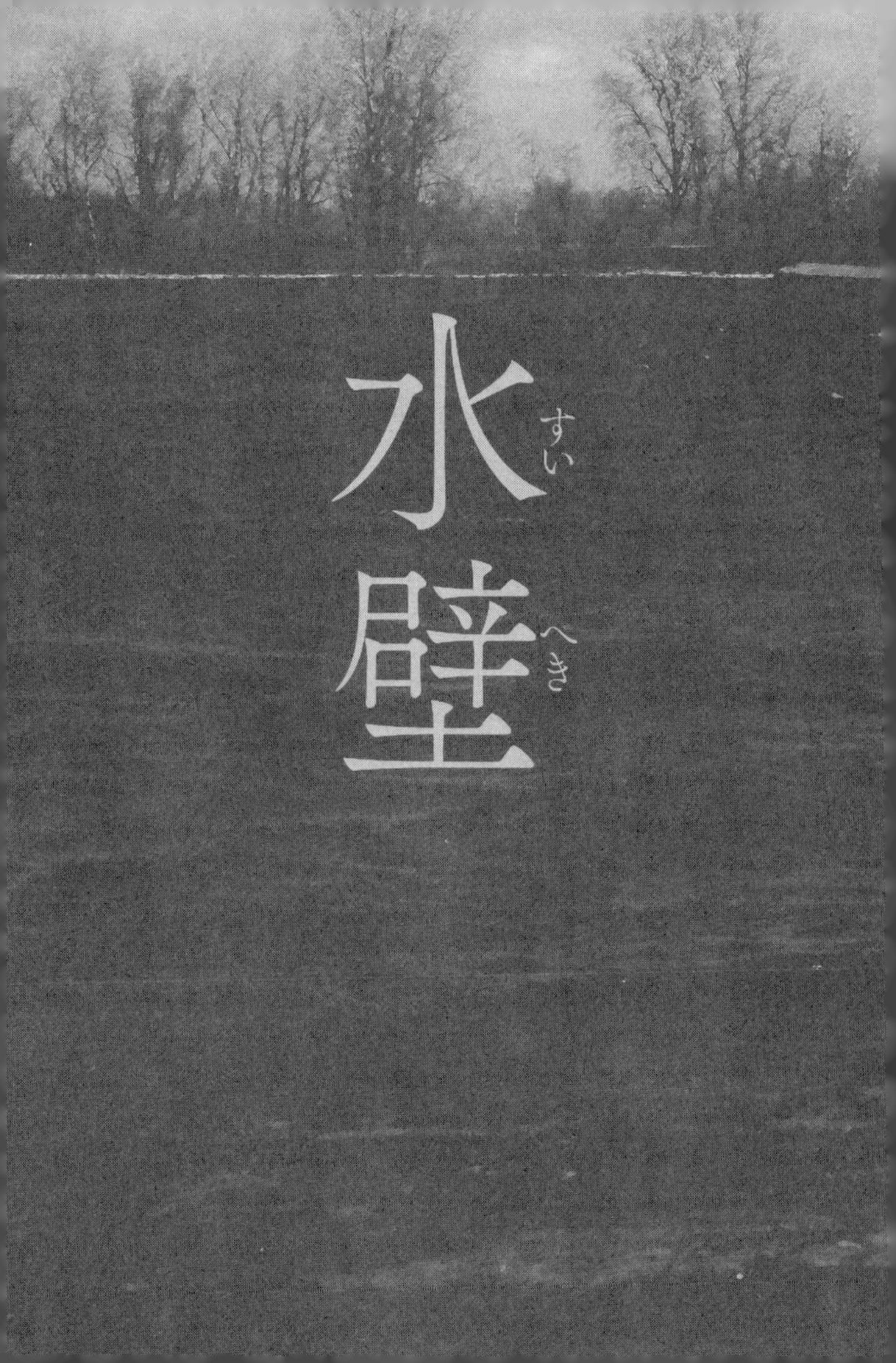

# 一

多賀《たが》城に赴《おもむ》いた幻水《げんすい》からの早馬を受け、天日子《そらひこ》たちが急遽鹿角《きゅうきょかづの》に舞い戻ったのは五日後のことだった。日明《じつめい》の待つ物部館《もののべやかた》の大広間には合流を約した幻水と真鹿《ましか》の姿もすでにある。

「敵に気取《けど》られてはおるまいな」

日明はそれを一番に案じた。

「隼人《はやと》と鷹人《たかと》の案内で二ツ井《ふたつい》までは険《けわ》しい山道を。その心配はご無用」

「ここにきて蜂起《ほうき》の裏にわれらが在ると陸奥守《むつのかみ》に知れればすべてが終わる」

「陸奥守が疑いを？」

天日子は日明を見詰めた。

「抱《いだ》いたとて不思議はなかろう。現に真鹿らは鹿角への途次で怪《あや》しき気配《けはい》を幾度か感じたそうな。陸奥守にすれば己《おの》れの進退に関《かか》わる大きな賭《か》け。儂《わし》でも様子を探らせる。物部はなにを企《たくら》むか分からぬ怪しき者ども」

言って日明はからからと笑った。

「が、まさかここ尾去沢《おさりざわ》にまでは足を踏み入れまい。これまでよう頑張った」

日明は皆の働きを労《ねぎら》った。天日子とともにこの席に居並んでいるのは逆鉾丸《さかほこまる》、玉《たま》姫《ひめ》、弓狩《ゆがり》、それに隼人と鷹人の五人である。

「儂も明後日《あさって》には八郎潟《はちろうがた》に出立《しゅったつ》する。戻ったばかりで気の毒じゃが、そなたらは明日のうちにここを出て八郎潟の長《おさ》らを一つところに集めておいて貰《もら》いたい」

「伯父御《おじご》が八郎潟にか！」

天日子は驚いた。鹿角に戻れと伝えられただけで他になにも耳にしていない。

「幻水が陸奥守と途方もない約束を交《か》わした。儂が出向いて蝦夷《えみし》軍の纏《まと》めの者に和議を促《うなが》すことになった。行かぬわけには参るまい。まさか書状だけで済ませられる話ではない。陸奥守の目が物部に向けられているらしいとあってはなおさら。明後日は嫌《いや》でも目立つよう幻水とともども五十の配下を従えて向かう」

「われらに相談なしの和議とは、いったいどういうことだ！」

天日子は幻水を睨《にら》み付けた。逆鉾丸らも事態を呑《の》み込めずにいる。

「陸奥守は出羽《でわ》に二千の援軍を出すと決めた。近々には上野《こうずけ》と下野《しもつけ》から二千の兵も到着する。それに力を得て出羽軍は秋田《あきた》の城の守りを二千五百に増《ふ》やす。合わせれば六千五百。われらが和議を申し入れてもおかしくなかろう」

との幻水の言葉に皆は絶句した。こちらの戦力はまだ三千そこそこだ。倍以上となると一筋縄《ひとすじなわ》ではいかない。たやすくは負けぬにしても必ず戦《いくさ》が長引く。

「もしもそれで願い通りの和議となれば上々だが、向こうはきっと撥《は》ねつけよう。それを見越してのこたびの申し入れ」

首を傾《かし》げた天日子たちに幻水は陸奥守とのやり取りや本当の狙《ねら》いを明かした。

「信じられぬ……」

二千もの陸奥の兵が戦には加わらぬと聞かされて天日子は目を丸くした。

「約定《やくじょう》通り陸奥の兵らが秋田の城に入って五日のうちに和議の申し入れをいたせば、な。上野と下野の兵の到着はまだ少し先。となると城には戦を遠巻きとする陸奥勢と二千五百の出羽勢しかおらぬこととなる」

あ、と皆は顔を見合わせた。

「秋田の城はまだ補修が済んでおらぬ。穴はいくらでもある。恐らく城外での戦いとなろう。であればわれらの方の数が上。上手《うま》く運べばいよいよ最後の戦とすることができる。せっかくの和議の申し入れを拒《こば》んだ上に五千近い兵が籠《こ》もる城を簡単に落とされたとあっては内裏《だいり》も縮み上がる。右大臣《うだいじん》らはわれらと陸奥守との密約など知らぬ。力を存分に余しての攻めと見るはず」

しかり、と逆鉾丸も頷《うなず》いて、

「五千で固めた城に三千そこそこで攻め寄るなど臆病《おくびょう》な公卿《くぎょう》らには思いもつかぬこと。一万以上の兵力があると頭から信じ込む」

「一万もの蝦夷が相手では」

幻水はくすくす笑って、

「少なくとも五万の兵を動員せねば危《あぶ》ないと踏もうな。その兵が出羽に着くまでに蝦夷軍の数がさらに増えていることもあり得る。五万の兵の武具を揃《そろ》え、半年もの糧《りょう》食《しょく》までとなれば途方もない出費。しかも半年やそこらで済むとは限らぬ話。私が参議《さんぎ》であれば和議の道を模索《もさく》する。最初に願ったのは蝦夷の方。交渉次第で叶《かな》わぬとも限るまい」

「いつもそなたが申していた内裏の体面とやらはどうなる？」

「体面も結局は損得次第。これまでは出羽と陸奥に全部押し付けてきたが、ここまでくれば内裏が表に出るしかない。損がそのまま自分らにのし掛かってくる」

天日子に幻水は返して、

「幸いなことに出羽守はわれらの兵力を八千以上と伝えてくれているらしい。内裏もさぞかし頭を抱えていよう。対して一万や二万の出兵ではどうにもならぬ。蝦夷軍は出羽の山々どこにでも隠れられる。一つずつ潰《つぶ》していてはきりがない。今こそ狙い目」

「そうであろうが……」

天日子はまだ実感が得られずにいた。

「これほど早くこの日がくるなど」

「驚いているのはむしろ私の方」

幻水は何度も首を横に振り、

「内裏を心底《しんそこ》怯《おび》えさせるにはどれほど急いだとて半年はかかると覚悟していた。それで仕《し》掛《か》けを早めたが、そなたたちは僅《わず》かひと月半でここまでやり遂《と》げた。いずれも完《かん》膚《ぷ》なき勝利。だからこそ陸奥守も逃げ腰となった。でなければ私の奸計《かんけい》になど乗ってきはせぬ。むしろ軍を率《ひき》いて己れの手柄《てがら》にしようとしたはず。これは策など超えたそなたらの力。あの戦ぶりを知れば鬼神とて腰が引けように」

皆に笑いが広がった。

「まだまだ先がある。油断は禁物《きんもつ》」

日明はその笑いを引き締めて、

「ことに難題はだれを和議の使者として遣《つか》わせばよいか──だ。物部の者はまずい。

裏を承知の陸奥守なら奇妙と思わぬにせよ、出羽の者らはわれらこそ首謀者と見る。和議を拒むと同時に鹿角に攻め込まぬとも限らぬぞ。そうなっては城攻めどころではなくなる」

いかにも、と天日子は唸《うな》った。

「と申してただの兵では……大事の使者であるからにはそれなりの重さがないと」

「手前ならいかがにござる」

逆鉾丸が名乗りを挙《あ》げた。

「万が一正体が割れ、都《みやこ》を荒らし回った盗賊と知れれば蝦夷の戦と言えなくなる。それは玉姫とて同様。やはり八郎潟の長たちに頼むしかないかと幻水と話しておった」

「危なくはないのか？」

天日子は幻水に目をやった。

「敵次第。これればかりはなんとも」

幻水に天日子は天井《てんじょう》を仰《あお》いだ。

二

「和議を求める書状を差し出すだけで大任が果たせるものなれば、是非ともわれらの瘦《や》せ首で間に合わせてくだされ」

腹を割って今の状況と先行きを語り合った翌日、八郎潟の長たち五人が日明、天日子、そして幻水の前に打ち揃って頭を下げた。

「長と言うたとてもはや名ばかり。この通り戦場《いくさば》にも出られぬ老いぼれ。そもそもこたびの抗《あらが》いはわれらが真っ先に起《た》たねばならなんだこと。なのにただただ皆様のご加勢に甘え、日を重ねて参り申した。なにとぞその役目われらに務めさせていただきとうござる」

日明たちは顔を見合わせた。五人の長なら使者として十分すぎるほどだが、無事に戻れる保証はない。逆に人質とされる心配の方が大きい。それはきちんと伝えてある。

「手前どもはこれまで城にしばしば出入りして敵も顔を承知。疑うことなくわれらこそ反乱軍の纏めと見なしましょう。もしや捕らえられようと断じて皆様方のご迷惑となるようなことには。その場で舌を噛《か》み切って死ぬる覚悟。むしろ果報。それでわれらの名が末代《まつだい》まで伝わり、八郎潟の名も高まります」

「しかしそれでは——」

天日子は手を突き出して制した。無理に巻き込んだのはこちらという思いがある。

「感服《かんぷく》つかまつった。ありがたし」

日明は大きく頷いて願いを受けた。

天日子は慌《あわ》てて幻水を見やった。

幻水はきつく目を瞑《つむ》っていた。が、幾筋もの涙が溢《あふ》れ出ている。

天日子もそれで諦《あきら》めた。


「蝦夷とはまことに潔《いさぎよ》く美しき者」

長らが勇《いさ》んだ様子で立ち去ると幻水はしみじみと口にした。

「朝廷の愚《おろ》かさが今ほど身に沁《し》みて感じられたことは……手を携《たずさ》えていればこの国は別の道を歩んでいたに相違なし。いや、蝦夷の心根《こころね》を承知ゆえ、わざと遠ざけて参ったものやも。内裏に蝦夷を何十何百と迎えれば上の者らも好き勝手ができなくなる。内裏には下の者のために死地と知りつつ進んで身を捨てる者など一人としておりますまい」

「この先なにがあろうと、あの長たちの思いを無駄《むだ》にしてはならぬ」

日明に天日子はしっかり頷いた。

その夜。

日明、天日子、幻水は額《ひたい》を寄せ合って和議の条件の模索にかかった。あまりに強気ではまずい。朝廷に、これならばなんとか妥協《だきょう》できるという余地を残すのが肝要だ。

「乱は朝廷軍の非道に発しておる。俘囚《ふしゅう》を他国の民《たみ》と同等に扱わなかったゆえだ。それで出羽と陸奥合わせて一万以上の餓死者《がししゃ》を出した。里を捨て山に逃《のが》れたことや兵を起こして抗った罪を不問として貰わねば蝦夷の怒りは治まらぬ。それをまず受け入れてくれぬ限り話は一つも前に進められぬ」

日明に幻水は当然という顔で冒頭の条件とした。何千もの兵を殺されている出羽軍が一切《いっさい》を不問にするなどあり得ないだろうが、勝っている側からの要求としては当たり前のことである。

「戦が終結したとて村々の田畑は荒れ、蒔《ま》く種もない。食い物もなしでは抗った意味がなくなる。存分な食糧と最低でも三年の年貢《ねんぐ》の免除を認めて貰わねば立ち直りができぬ。徴兵《ちょうへい》も当分はやめて貰いたい。肝心《かんじん》の働き手がおらぬではなにも果たせぬ」

「そう一度に並べ立てるな」

天日子に幻水は苦笑した。

「命を懸《か》けて戦うとはそういうことではないか。耐《た》えられる程度のものならそこまでせぬ。痩せ衰《おとろ》えて死を待つばかりの子を我が手にかけた親の深い悲しみを敵は知るまい。それをなくすためにおれたちは立ち向かった。これまで通りで済ませられてはたまらぬ」

「それはそうだ」

幻水も深く頷いた。

「蝦夷と朝廷側との境界線を今度こそきちんと定めて貰わねば。それが常に諍《いさか》いの種。城や柵《き》が間近にあるゆえ望まずとも仕方なく俘囚となる蝦夷も多い」

「境界線はどこに引く？」

「雄物《おもの》川より北は蝦夷の地」

「無理だ」

幻水は即座に返して眉《まゆ》をしかめた。

「雄物川の北では秋田の城が含まれる。他にいくつもの柵や営も。断じて朝廷は認めまい。仮に認めても、それは蝦夷軍を解体させるための一時的な方便《ほうべん》。数年も経《へ》ずして大軍を用いての奪還《だっかん》にかかる。何百年もかけて手中にした地を朝廷がたやすく手放すはずがない。本気で向かってくる」

「そなたはどちらの味方だ！」

天日子は声を荒《あら》らげた。

「十万もの朝廷軍を相手の戦などできまい。出羽の地がもっと悲惨な状況となる。そなたは知らぬだろうが朝廷はすでに自ら境界線を定めておる。米代川《よねしろ》を挟《はさ》んで北には手出しをせぬことに。津軽《つがる》の出方を案じておるのだ」

「それでは八郎潟の者らはどうなる」

「抗いの罪が不問となれば問題なかろう」

「…………」

「今は米代川を水壁《すいへき》として、その北側を境界線と互いにはっきりさせるのがよかろう。俘囚となるのを良しとせぬ者は米代川を越えればよい。これまでは曖昧《あいまい》だったゆえに迷いが生じた。以降はそれがなくなる。朝廷にしてもその要求なれば安堵《あんど》する。もともと手出しがむずかしいと見ていた地。これで和議が成るなら面倒《めんどう》がない。他の条件についても損得を計算しはじめる」

幻水の言葉に天日子は迷った。

「それでいい」

日明も幻水の案に同意した。

「われらの一番の狙いは俘囚を他国の民と同列にいたすこと。さらに高望みをすれば これまでの戦を無駄にしてしまいかねぬ。陸奥守とて雄物川を境界線とする要求には 頷くまい。これなれば、と得心《とくしん》させることが肝要。ここで陸奥守が敵対いたせば次の 戦がやりにくくなる。負けては全部がそこで終わる」

天日子も大方《おおかた》は納得しつつ幻水に、

「もしもこれに出羽守があっさり同意いたせばどうなる？」

「万々歳《ばんばんざい》と言いたいところだが、こう負け続けの上にこちらの要求まで呑めばもはや 出羽守の先行きはなくなる。握り潰すと見た。それもあって陸奥守を証人とするの だ。戦の収束《しゅうそく》を願うわれらの思いが内裏に届かなくてはなんにもなるまい」

「そこまで読んでの陸奥守だったか」

天日子の迷いはそれで霧散《むさん》した。

## 三

「物部を抜けたいじゃと！」

陸奥守源《みなもとのつつしむ》恭の命の下、大掾《だいじょう》を務める藤原梶長《ふじわらのかじなが》率いる二千の兵は三日前に到着し、秋田の城近くに布陣《ふじん》していた出羽勢二千五百と合流を果たした。いよいよ明日は和議の使者を遣わすと決めた夜のことである。日明は床《ゆか》に額を押し付けて懇願《こんがん》する天日子を信じられぬ顔で見やった。居並ぶだれしもが声を失っている。

「ここまで来てなんの話ぞ」

「身勝手は重々承知。伯父御の大恩も断じて……おれがこうして今在るはすべて伯父御のお陰。なれど……」

天日子はぼたぼたと涙を流した。

「わけをしかと言え！」

日明は苛立《いらだ》ちの目で詰問《きつもん》した。

「これはやはりおれが責めを負うべきこと。八郎潟の者たちは喜んでわれらの手助けに回ってくれた。礼をせねばならぬのはわれら。なのに無事に戻れるとは請け合えぬ和議の使者にまたまた八郎潟の長たちを頼りとするなど……おれにはできぬ。でき申さぬ」

「それをわれら物部がやればどうなるか、何度となく言い聞かせたであろうに。儂だとて長らの申し出を喜んで受けたと思うてか。分からぬならあまりに未熟。それでよく全軍の指揮を執《と》れてこられたもの。なにが大事かまるで心得《こころえ》ておらぬ。長らとて後々のことまで見据《みす》えて命を懸けてくれたのじゃぞ」

「むろん分かっており申す！」

天日子は日明と目を合わせて、

「それでまこと後々が長たちの願い通りになるものならなんの文句もござらぬ。いつかあの世で長たちに礼をいたせば済みましょう。しかし、次の戦がわれらの思い通りに運ばなんだときはどうなりまする？　いかに幻水の策があったとて、戦は水物。どちらに転《ころ》ぶかだれにも分からぬ。こちらが負ければ敵はその勢いに乗じて八郎潟の者たちを容赦《ようしゃ》なく叩《たた》き潰すに相違なし」

「そうなったときはわれら物部とて覚悟を定める。最後までともに戦う」

「やはりな。そうして物部も滅《ほろ》びる」

「…………」

「物部が陰で俘囚たちを操《あやつ》っていたと知れば陸奥守も断じて許しなどいたしますまい。内裏に援軍を頼み、何万もの兵を投じて参るのは明らか。鹿角はたちまち敵に蹂《じゅう》躙《りん》されてしまい申そう。物部が滅びればもはやこの出羽と陸奥に朝廷に抗う者は一人としておらなくなる。われらのはじめた戦が結局は蝦夷の滅びに繋《つな》がることに」

「思い上がりも甚《はなは》だしい！　うぬなれば物部なくても勝てると申すのか」

日明はぎりぎりと歯《は》嚙《が》みした。

「いや、物部にはなにがあろうと今を生き延びて貰わねばなりませぬ。物部こそ蝦夷のただ一つの望みの綱《つな》」

天日子はまた日明に両手を揃えた。

「なにをどうする気だ」

戸惑いつつ日明は質《ただ》した。

「なにも」

「……？」

「ただ八郎潟の者たちの恩義に報《むく》い、ともに戦って果てる所存。伯父御は次の戦が負けと決まったときは即座に鹿角に引き返していただきたい」

天日子に日明は息を吞み込んだ。幻水と皆は天日子の覚悟に胸を打たれた。

「だれかが一緒に死んでやらねば八郎潟の者らが哀《あわ》れ。騙《だま》されたと思いましょう。なにより命を捨ててかかった長らがどう思うか。総大将である手前が留《とど》まれば皆の心も……」

「しかし……それでは」

「幸いに手前は胆沢《いさわ》の鎮守府《ちんじゅふ》や多賀城国府《こくふ》に一度たりとて顔を出してはおり申さぬ。出羽にしても手前が物部の一族と承知の将は一人もおらぬはず。二ツ井の里の纏めとでも名乗ればそれ以上の疑いは持ちますまい」

「名乗る？」

「明日は長たちとともに和議の使者として出向くと決めてござる。それで八郎潟の者たちも物部の覚悟のほどを分かってくれ申す」

「馬鹿《ばか》な。なにが起きるか知れぬ」

日明は動転した。

「そういう役目をわれらは八郎潟の長たちに預けたのでござるぞ」

うーむ、と日明は唸った。

「先々を念頭に置いた策と見れば、伯父御の言に微塵《みじん》も異論はござらぬ。幻水の申す大局もその通りに違いありますまい。ただ手前は一人の蝦夷として、それをしてはいかんと思いました。長たちの願う新しき世をその目で見届けるのはおれでなくてもい い。伯父御や幻水がおるなら安心して任せられる。では、おれでなくてはできぬこと とはなにか。あれこれ考えているうちに浮かびしもの。以前にも申したごとく、おれ の代わりの総大将なら物部にいくらでも居る。しかし八郎潟の者たちから見れば手前 はこの戦の総大将。それが長たちに付き添い、その後の戦の矢面《やおもて》に立てば必ず喜んで くれましょう。それで手前は十分。生まれた甲斐《かい》があり申す」

「それで物部を抜け一人の蝦夷に」

日明は深い吐息《といき》をした後、

「よくぞそこまで大きゅうなった」

諦めの顔で何度も頷いて、

「物部の総大将どころか、蝦夷を一つに纏める長となったわ」

それに幻水も笑顔で同意した。

「私は物部とは無縁の身。抜けるも抜けないもない。残って天日子と戦う」

玉姫が膝《ひざ》を進めて日明に宣した。

「おれもだ。八郎潟の連中はおれが鍛《きた》えた。どこまでも付き合ってやる」

負けじと逆鉾丸が名乗りを挙げた。

「配下たちはどうする？」

日明は苦笑しつつ訊《たず》ねた。

「それぞれの好きに……もし津軽に逃れたいと願う者らには手助けを」

むろん、と日明は請け合った。

「私も、と言いたいところだが、私は無理。藤原梶長とは顔見知り」

悔《くや》しそうに幻水は口にした。それは真鹿と弓狩も同様である。

「第一、今の覚悟とて半年後にはただの笑い話となっているやも。城中と異なり敵の本陣は広い原にある。敵と繋がりのある城下の俘囚を間に立てれば危ないことにはならぬかも。その者らにわれらの望みを伝えて貰い、双方の中間地点での対面が叶えば使者の守りもあるいは。むしろ好都合。敵はわれらを傲慢《ごうまん》と見て和議など撥ねつける。その上で次の戦に大勝いたせばきっと流れはこちらのもの」

おお、と幻水に皆は勇み立った。

天日子にもやっと笑いが戻った。

四

〈ようやっと、か〉

陸奥押領使《おうりようし》として陸奥の兵二千を率いる藤原梶長は、秋田城下の俘囚三人が反乱軍より託された和議を願う書状を懐《ふところ》に出羽勢の陣を訪れたという知らせを受け、思わず大きく安堵の混じった息を吐いた。

今日、明日を過ぎればどうしても戦に加わるしかない状況に梶長は追い込まれていた。出羽守はこれまで戦の采配《さいはい》を任せていた小野春泉《おののはるいずみ》、文室有房《ふんやのありふさ》だけでは心許《こころもと》ないと見たのか一番の腹心とされる出羽権介《ごんのすけ》藤原統行《むねつら》を自軍の纏めとして送り込んできていた。出羽と陸奥合わせて五千近くの兵に力を得、藤原統行は即座の反撃を主張していたのだ。軍の纏めの立場で言うなら押領使であるこちらが上でも、援軍として秋田に赴いた梶長には反論の術《すべ》がない。が、到着して五日の間はなにがあろうと動くなと陸奥守源恭より厳命されている。梶長は過酷《かこく》な行軍による兵の疲れや、自軍が出羽の地勢や反乱軍の戦力と布陣をなに一つ把握《はあく》していないことを理由にこの数日ずるずると日延《ひの》べを繰《く》り返してきたのである。

「千五百の馬に怖《お》じ気《け》づいた様子」

梶長が急ぎ駆《か》けつけると統行はせせら笑って和議の書状を突き出した。梶長は受け取って目を通した。仲立ちを頼まれた俘囚たちは身を縮《ちぢ》めて平伏《へいふく》している。

「自ら差し出す度胸もなく、遠くの原にてわれらの返答を待っている。あんな者らに不覚を取っていたとはの」

統行は春泉と有房を睨《ね》めつけた。

「勝っている今と見ての小馬鹿《こばか》にした申し出。出羽守さまは、きっと討伐《とうばつ》して朝廷の威信を示せとおっしゃられた。手前とてむろん聞く耳など持ち合わせておらぬ。これで敵も弱腰となっておるのが明らかとなり申した」

「なれど、さほどの願いにあらず」

梶長は読み終えて統行に言った。反乱の罪を不問にせよとの前文を除けば、それなりに頷ける要求と思えた。陸奥守源恭の立場を重んじて物部が説得してくれた結果であろう。

「城を落とされ、多くの兵を失ったのはわれらにござるぞ。ましてや相手は蝦夷。言い分を聞くなどもっての外《ほか》」

統行は目を吊《つ》り上げた。

「これは内裏に宛てた和議の書状。出羽の怒りはもっともであろうが、われらばかりで決められるものではあるまい」

「内裏にとっても厄介《やっかい》な求めであるのは明らか。勝てばなんの差し支えもなき話。もしや蝦夷に臆されたか」

統行は鋭《するど》い目で梶長に迫った。

「ただの兵に過ぎぬわれらが勝手に動けば筋を外《はず》すことに。儂の立場としてはまず陸奥守さまに報告いたさねば」

「出羽と陸奥より軍の全権を委《ゆだ》ねられておるわれらは、決してただの兵にあらず。ご不満なれば手前一人でその責めを負いまする。それでなにも文句はありますまい」

「敵の首謀者らの顔も見ず和議の願いを握り潰すつもりか！」

「いや、顔をしかと見届けた上で首を刎《は》ねてやり申そう。それが返事」

「正気の言葉とは思えぬ」

梶長は身震《みぶる》いさえ覚えた。

「原に控えおる敵将はわずか五人。守りの兵は遥《はる》か後方。兵を従え対面すると見せかければいともたやすき話。敵の到着前に陣に戻れましょう。将を失った敵など知れたもの」

「そんな真似《まね》をすればどうなる。儂とて見て見ぬふりなどできぬ。うぬ一人の責めで済む話ではない。陸奥守さまにまで迷惑が降り懸かる。それなればこれ以上うぬらと組むわけにはいかぬ。出羽守さまもとんだ者を頼りとしたものよな」

梶長は心底《しんてい》から嘆息《たんそく》した。

「勝てると踏んでおるなら和議など持ちかけてはこぬ。気後《きおく》れしているのは蝦夷の側。ご貴殿《きでん》こそ物事の裏を少しも読めぬお人らしい。どうぞお好きになされ。弱腰のお人が上に在っては手前にも迷惑。陸奥がこれまで援軍を送って来なんだのもご貴殿や陸奥守さまなればこそ。ようく分かり申した。蝦夷に手前が打ち勝ったときは後悔召《め》されるな」

売り言葉に買い言葉となった。梶長は憤然《ふんぜん》として床几《しょうぎ》から腰を上げた。

「書状を置いていかれよ」

慌てて統行が声を発した。

「これは内裏への書状。うぬごときに宛てたものではないわ！」

梶長の剣幕《けんまく》に統行も諦めた。

「しばらくは居てやるが、われらの加勢など当てにはするなよ。儂はうぬの失態をこの目で見たいだけだ」

「勝ったときはその書状を握り潰す腹にござろうに。呆《あき》れたお人よの」

統行は鼻をふんと鳴らした。

それは――半分以上当たっていた。

支援を拒み陸奥に引き返せば別の責めを受ける羽目《はめ》となる。また、出羽勢が蝦夷を討伐すれば和議の願いがあったことなど無意味な話となる。手柄はすべて出羽守に譲ることになろうが、それも致し方ない。

陣を出た梶長は肩を落とした。

「統行さまの言にも一理ござります。これで本当によろしいので？」

梶長の配下は案じた。

「反乱の種は全部出羽勢の側にある。なんでわれらまで巻き込まれなくてはならん。それに今の蝦夷の勢いにたやすく勝てるとは思えぬ。これ以上無駄な血を流したくないと思うているのは蝦夷の方。あの緻密《ちみつ》な書状を読めば瞭然《りょうぜん》。裏を読めぬのはむしろあの統行ぞ。ここでしくじれば出羽と陸奥が必ず火の海となろう。われらの出番はそれからだ」

梶長は口にして逆に確信した。

蝦夷は断じて愚かな民ではない。

〈さて、どうなるか〉

三十人ほどの兵を従えて陣から現れた敵将と思《おぼ》しき姿を認め天日子はさすがに緊張した。こちらは乱闘となった場合になんの役にも立ちそうにない三人の年老いた長と、どうしてもと譲らずに従った隼人の五人だけである。守りの兵たちはだいぶ後方に配置してある。咄嗟《とっさ》には到底間に合わないだろう。

「もしものときは儂らのことなど気にせずお逃れくだされ。こうしてご一緒していただけただけで光栄と申すもの。村の者らも感激しており申す」

一人に残りの長たちも頷いた。

「命《いのち》は皆様方と同様、とっくに捨ててござれば気にはなされるな」

天日子はそれで心が落ち着いた。蝦夷とはなにか示さなくてはならない。

〈なにっ！〉

天日子は我が目を疑った。

ゆっくりと互いに表情を窺《うかが》える近さまでやって来た敵は、馬上の将の合図に応じて素早く弓を構えたのである。

三人の長たちも慌てた。

和議に頷かぬにしてもこちらの名と言い分程度は聞くと見ていたのだ。まさかいきなりの襲撃《しゅうげき》など想像もしない。

天日子は反射的に飛び出すと長の纏めを庇《かば》う姿勢を取った。同時に多くの矢が放たれた。この近距離では避けることなどできない。が、天日子のさらに前面に隼人が盾《たて》となって立ちはだかった。その瞬間、隼人の胸に三、四本の矢が深々と突き立った。

「早《はよ》うお逃げを……」

隼人は天日子を振り向いて促した。無事なのは天日子と長の纏めだけである。二人の長は何本もの矢を浴びて息絶えている。

「ともに……死んでくだされたとて少しも嬉《うれ》しくはありませぬぞ」

笑いを浮かべて隼人は天日子を乱暴に突き放した。敵は次の矢をすでにつがえている。天日子は敵のただ中に飛び込みたい怒りを必死で堪《こら》えた。長の纏めまで死なせるわけにはいかない。天日子は長を抱え原に転がった。数十本の矢が二人の頭上をかすめた。

ようやく味方の吶喊《とっかん》の叫《さけ》びが聞こえた。敵の将の退却の声も耳に響く。守りの兵の背後に控えていた騎馬《きば》隊を認めてのことだろう。

「隼人、大丈夫か！」

天日子は額を上げて確かめた。

隼人はそのまま天日子たちの盾となり続けていた。地に剣を突き立てて体の支えとなし、仁王《におう》の形相《ぎょうそう》で果てていたのである。天日子は駆け寄って隼人を固く抱き締めた。

天日子から涙がどっと溢れ出た。

「おれの我《わ》が儘《まま》で……おれのためにおまえが……すべておれのせいぞ」

天日子は天に吠《ほ》え立てた。

自分さえ和議の使者に加わらねば失うはずもない隼人の命であった。

が、悲しんでいる余裕はない。

敵は将が陣に戻ると反撃にかかった。

何百もの矢が次々に飛んでくる。

このままではせっかく救った長の纏めまで死なせてしまうことになる。

「隼人、天上で見守ってくれ」

天日子は詫《わ》びて長の腕を引いた。

「早う乗れ！　今は退《ひ》くしかない。敵陣には二千もの兵が居る」

馬で駆けつけた逆鉾丸が叫んだ。

「おれより長を先に」

「天日子はこっちだ！」

天日子は長の腰を高く持ち上げた。

玉姫が馬を横付けにした。

「隼人をあのままにか！」

まだその場に立ち尽くしている隼人に目をやって天日子に躊躇《ためらい》が生まれた。

「だからこの仇《かたき》を取ってやらねば」

玉姫は隼人に合掌《がっしょう》すると天日子を急《せ》かした。天日子は後ろに飛び乗った。

五

八郎潟に間近い山裾《やますそ》に設《もう》けた本陣で日明はただ吐息を繰り返した。敵とここととの間には五百ずつの隊をいくつも配備している。とりあえず攻め込まれる心配はない。

「まさか……そこまでするなど」

ようやく日明が口にした。

殺された二人の長と隼人の首は敵の陣の前に晒《さら》されているという。

「すぐの攻めは断じて禁物」

幻水は場の怒りを察して制した。

「広い原の陣では包囲がむずかしい。敵にもたやすく逃げられてしまう。三倍以上の数でなくては無駄な戦いとなるだけ。はじめからそういう戦は頭にない」

「陸奥との約束はどうなった」

天日子は幻水に詰め寄った。

「陸奥の陣に動きはなかったと聞いている。明らかに出羽勢の独断」

「ではたった二千五百だ」

「それでもわれらの数は倍にも届かぬ。隼人を死なせた悔しさは分かるが、次の戦は大勝利とせねばなんの意味も……ただ報復に走れば今までのすべてが白紙に戻される」

それに天日子は唇《くちびる》を嚙み締めた。

「敵も必ず攻撃があると踏んでいよう。守りの手薄《てうす》な野営の陣では不安。近々には城に入ると睨んだ」

「どうしてだ。やつらにとって原の陣の方が有利と言ったばかりではないか」

「われらの数が四千に満たぬと分かっていればな。しかし出羽の者らはこちらの戦力を八千以上と思うておる」

「なのになぜ煽《あお》るような攻めを！」

「あの場で将の五人を一挙に葬《ほうむ》ればこちらの態勢が総崩れとなる。それが狙い」

くそっ、と天日子は拳《こぶし》を握った。

「まさかあれほどの暴挙に及ぶなど思いもしなかった。この私にこそ責めがある。もしおぬしが一緒でなければ実際その通りになっていたはず。殺《あや》められたのが最初に名乗りを挙げた五人の長ばかりなら八郎潟の者たちはわれらを即座に見限ったに違いない。が、皆は見ている。おぬしが躊躇《ちゅうちょ》なく前に出て長の纏めの盾となったのを」

そうだ、と皆は大きく頷いた。

「総崩れどころか、反対に今は強固な両輪となった。隙《すき》を狙って攻め立てればきっとわれらの勝ち。いや勝たせる」

幻水は天日子に約束した。

「そろそろ加えてもよかろう」

日明に幻水も同意した。隼人の弟の鷹人のことだ。この席に鷹人の顔があればどうしても流れは即刻の報復戦に傾《かたむ》きかねない。幻水は案じて鷹人を外していたのである。

「隼人の恨《うら》みは必ず晴らしてやる。もう少し我慢して待ってくれ」

日明は涙目《なみだめ》の鷹人に言い聞かせた。

「我慢など。手前はただただ嬉しうて幕の陰にて泣いてござる」

鷹人は笑いを拵《こしら》えて続けた。

「われら兄弟の役目は天日子さまの守り。兄はそれを立派にやり遂げ、さぞかし鼻高々にござりましょう。ましてやこうして皆様方に惜《お》しんでいただけるなど……兄こそこの世で一番の果報者。ありがたき幸せと存じます」

鷹人はそれぞれに両手を揃え深々と頭を下げた。一人玉姫が膝を進め鷹人の腕を取った。さすがに鷹人は涙ぐんだ。隼人が玉姫を好きであったのを察していたゆえである。

「隼人は弓隊を預かる私を立てて常に一本はわざと的《まと》を外した。隼人はそういう優《やさ》しい男。隼人あればこそ私も頑張れた」

わっと鷹人は声にして泣いた。

六

今度も幻水の読みはぴたりと的中した。こちらの動きが五日以上なにもないことに不安と不審を抱いたのか、敵は野営の陣を畳んで秋田の城に移動したのである。

天日子たちは勇み立った。

秋田の城はまだ補修が済まず、攻め所はいくらでもある。と同時にそこを外から塞《ふさ》げば敵の封じ込めも可能だ。

「気になるのは陸奥勢の動き」

逆鉾丸に皆も頷いた。陸奥の二千が加わればこちらの数より上回る。

「城に出入りしている城下の俘囚からの知らせによれば、陸奥勢は出羽の兵らと離れた西門近くに陣取っている。約束通り遠巻きにするつもりと見ていい。まさかわれらを油断させる策ではなかろう。両軍の指揮官が激しく敵対しているという噂《うわさ》も耳に」

「それではなんのための援軍だ」

幻水に逆鉾丸は高笑いして、

「むしろ引き揚げてくれた方が出羽勢とてすっきりいたそうに」

「内裏の命令による派遣《はけん》。勝手に撤退《てったい》などいたせば陸奥守の進退が危《あや》うくなる。戦となるまで居残るしかない。出羽勢とて、さすがに攻撃があれば防戦に加わると見ていよう。われらと陸奥守との密約を知らぬ」

「と言ってたやすくはない」

天日子は甘く考えてはいなかった。

「攻めを覚悟の上に、これまでの兵と違って大方が出羽国府の守りに就《つ》いていた者たち。鍛錬《たんれん》もそれなりに受けている。千五百の馬も引き連れて来た。加えてあの大量の食い物があれば籠城《ろうじょう》もたやすい」

「あの馬は主《おも》に糧食を運ぶためのもの。戦には役立たぬ。敵の騎馬隊は多くても三百。最初に誘い出し壊滅《かいめつ》させてしまえば敵の戦力は一気に激減する。戦の趨勢《すうせい》はそれをやれるかどうかにかかっている」

「誘い方次第だな」

「多大な糧食も反対に足枷《あしかせ》。大事な食い物をまさか野晒《のざら》しにはしておけぬ。早速に屋根の架《か》かった官衙《かんが》などに運び入れている。そのせいで城中にありながら兵らは野営と変わらぬ難儀を強《し》いられている始末。そこまで大切にしている食い物に火矢《ひや》を派手に放てばどうなる？　敵は戦どころではなくなる。糧食を失っては終わり。鎮火《ちんか》に多くの者を回す。城の出入り口が手薄となろうに」

なるほど、と天日子も得心した。

「第一、二千五百と言うても、それは煮炊《にた》きや荷運びの者を足しての数。兵の実数は二千程度か。そこからさらに鎮火の相当数が減る。騎馬隊さえ倒せば確実にやれる。こちらには三千の精鋭がいる」

「簡単に言う」

天日子はくすくすと笑った。

「新たな加勢が天から降ってなど来はすまい。自《おの》ずとそうなる理屈」

幻水はしっかり請け合って、

「散らしている全隊を一つに纏めるのにどれだけ日数がかかる?」

「三日もあればどこにだとて」

逆鉾丸が応じた。

「集合地点は秋田の城より遠く離れた場所といたそう。あまりに近ければ先に敵の方が仕掛けて参る恐れも」

「だろうが、となると城まで大軍での移動となる。歩兵も一緒では時を要する。途中で敵に知られる心配がないかの」

「歩兵たちは前のように舟で」

「二千を超す兵だぞ。八郎潟にそれだけ運べる舟はあるまい。百艘《そう》は要《い》る」

「私は真鹿と津軽に行く。大船を三艘ほど調達して戻る。それで兵の半分は楽々。残り千ならなんとかなろうに。余裕を見て浜での合流は六日後としよう。できようか？」

幻水は天日子に訊ねた。

「頼むしかない。一艘に二十人は無理でも五、六人が乗れる小舟はたくさんあるはず」

「浜沿いを進み秋田の城近くまでのこと。それでもちろん用が足りる」

幻水は安堵を浮かべて、

「舟の到着を見計《みはか》らって騎馬隊が城に奇襲《きしゆう》をかければ敵は舟にまで手が回らなくなる」

それに皆はほとほと感心した。

その夜は八郎潟の主立《おもだ》った者らも加えての酒宴となった。幻水と真鹿は明朝に津軽へ発《た》ち、天日子らも米代川近くに後退する。

「敵にはそなたのような軍師がおらぬのか。それが腑《ふ》に落ちぬ。あまりに愚かな将ばかりで張り合いがない」

逆鉾丸が幻水に質した。

「都にはいくらもおるが、よほどの大戦でもない限り用いぬ」

「とは侮《あなど》られたもの」

「いや、内裏はまだこの戦の詳細を知るまい。それに出羽と陸奥は遠すぎる。様子見《ようすみ》の段階。もし和議が成らずに大戦となればむろん何人もの軍師を投じて参る。そうなってはやりにくくなる」

「幻水の手柄ということだな。そなた一人で千の兵を得たとおなじだ」

「それでも結局は皆の働き次第。礼を言うのは私の方」

幻水はあらためて頭を下げた。策には常に人の命が懸かっている。

「なんで蝦夷がこれほどまでに強いのか、向こうは首を傾げていよう。まさか都で一番の軍師がついているなど思いもすまい。それで兵の数ばかり頼りとする。これで敗北すればどうなることか」

「城下の俘囚たちの手助けを得るのはむずかしいことであろうか?」

幻水は八郎潟の者たちに問うた。

「いかなる手助けにござります」

「われらの勝利と定まってからでいい。城に雪崩《なだ》れ込み、糧食や馬、武器の類《たぐ》いを残らず奪い取って貰いたい」

「……！」

「それで敵にはこちらの数が読み取れなくなる。もし一万以上と見れば内裏も慌てる。帰順していた俘囚までもとなればなおさら。本気で和議の道を模索しはじめる。それが狙い。戦を長引かせたくない」

「その食い物や馬などは皆に分け与えて構わぬので？」

「もちろん。われらはすぐに引き揚げる。合わせて陸奥勢も撤退するはず」

「それなれば喜んで。城下の俘囚らも食い物に窮しているのはおなじ。頼まずとも城が無人となれば我先にと駆けつけまする」

「馬までとはちと勿体《もったい》ないの」

逆鉾丸は天日子に言った。

「田畑でも耕《たがや》すつもりか」

天日子に逆鉾丸は頭を掻《か》いた。

## 七

右手に八郎潟の穏やかな水面《みなも》が広がる平地を天日子率いる五百ほどの騎馬隊が駆けている。目指すはもちろん秋田の城。決戦の日はいよいよ明日に迫っている。が、心地よい風を受けてか兵のだれにも緊張の色はない。

「本当にこれで終わると思うか」

天日子と並んでいる玉姫が言った。

「私には信じられぬ。はじめたばかりだ。早い和議をと望んでも、正直二年や三年はかかると踏んでいた」

ああ、と天日子も頷きつつ、

「おれとてなにやら拍子《ひようし》抜けの気分。これほどたやすいことをなぜ今までだれも試《こころ》みようとはしなかったのか」

「どこがたやすい」

逆鉾丸は噴《ふ》き出して、

「敵が弱いのではなく、こちらが強すぎるのだ。他の者には断じてここまでやれぬ」

「そうかな」

「国一番の騎馬隊と請け合ったはず。一人一人が簡単に敵の四、五人を打ち倒す腕を持っている。相手が歩兵ならもっとだ。これで明日の戦をものにすれば内裏は間違いなく震え上がる。落とされたのはただの柵ではない。出羽国府に次いで堅牢《けんろう》な秋田の城。しかも今度で二度目。正《まさ》に内裏はじまって以来の大敗北。これに五万の兵を投じたところで必ず勝てるという当てもない。面倒になる前に和議に応ずるのが得と大臣のだれしもが考えよう。そもそも、たとえ勝利して蝦夷の首を三千並べたとて内裏は少しも喜びはせぬ」

「なぜだ！」

「そなたには悪いが、内裏はその程度にしか蝦夷を思うてはおらぬということだ。莫《ばく》大《だい》な戦費と僅かな蝦夷の首では到底割に合わぬ。今度の戦にしても果たして都や他国の民らにきちんと知らされておるものかどうか。おれは伏せていると見た。それなら内裏の体面も糞《くそ》もない。損得勘定《かんじょう》を第一とする」

天日子と玉姫は顔を見合わせた。

「鎮圧《ちんあつ》すれば新たな領地を得られるという戦でもない。頑張る気にもなれまいよ。ましてや今はまだ右左もろくに分からぬ幼帝。大臣らの好きに決められる。幻水もそれを見越して内裏の心の臓をいきなり突き刺したのだ。計算高い者らだけに話が早い、となし」

「ではわれらの戦は無駄だったと」

「だれがそんなことを言うた。勝ってこそ内裏もこちらの要求を呑む。五百人やそこらが国府相手に食い物を寄こせと詰め寄ったとて聞く耳を持つ連中ではない。そなたらが蝦夷の新しい道を切り開いたのだ。これで内裏も蝦夷の途方もない底力を知った。これまでとは異なる対応をするようになろう」

そういうことか、と二人は大きく首を縦《たて》に動かした。力が甦《よみがえ》る。きっと勝つ。天日子は自分に言い聞かせた。

「さてと……あとは待つばかり」

立て回した野営の陣幕《じんまく》の中にどっしりと腰を据えて逆鉾丸は酒を美味《うま》そうに飲んだ。布陣したのはつい先頃まで敵が集結していた原である。城からは間違いなくこの陣の煌々《こうこう》とした篝火《かがりび》が見えているはずだ。必ず偵察《ていさつ》の者を出してくる。いや、もう間近で兵力を見定めているかも知れない。

「僅か二百の騎馬隊でしかない。おれが敵でも夜明けとともに攻め込む」

それに天日子も頷いた。こちらの残り三百の騎馬隊は城から遠い場所に配置している。五百では敵も躊躇すると睨んでのことだ。

「幻水の読みが当たっていればいいがな。もし敵の騎馬隊が三百どころか八百もおればさすがに苦労する。味方が駆けつけたとて間に合わんかも知れんぞ」

「口の割に呑気《のんき》な顔だ」

「命は一つ。相手が十人でも千人でもおなじ。目の前の敵とやり合うだけ」

笑って逆鉾丸は玉姫の注《つ》ぐ酒を嬉しそうに受けた。それは天日子も同感だ。どんな思いがあっても、戦場に立てばなにもかも忘れる。迷いはたちまち死に繋がる。

「問題は目の前の総大将どの」

逆鉾丸は天日子に目を動かし、

「われらは囮《おとり》。なにもそなたまで。ここで総大将を失えば先が危うい」

「言うたはず。敵はおれの顔をすでに承知。だからこそ首を狙いにくる」

そう言い張って天日子は急遽逆鉾丸たちとおなじ隊に加わったのだ。敵が来てくれぬでは囮の意味がない。

「なら小便でもして参れ」

「なんのことだ？」

「敵の偵察の者にそなたの顔をしっかり見て貰わねばならんだろうさ」

なるほど、と天日子は頰《ほお》を緩《ゆる》めた。陣幕の中までは偵察の目が届かない。

「寝るまでに三、四回はしろ」

立った天日子に逆鉾丸が重ねた。

〈現れた！〉

地から伝わる馬の足音で天日子は目覚《めざ》めた。半武装のまま手枕《てまくら》をしていた逆鉾丸も素早く半身《はんみ》を起こした。まだ薄暗い。陣幕の外の兵たちの慌ただしい動きも聞こえる。

「上手く罠《わな》に嵌《は》まったぞ！」

玉姫が嬉々《きき》とした顔で知らせに来た。数は三百から三百五十。

「味方の手助けを待つまでもない。あの程度ならわれらだけでやれる」

「敵の後続がなければの話」

戦支度《じたく》を調《ととの》えつつ天日子は返した。

「なかろう」

逆鉾丸があっさり決めつけた。

「もっと数があれば全軍で包囲にかかる。敵もここは好機と見て勝負をかけてきたのよ。まさに総大将さまおればこそというやつだ」

逆鉾丸は張り切って飛び出た。

すでに大方が騎乗《きじよう》して並んでいる。

「敵は奇襲のつもりで気を昂《たか》ぶらせていようが、待ち望んでいたのはわれら。よくぞ来てくれたと喜ぶがいい。これに勝てば蝦夷の先行きが大きく変わる。それを果たせるのはそなたたちしか居ない。それをしっかり胸に刻《きざ》んで戦え。そなたらの後ろには飢《う》えで死んだ多くの仲間たちがついている」

天日子に兵らは拳を突き上げた。

「相手はこっちの倍にも満たぬ」

続いて逆鉾丸が叫んだ。

「弓は用いるな。敵の輪を広げればいたずらに時を要することとなる。真《ま》っ直《す》ぐ敵の懐に突入し、ただ二人を倒すだけに専念しろ。おまえたちにとってはたやすい話。二人を倒してから仲間の支援に回れ。それで戦は終わる。いつもの鍛錬の方がずっときつい」

逆鉾丸に兵らはどっと笑った。

# 八

必ず勝てると信じての奇襲であったのに、這々《ほうほう》の体《てい》で舞い戻った兵らの惨憺《さんたん》たる有様《ありさま》に、それを命じた藤原統行は言葉を失い、ただ茫然《ぼうぜん》とその場に立ち尽くした。

送り込んだ三百五十の騎馬隊で、目の前に頭《こうべ》を垂《た》れているのはたった二十人そこそこでしかない。しかもいずれもが相当な深手《ふかで》で、腕や足を失った者も居る。眺《なが》め渡して統行は激しい目眩《めまい》に襲《おそ》われた。

「われらの攻めを待ち受けていたとしか。未明というに兵ばかりか馬までが矢避《やよ》けの防具を着けており申した」

「罠であったとか！」

統行は仰天《ぎょうてん》した。

「敵は細い縦列《じゅうれつ》をなしてわれらの矢を巧みに躱《たくかわ》し、大波のごとき勢いで真っ直ぐ中に飛び込んで参りました。あやつらの薙刀《なぎなた》はこちらの倍近くも長《なご》うござる。たちまち百人ほどがその餌食《えじき》に。戦慣れしておらぬ者らはそれだけで怯えて離脱を。その背に敵の容赦ない攻めが。僅かのうちに隊はほぼ壊滅」

「倒した敵の数は？」

震え声で統行は質した。

「分かり申さぬ。こうして散り散りに逃れるのがやっと。遠くの丘に別の三百近い騎馬兵の群れが。それから思うにやはり誘い出しの策であったに相違なし」

統行は思わず天を仰いだ。

そこにどかどかと足音を響かせて陸奥勢を纏める藤原梶長がやって来た。

「蝦夷を侮るなとあれほど言うたはず。この間抜《まぬ》けめが！　惨敗《ざんぱい》の責めはうぬの采配一つにある。今からでも遅くはない。即刻に使者を遣わし、内裏からの返答があるまでしばしの停戦をと申し入れるしかない」

「いい気味《きみ》だとお思いでしょうな」

統行は梶長を睨み返した。

「罠とも見抜けず、なにが将だ！　敵の纏めの者がたった二百やそこらで最前線に立つわけがなかろうに。うぬなれば兵の後ろに陣取ってのんびりと始末を見届けていよう」

「緒戦《しょせん》にしくじっただけ」

逆に統行は梶長の悪態《あくたい》を受けて落ち着きを取り戻した。

「あと十日やそこらで上野と下野の兵が到着いたそう。城内の糧食も十分。ご貴殿は加勢せぬと仰せだが、向こうはつゆ知らぬこと。四千以上が籠もる城に滅多《めった》な攻めは仕掛けますまい。そうして守り切れれば坂東《ばんどう》の兵とで蝦夷どもを挟《はさ》み撃《う》ちにできる」

「敵の数を承知しての言か！　もし一万もあれば、こんな穴だらけの城など三日と保《も》つまい。われらとて逃げ場を失う。貴様《きさま》のような愚か者のために兵を無駄死にさせるわけにはいかん。場合によっては明日にも城を出る」

「いや、敵は思うていたより少数」

自信たっぷりに統行は笑って、

「一万もの勢力なら、総大将自らこのような危ない賭けに出るはずも」

「それが蝦夷ぞ！　蝦夷に上も下もない。遠く離れた国府でのうのうと過ごしていればなにも分かりはすまい。総大将なればこそ皆の先に立って戦う。うぬが手に掛けた八郎潟の長らとて死ぬ覚悟でやって来たのだ」

「たった今、敵の総大将が理由もなしに最前線に立つわけがないと」

「敵の勢力とはまったく別の話。単にこっちの騎馬隊が邪魔《じやま》と見ての策。それすら区別がつかぬようならこれ以上の論議も無用。今より好きに動かせて貰う。うぬの愚行《ぐこう》がこの事態を招いた。われらとは一切無縁」

梶長は声を荒らげて反転した。

統行はぎりぎりと歯噛みして、

「二十人ずつの偵察隊を十組編成して周辺を探らせよ！　騎馬隊のみのはずがない。本隊も近付いて居る」

副将らに怒号で命じた。


その頃。

合流した五百の騎馬隊は次の攻めの用意に取りかかっていた。今度は玉姫と鷹人が率いる二百の弓隊が中心となる。弓も遠くに飛ばせる大弓に取り替えさせている。

「敵の騎馬隊は片付いた。城から出て邪魔をする者は一人とてない。気をつけねばならぬのは守りを固めている敵兵の矢ばかり。接近せねば心配はない。大弓なれば楽々と火矢が届く。建物の屋根をしっかりと狙え。庭などに外して火矢を無駄にいたすな。火種と油壺《あぶらつぼ》を持たせた馬を二十頭ごとにつける。十分に城を取り囲んだ上で同時に放て。敵は大混乱に陥《おちい》る。浜から攻め寄せるわれらの軍に気付きもすまい。それを待って残りの騎馬隊が歩兵ともども突入を開始する。そなたらも攻撃に加われ。この段取りさえ頭に入れておけば断じて勝利はわれらのもの。まさか敵は今日の総攻撃とは思ってもおるまい」

玉姫は事前の策を念押しし伝えた。

薙刀隊の勇猛果敢《ゆうもうかかん》な戦いぶりを目《ま》の当たりにしていた弓隊の兵たちは雄叫《おたけ》びを発した。次は自分らの番だ。

「任せたぞ」

天日子は玉姫に言うと三百を引き連れて陣を出た。そろそろ歩兵たちを乗せた舟が着く頃合いである。

「城より火の手が上がれば近隣の俘囚たちが大挙して押しかける手筈《てはず》。囲むだけでなにをするわけでもないが、敵はさぞかし不気味《ぶきみ》であろう。間近の敵と外の人垣《ひとがき》。恐れがいや増そう。その弱気が負けに繋がる」

逆鉾丸に天日子も頷きつつ、

「問題はまだ城中に残りおる陸奥勢。互いに手出しせぬと決めていても、おなじ城内に居ては混乱しよう。われらにも区別がつかぬ。戦の次第によっては寝返らぬとも限らぬ」

「違いないが、なにか知恵でも」

「歩兵の到着前に撤退を促す矢文《やぶみ》を放ってみようかと。上手く運べばたやすく西門から突入できる。穴だらけと言うても他の場所は敵の守りが固い」

「その矢文がもしや出羽勢の手に渡り、後々の面倒の種とならねばよいが」

「高い木に登れば陸奥勢の陣が知れる。闇雲《やみくも》に放つわけではない」

いけそうだ、と逆鉾丸も同意した。


矢文を放って半刻《はんとき》も経《た》たぬうちに陸奥勢が陣を畳み始めたという知らせを受け、天日子は思わず快哉《かいさい》の声を放った。二千の歩兵たちの乗る舟も浜に近付きつつある。

「火矢はもう少し待てと伝えろ」

天日子は伝令の馬を走らせた。

陸奥勢が脱《ぬ》けようとしているのだ。敵も慌てふためいて監視どころではない。

「これで勝ちと定まった」

逆鉾丸に天日子も微笑《ほほえ》んだ。

九

四方八方から火矢が雨あられと降り注《そそ》いでいる。その大半が糧食を積み入れている官衙や倉を狙ってのものだ。城内はたちまち混乱の極みに達した。日中なので煙が高く天を焦《こ》がすまで火元が分からない。また、気付いたときは手がつけられない勢いとなっている。火矢を封じようにも敵は馬で縦横無尽《じゅうおうむじん》に駆けている。そもそもこちらの矢が届きそうにない距離だ。統行や将らの詰める政庁の大屋根のあちこちからも火の手が上がっている。

「まずは火だ！　なにをぐずぐず」

統行は喚《わめ》き続けた。食い物を失えば先がなくなる。いや、それよりも恐れの方が強い。

「とても人手が足りませぬ。敵は以前に入城して官衙や倉の位置を承知。火矢はそこだけを次々に！　消したとてきりがあり申さぬ」

副将らは外に出ての決戦を望んだ。

「たわけめ。それこそが敵の狙い！　その程度も分からんのか。門を開けばこちらが出る前に踏み込んで参る。今は兵の大方を鎮火に回すしかない。敵を決して中に入れるな」

身を縮めながら統行は命じた。

臆病、と見抜きつつ副将たちは仕方なく応戦策を取り下げた。

「これは正しく陸奥の者らが脱けたと見ての奇襲に相違なし。あの馬鹿のせいで敵に勢いを与えてしもうた」

統行は必死で言い立てた。

「今の今にござります。それはありますまい。当初より企《くわだ》てし攻めとしか」

副将らは否定した。火攻めにはそれなりの用意が要る。咄嗟には無理だ。

「余計な思案は後回しといたせ！」

統行は怒鳴《どな》り散らした。

そこに兵が駆けつけ、近隣の俘囚たちの到来を伝えた。二千に近い数という。

「おおっ、火消しの手助けか！」

「遠巻きにして眺めておるばかり」

がっくりと皆は肩を落とした。

「これが俘囚どもらの本性《ほんしょう》ぞな！　いざとなれば恩義も忘れて牙《きば》を剝《む》く」

統行はすっかり腰砕《くだ》けとなった。

「西門より敵が突入し申した！」

新たな伝令に皆の顔が凍《こお》り付いた。

「数知れぬ騎馬軍と三千もの歩兵」

統行にはもはや返す言葉もなかった。その軍勢がどこから湧《わ》いたか問う気力もない。が、降伏《こうふく》はそのまま己れの死に直結する。和議の使者を騙し討ちにしたのは自分なのである。

「こうなっては城を逃れるしかない。火は捨て置き、兵をすべて防戦に投じよ。その隙にわれらは脱出する」

副将らは耳を疑った。

「兵を逃れの盾とするくらいなら降参を申し入れてくだされ」

副将の文室有房が統行に願った。

「ならぬ！　降参と負けは別物。大軍相手の負けでは致し方あるまいが、怖じ気づいての降参となれば朝廷軍の名折れ。第一、降参したとて命の保証がどこにある。相手は人の心を持たぬ獣《けもの》に等しき者ども。これ幸いと皆殺しにするやも知れん。ここは生き延びての報復こそわれら将の役目と心得よ。梶長の弱腰もしかと報告せねばなるまい」

「弱腰はいったいどちらのことだ！　人の心を持たぬ者とは貴様であろうに」

有房が憤怒《ふんぬ》の顔で統行に迫った。

「生き延びての報復とはようも言うたり。では、ここで死ぬ兵らはどう報復すればよいのだ。ほとほと呆れるとはこのこと。もはや将とは思わぬ。梶長どのの言われた通りじゃ。うぬこそ鬼畜《きちく》。勝手にどこへなりと逃げるがいい。おれは兵らとともに居残って戦う」

罵《のの》って有房は反転した。他の副将らはおろおろと互いの顔色を窺った。

「死んで悔《く》やむはうぬぞ！」

統行はその背に唾《つば》を吐きつけた。

「敵は城を捨て外へと出ている」

南門から攻め入った玉姫が嬉々として天日子に状況を知らせた。

「早々と諦めたか！」

「いや、狭《せま》い上にこの火の勢い。広い原での合戦とするつもりらしい」

「そんな者らとはとても思えぬが」

天日子は笑って、

「なれば俘囚らを城に入れて火を消させろ。せっかくの食糧。燃やしてしまうのは勿体ない。馬も死なせるな」

鷹人に命じ玉姫ともども南門を目指した。歩兵たちも勇み足で続く。

「逸《はや》るな。まだだ」

本気で真《ま》っ向《こう》勝負を挑《いど》むと見て天日子は兵たちを制した。敵はきちんとした陣形を作りかけている。

「多少は骨のある者がおったか。そうとなったら正々堂々と戦おう。それで勝ってこそ内裏にわれらの強さと思いが伝わる。いつも奇襲ばかりと取られては和議の道の妨《さまた》げにもなりかねぬ」

確かに、と逆鉾丸も同意した。

「と言って城を捨てた者が相手では勝負はもはや決したも同然。ここまできて無駄な怪我人《けがにん》は出したくない。これをはじめたのはわれら。どうせなら大湯《おおゆ》の練兵場の仲間だけでけりをつけようではないか」

天日子は逆鉾丸に持ちかけた。

「なにを申されます！」

八郎潟の者たちは血相《けっそう》を変えた。

「向こうは千五百にも届かぬ歩兵。馬も三十やそこらしかおらぬ。四百の騎馬隊なら心配無用。むしろ案じられるのは敵味方入り交じっての戦の方。周りがすべて敵であればわれらも迷いなく薙刀を振るえる」

「いかにも、というやつだ」

逆鉾丸に玉姫も笑顔で頷いた。

「しかし、それではあまりに」

「そなたらはわれらが敵中に踏み込むまで援護の矢を射続けてくれ。敵もそれで矢の的をわれらに絞《しぼ》り切れなくなる」

決めたこととして天日子は八郎潟の者たちの反対を押し切った。

城内の始末を任せていた鷹人が敵将らの脱出を知らせに来たのはそのときである。こちらの目が外の兵に向けられていた隙を狙ってのことだ。天日子たちは顔を見合わせた。

「ではあの連中は囮か」

「にしては数が多すぎる。死ぬ覚悟とてつけていよう。逃げた将など気にするな。あとは存分にやり合うだけ」

天日子は余計な考えを頭から追いやった。ここはまだ戦場のただ中なのだ。

敵は誘うような喚声《かんせい》を張り上げた。

「今日を最後の戦とする」

天日子は真っ先に飛び出した。

十

どどどどど、どどどどど。

大地を揺るがす幾百もの馬の足音が背中から響いている。天日子は振り返った。思いがけないほど近くに逆鉾丸の頼《たの》もしい笑顔があった。追い越す勢いで馬の腹を蹴《け》っている。その両脇に玉姫と弓狩が並び、鷹人も負けじと手綱《たづな》を操っている。さらには何度となく盃《さかずき》を交わしながら蝦夷の先々を語り合った多くの仲間たち。そのほとんどが、たった半年前に知り合った者ばかりだ。天日子が起つと決めなければ一生出会うこともない者たちだったはずである。それがこうしておなじ敵を目指して駆けている。加えて頭上には自分たちを守ってくれている何千もの矢が心強い音を立てて風を切っている。天日子は幸福に包まれた。こんな瞬間が自分を待っていたなど思いもよらないことである。結果などどうでもいい気持ちにさえなっていた。馬と自分と仲間が一つになって空を翔《か》けている。それ以上他になにを望む必要があろう。

「攻めは言わずとも承知だな！」

兵たちへの逆鉾丸の雄叫びが聞こえる。敵陣の真ん中にこの勢いで飛び込むだけだ。立ち止まることは断じてしない。そうして薙刀をぶんぶんと振り回しながら突っ走る。抜けたら敵を囲む形で一周し、また渦中《かちゅう》に憤然と挑む。その繰り返しである。それで馬の興奮がいや増す。暴《あば》れ回る馬ほど敵にとって怖《こわ》いものはない。敵中に留まっての戦いでは真っ先に馬が倒されて騎馬兵もただの歩兵となる。走り続けてこその騎馬隊なのだ。天日子は熱い炎《ほのお》の固まりとなって敵陣の盾を高く跳び越えた。敵は恐れをなして左右に割れた。逆鉾丸たちも雪崩れ込んだ。


やがて広い原に静けさが戻った。

血で染まった草むらに敵の死骸《しがい》と深手を負って身動きならぬ敵兵たちが累々《るいるい》と転がっている。戦は瞬時にして終わったと言っていい。実際は半刻ほどのものだったろうが、無我夢中で争い続けた天日子にはそう感じられた。倒した数は軽く千を超す。こちらとて百近い犠牲を出しているが、大勝利には違いない。

遠巻きに見守っていた八郎潟の者たちが飛び跳《は》ねながら駆けつけた。

「助かりそうな者は手当てして郷里に戻してやれ。逃げた敵は捨て置け」

天日子に皆は頷いた。せいぜい三、四百。城の奪還などできるわけもない。そもそも二日のうちには秋田の城がなくなる。食い物や馬、武器を運び出したら完全に焼き払う手筈だ。これで朝廷軍は最大の拠点を失う。遠い柵からの、しかも僅かの兵力では八郎潟や米代川流域への報復など不可能であろう。

検分していた天日子の接近を狙っていたように一人が死骸を押し退《の》けて幽鬼《ゆうき》のごとく立ち上がった。左の太腿《ふともも》には二本の矢が突き刺さり、にじり寄るのが精一杯だ。

「焼山《やけやま》の戦のときに兵を見捨てて逃げた将だな。感心に今度は最後まで」

天日子は馬を下りて相対《あいたい》した。

「哀《あわ》れな。囮の役目を押し付けられたか。安心しろ。総大将は無事らしい」

「こたびはおれから望んだこと」

「望んだ？　勝ち目なき戦にか」

「二度も卑怯者《ひきようもの》にはなりとうない」

「ではこれでしかと面目《めんぼく》が立ったはず。そなたらもよく踏ん張った。せめてそなたの名を聞かせてもらおう」

「文室有房。勝負に応じよ！」

有房はよろけながら身構えた。

「いや、われらはまだ和議を願っている。それを上に伝えてくれる者が必要」

天日子は有房に頭を下げた。

「なんでおれなのだ？」

有房は天日子を驚きで見詰めた。

「この原でともに死を覚悟した仲」

「…………」

「馬を与えろ。これでは歩けまい」

天日子に有房はがっくりとその場に膝を崩した。目には涙が見られた。

天日子の方も希望を抱いた。朝廷の側にもこういう義を知る男が居る。

十一

あとのことはすべて八郎潟の者たちに任せて浜を目指した天日子たちは、幻水と真鹿の待つ大船に乗り込んだ。二人は敵に顔を見られるのを避けて大船に残っていたのだ。

「勝ちを信じて酒をたっぷり積み込んできた。今宵《こよい》こそ朝まで飲み明かそう」

真鹿に皆は大笑いした。天日子の緊張も一気にやわらいだ。

「これで情勢は一変する。頭に描いていた以上の戦果。ことに原での決戦が大きい。少人数で真正面からぶつかっての大勝ち。もはや蝦夷の力を侮る者は内裏に一人とておるまい。こちらからの和議を真剣に討議する」

幻水は迷いなく断じて、

「まさか五千の籠もる城が落とされるなど。勝つつもりなら二万や三万では足りぬ。帰順している俘囚たちの心の揺れも今後は頭に入れなくてはなるまい。苦戦となるは必定《ひつじょう》。下手《へた》をすれば出羽と陸奥が百年も昔に戻されてしまいかねぬ」

「いっそ、そうすればどうだ」

逆鉾丸がにやりとして煽った。

「今の話は内裏の側から見てのこと。こちらにすれば二万でも危ない」

「内裏の返答はいつ知れる？」

天日子は幻水に質した。

「ここと都との早馬での行き帰りに一月《ひとつき》。遅くとも二月《ふたつき》後までに定まろう」

「待つ間はなにをすればよい？」

「小競《こぜ》り合《あ》いで十分。出羽勢にもはや反撃の余力は残っておらぬ」

「では八郎潟の者たちで間に合う」

「なにが言いたい？」

「敵におれの顔がはっきりと。もしも物部の者と知れれば面倒なことになろう。この船でこのまま津軽に参り、しばらく身を潜《ひそ》める。逆鉾丸と玉姫もそうしたいと申している」

幻水と真鹿は顔を見合わせた。

「和議の交渉に都を荒らし回っていたおれや山賊《さんぞく》が居ては迷惑。役目は終えた」

逆鉾丸が付け足した。

「まだ和議と決まったわけでも」

寂しさから幻水は皆を引き留めた。

「商談は真鹿の得意とするところ。これからは損得勘定と言ったはず」

天日子に真鹿は苦笑《にがわら》いした。幻水も諦めの顔で別れの盃を差し出した。

「戦と決まればすぐに舞い戻る」

天日子は酒を飲み干して誓った。幻水はただ頷きを繰り返した。天日子あればこその今日という日なのである。

# 十二

年が明けて元慶《がんぎょう》三年（八七九）の五月。

どこまでも澄んだ青空と果てしなく広がる海原を幸福な思いで眺めつつ、草花の群れ咲く穏やかな斜面に寝転んでいた天日子の耳に、鷹人の嬉々とした声が飛び込んできた。

「お頭《かしら》と凪実《なみ》さまが訪ねておいでに。幻水どのと真鹿どのもご一緒」

「大事でも起きたか！」

天日子は慌てて半身を上げた。

「和議がほぼ成ったとのご報告。お頭はすでに船から下りてお待ちを」

ほうっ、と天日子から力が抜けた。

「とうとうこの日が参りました」

鷹人は盛んに涙を拭《ぬぐ》った。

「これで隼人の死を無駄にせずに済んだな。あの世で胸を張って会える」

それに鷹人は何度も頷いた。

日明たちは天日子たちの暮らす里の中心に建てた藁屋根《わらやね》の集会場で待っていた。百人以上が楽々と胡座《あぐら》をかいて酒宴ができる巨大な造りである。中からは賑々《にぎにぎ》しい笑いが上がっていた。天日子が姿を見せると同時に歓声と拍手が湧き起こった。真正面には日明と凪実の満面の笑みが見られた。

「われらの長は戦にかけては百人力でも小屋掛けと野良《のら》仕事は半人前。だからこうして昼寝ばかりしている」

逆鉾丸に皆は噴き出した。

「そっちこそただ指図するだけ」

頭を掻いた逆鉾丸のとなりに天日子は腰を下ろして日明と向き合った。

「楽しそうな暮らしぶりじゃの」

日明は微笑んで、

「そなたらの働きのお陰でようやっと道が開けた。秋田の城を落とされ、恐れをなして都へ遁走《とんそう》した出羽守と入れ違いに、出羽権守《ごんのかみ》として蜂起収束のため赴任《ふにん》いたせし藤原保則《やすのり》が、こちらの投降を受け入れた」

「投降？」

「形だけだ。でなくては朝廷の体面が損《そこ》なわれる。その証《あか》しに投降した蝦夷三百人はその日のうちに解《と》き放たれた」

おお、と皆は安堵の息を吐いた。

「抗った罪もすべて赦《ゆる》された。八郎潟の者らもこれで心配なし。どころか権守は国の危機のため国府に蓄《たくわ》えていた不動穀《ふどうこく》を蜂起に関わった者たちに進んで給付した。非が朝廷側にあったと認めたも同然。米代川を水壁とすることについても大方の了承を得ている。数年間に及ぶ年貢と徴用の免除についてはさすがに権守の立場では決めかねる案件。即座に内裏に奏上《そうじょう》し、その返答を待っているところだ。望んだ三年はむずかしかろうが、一年や二年はきっと許されるはずと請け合った」

「なにやら……信じられぬ」

天日子は思わず口にした。それを求めての戦いではあったが、あまりにもたやすく話が進んだ気がする。

「いや、内裏はこちらが和議を持ちかける前から、反乱が大事に至らぬよう腐心していた様子。藤原保則どのを権守に任じたのも、われらが二度目の城攻めをいたす以前のこと。保則どのは武人にあらず。他国の守であった頃は民の側に添った政《まつりごと》を重んじて信頼を勝ち得ていたお人。それで内裏の思惑《おもわく》が知れる。赴任に当たって与えられた兵も少ない。和議を願っていたのはむしろ朝廷の方。渡りに舟という気持ちだったに違いない」

幻水に天日子はやっと得心した。

「最初の城攻めと焼山での大敗北が相当にこたえたのであろう。まさかこちらが二千にも満たぬ兵力とは思わぬ。私とてそう見る」

「するとわれらの罪も？」

ない、と日明は玉姫に応じて、

「が、和議の仲立ちを務めている物部の者が当初より蜂起に関わっていたと知れれば、今後がなにかと厄介。今日はそれを伝えに参った。済まぬがもう一年やそこらはこの地にてほとぼりを冷まして貰いたい」

天日子たちに深々と頭を下げた。

「われらは……津軽の長より与えられたこの十三湊《とさみなと》を新天地として、新しき里作りをしたいと願うておりまする」

天日子に日明は息を呑み込んだ。

「鹿角と違ってここにはどこにも通じる海という広い道がある。大船あれば渡島《おしま》どころか大陸まで渡ることとて。今の蝦夷は狭い土地にただしがみついている。それでは先がない。つくづくと気付かされ申した。やがてはこの里を五千や六千もの民が住まう地とし、多賀城にも引けを取らぬ町とする。幸いにここは朝廷と無縁の場所。われらさえその気になれば断じて果たせぬ夢でもない。出羽や陸奥の蝦夷たちにとっても、大きな支えとなるはず。なにかことが起きればわれら十三湊の者たちが大船を用いて支援に駆けつける。それこそがわれらのこれからの役目と心得る」

天日子に皆も一斉《いっせい》に両手を揃えた。

「やはり……そういうことか」

承知の顔で日明は苦笑して、

「話は薄々と真鹿より。真鹿もそれに加わりたいと言うておる。大陸まで出向くつもりなら真鹿がきっと頼りとなろう。物部にとっては大きな痛手じゃが、まこと実現いたせばこの地は蝦夷にとっての大きな光。それでこそこたびの蜂起が意味を持つ。物部もできる限りの手助けをいたそう」

天日子たちにしっかりと約束した。

「もう一つ報告せねばならぬ話が」

日明は満面の笑みに戻し、

「幻水がこのままわれらの元に居残ってくれることとなった」

「まことにござるか！」

天日子は小躍《こおど》りした。

「真鹿の代わりに多賀城の店を預かって貰う。凪実が必死で掻き口説《くど》いた」

「そういうことか！　でかした。凪実のお陰でやがては幻水と兄弟になれる」

天日子に幻水は絶句した。そしてすぐにその意味を察して幻水は大泣きした。皆は思わず顔を見合わせた。

「私は生まれてはじめて一人ではなくなった。これからの私には皆が居る。天日子だけでなく真鹿、逆鉾丸そして玉姫、皆が今日からは私の一番大事な兄弟。私は今日より蝦夷」

幻水に皆もぼろぼろ涙を零《こぼ》した。

「なにやら新しき蝦夷の時代が間近にあるような気がしてならぬ。朝廷もこれまでのようにはやれぬと考えをあらためていよう。形は投降であっても、勝ったのはそなたら。そなたらこそがこれからを変えていく」

日明は本心から思っていた。

「阿弖流為《あてるい》さまが果たせなかった夢をそなたらが引き継いでいくのだ」

天日子の胸は大きく弾《はず》んでいた。

道はいつでも若い者らが切り開く。
そう信じて進むしかないのである。

〈完〉

# 【参考文献】

『元慶の乱・私記――古代秋田の住民闘争』　田牧久穂著　無明舎出版
『続日本紀』1～4　直木孝次郎他訳注　東洋文庫　平凡社
『蝦夷と東北戦争』戦争の日本史3　鈴木拓也著　吉川弘文館
『東北の古代遺跡――城柵・官衙と寺院』　進藤秋輝編　高志書院
『新訂増補國史大系』第四巻より「日本三代実録」　黒板勝美編　吉川弘文館
『古代政治社会思想』日本思想大系8より「藤原保則伝」　山岸徳平他編　岩波書店
『横手市史』通史編より「原始・古代・中世」　横手市
『秋田市史』第一巻より「先史・古代　通史編」　秋田市
「元慶の乱関係史料の再検討」　熊田亮介筆　『新潟大学教育学部紀要』第二十七巻第二号より　新潟大学教育学部編
「三善清行の方法――藤原保則伝考」　矢作武筆　『国文学研究』第五十集より　早稲田大学国文学会編
「『藤原保則伝』の基礎的考察」　所功筆　『藝林』第二十一巻第三号より　藝林会
「『日本三代実録』の省略記事について」　塩田陽一筆　『関西学院史学』第十五号より　関西学院大学史学会

# 解説

田口幹人（書店人）

高橋克彦という作家を一言で言い表すと、僕は「東北の歴史を蝦夷《えみし》の手に取り戻した人」ではないかと考えている。

多様なジャンルを書き分け、多くの作品を世に送り続けてきた作家を、一言で言い表すのは難しいが、岩手に生まれ、岩手という風土の中で四十数年間暮らしてきた僕にとって、高橋克彦という作家は、まさに「東北の歴史を蝦夷の手に取り戻してくれた人」なのだ。

正史とは、中央の権力者が自らの正当性を主張するために記した記録が公の歴史として後世に伝えられているに過ぎない。しかし、それは真実の一部でしかない。そこには、敗者の歴史が存在しないのだから。敗者の歴史もまた真実である。その二つの真実の狭間に、事実としての歴史が存在する。

読書家の多くは、これまで読んできた本の中で、忘れられない一冊、自分を形作った一冊があると思う。一冊の本は、読む者の価値観を変え、人生を変えてしまうことがある。

僕にとって、その一冊は『火怨　北の燿星アテルイ』（講談社）である。

『火怨』は、氏のライフワークである蝦夷四部作の一作だ。

蝦夷とは、朝廷から押し付けられたまつろわぬ者たちという一種の分類概念である。いくつもの部族や集団が、それぞれに自治を行い、多様な文化・生活様式を持っていた蝦夷の民が暮らす東北の地は肥沃《ひよく》で、そこに住む者たちは、自然と共生しつつ、農耕や狩猟で生計を立て、貧しいながらも豊かに暮らしていた。言うことを聞かない野蛮な者たちと蔑《さげす》まれ、人間として扱われることすらなかった蝦夷の民が、絶大な力を誇る朝廷と戦をしてまで守りたかったのは、ただ一つ「蝦夷の心」だった。氏は、正史に記されることが無かった蝦夷の民の歴史を、『風の陣』『火怨』『炎立《ほむら》つ』『天を衝《つ》く』という蝦夷四部作を通じ我々東北の民の元に取り戻してくれたのだ。蝦夷の心とともに。

陸奥《むつ》で黄金が発見され、朝廷が陸奥に支配の手を伸ばし始めた八世紀半ば、国府多賀城の役人として蝦夷と朝廷の共存を目指し、朝廷に与《くみ》してきた蝦夷・伊治鮮麻呂《これはるのあざまろ》が下した決断を描いた『風の陣』。

蝦夷の英雄・阿弖流為《アテルイ》の刑死から二百数十年後、陸奥の豪族安倍《あべ》一族と源氏との宿命の戦いは、前九年の役に。安倍一族に替わって陸奥を手にした出羽《でわ》清原《きよはら》一族の後継者争いは、後三年の役へと繋がってゆく。奥州藤原氏の栄華と滅亡を描いた『炎立つ』。

戦国時代、後継者争いが続いていた南部家。後継者候補の南部《なんぶ》信直《のぶなお》と対立していた九戸《くのへ》政実《まさざね》を主人公に据え、豊臣秀吉の小田原攻めに駆け付け服従を誓った南部当主となった信直に、秀吉を敵に回す覚悟で仕掛けた戦を描いた『天を衝く』。血筋からいえば蝦夷ではない九戸政実ではあるが、作中の「陸奥の地に根付く者、すなわち蝦夷だ」「辛《かろ》うじて保たれた源氏の糸など、もう要らぬ。九戸党は新たな蝦夷の道を歩もう」という政実の言葉に触れた時、氏のぶれることのない蝦夷への想いを感じることが出来るだろう。

そして、『火怨』である。

かつて東北地方が蝦夷の地と呼ばれていた時代、朝廷が書き残した歴史書『続日本紀《しょくにほんぎ》』にほんの数行だけ触れられていた阿弖流為と征夷大将軍・坂上田村麻呂《さかのうえのたむらまろ》との戦いを壮大なスケールで描いた物語だ。朝廷が歴史から意図的に抹殺しようとした人物の一人、主人公・阿弖流為は、東北の英雄であり、東北魂の礎となる人物である。蝦夷の地を鎮圧・平定するために、かつてないほどの兵を動員した朝廷と、寡兵にもかかわらず互角の闘いを繰り広げた蝦夷の民。その根底には、中央の力に屈しないのだという先住民の意地と誇りと怒りがあるのだが、『火怨』という物語を通じて著者が訴えたかったのは、この戦いは、上下主従関係ではなく対等な存在として自分達の存在を認めさせるための戦いだったという点にある。異なる文化を育み、異なる信仰を持ち、異なる風土で暮らす者たちが共生することができる世。その世を実現するために立ち上がった男が、東北の英雄・阿弖流為だったのだ。重厚な人間ドラマ。痺れるほど圧倒的な戦闘シーン。繊細な心理戦。そして熱き想い。東北にルーツを持つ者としての贔屓目《ひいきめ》を差し引いても、これほど優れた歴史時代小説はないと思えるほどの作品である。

あえて言わせていただくと、未読の方が羨ましい。こんな作品とこれから出合うチャンスがあるなんて。

さて、前置きが長くなったが、ここからは本書『水壁』に話を移していきたい。本書は、阿弖流為の死から七十五年後の蝦夷の地を舞台に阿弖流為の曾孫・天日子《そらひこ》を主人公とした物語である。

大地震に大津波、大雨による洪水、火山の大噴火など天変地異が続き、全国各地で繰り返される飢饉により多く民が苦しんでいた。陸奥国や出羽国においても干ばつが続き作物は不作で、その地の民の苦しみはより深刻な状況にあった。朝廷に与していない陸奥国に暮らす蝦夷の民は、俘囚《ふしゅう》と呼ばれ、朝廷に帰順し田畑を耕し、年貢を納めているにもかかわらず、他の国で暮らす民とは区別された。非情な朝廷は、苦しむ俘囚への手助けをすることはほぼなかった。このまま朝廷に従うことが生きる道なのか、不安と不満の中、もう一度想いを訴える戦いをする覚悟を決めるのだった。訴えはただ一つ。「俘囚を他国の民と同等に扱うこと」。その想いを叶えるため、天日子の元に、蝦夷の民や俘囚、山賊、さらには元検非違使《けびいし》など一癖も二癖もある人物が集結し朝廷に戦いを挑む。中でも蝦夷に同心した軍師・安倍元水《げんすい》の人物像が本書の肝となっている。放火により応天門が焼失した事件に絡む様々な陰謀を背景とすることで、物語に複雑さと奥行きをもたらした。さらに、天日子と元水の二人については、すでに『火怨』をお読みの方なら、きっと七十五年前の阿弖流為と母礼《モレ》の姿を重ねながら読み進めるのではないだろうか。

この戦いは、陸奥を舞台とした争いの中で唯一蝦夷が朝廷に勝利したと記されている元慶《がんぎょう》の乱と呼ばれているが、著者の蝦夷四部作よりも史料が少なかったという元慶の乱の時代の蝦夷の地。本書もまた、その数少ない記録の狭間を氏の想像力で補いながら東北の歴史の礎を築いた東北の先住民族・蝦夷を描き、真の東北の姿を後世に残すのだという揺るぎ無い信念が滲み出る物語だった。

歴史時代小説の醍醐味を存分に味わうことが出来る作品だった。これから先、本書をきっかけに蝦夷四部作が再び多くの方に読まれることを期待したい。あんなにも興奮し、自分の感情を抑えきれなくなるほどの読書体験をすることがあるだろうか。繰り返しになるが、未読の方が羨ましい。

本書は、二〇一七年三月にＰＨＰ研究所より
刊行された単行本を文庫化したものです。

|著者|高橋克彦　1947年、岩手県生まれ。早稲田大学卒。'83年に『写楽殺人事件』で江戸川乱歩賞、'86年に『総門谷』で吉川英治文学新人賞、'87年に『北斎殺人事件』で日本推理作家協会賞、'92年に『緋《あか》い記憶』で直木賞、2000年に『火怨』で吉川英治文学賞を受賞。本作『水壁　アテルイを継ぐ男』は、著者のライフワークである東北を舞台とした歴史大河小説シリーズの一作で、時代の順では『風の陣』(全五巻)、『火怨　北の燿星アテルイ』(上下巻)に次ぐ作品となる。以降、『炎《ほむら》立つ』(全五巻)、『天を衝《つ》く』(全三巻)と続く。

水壁《すいへき》　アテルイを継《つ》ぐ男《おとこ》
高橋克彦《たかはしかつひこ》

2020年7月15日第1刷発行
2023年3月31日第3刷発行

発行者──鈴木章一
発行所──株式会社　講談社
東京都文京区音羽2-12-21　〒112-8001
電話　出版　(03)　5395-3510
　　　販売　(03)　5395-5817
　　　業務　(03)　5395-3615

Printed in Japan

講談社文庫
定価はカバーに
表示してあります

KODANSHA

デザイン―菊地信義
本文データ制作―講談社デジタル製作
印刷―――株式会社KPSプロダクツ
製本―――株式会社国宝社



ISBN978-4-06-520405-4

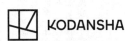

# 講談社文庫刊行の辞

二十一世紀の到来を目睫に望みながら、われわれはいま、人類史上かつて例を見ない巨大な転換期をむかえようとしている。

世界も、日本も、激動の予兆に対する期待とおののきを内に蔵して、未知の時代に歩み入ろうとしている。このときにあたり、創業の人野間清治の「ナショナル・エデュケイター」への志を現代に甦らせようと意図して、われわれはここに古今の文芸作品はいうまでもなく、ひろく人文・社会・自然の諸科学から東西の名著を網羅する、新しい綜合文庫の発刊を決意した。

激動の転換期はまた断絶の時代である。われわれは戦後二十五年間の出版文化のありかたへの深い反省をこめて、この断絶の時代にあえて人間的な持続を求めようとする。いたずらに浮薄な商業主義のあだ花を追い求めることなく、長期にわたって良書に生命をあたえようとつとめるところにしか、今後の出版文化の真の繁栄はあり得ないと信じるからである。

同時にわれわれはこの綜合文庫の刊行を通じて、人文・社会・自然の諸科学が、結局人間の学にほかならないことを立証しようと願っている。かつて知識とは、「汝自身を知る」ことにつきていた。現代社会の瑣末な情報の氾濫のなかから、力強い知識の源泉を掘り起し、技術文明のただなかに、生きた人間の姿を復活させること。それこそわれわれの切なる希求である。

われわれは権威に盲従せず、俗流に媚びることなく、渾然一体となって日本の「草の根」をかたちづくる若く新しい世代の人々に、心をこめてこの新しい綜合文庫をおくり届けたい。それは知識の泉であるとともに感受性のふるさとであり、もっとも有機的に組織され、社会に開かれた万人のための大学をめざしている。大方の支援と協力を衷心より切望してやまない。

一九七一年七月

野間省一

## 講談社文庫　目録

講談社文庫　目録

堂場瞬一　二度泣いた少女〈警視庁犯罪被害者支援課3〉
堂場瞬一　身代わりの空(上)(下)〈警視庁犯罪被害者支援課4〉
堂場瞬一　影の守護者〈警視庁犯罪被害者支援課5〉
堂場瞬一　不信の鎖〈警視庁犯罪被害者支援課6〉
堂場瞬一　空白の家族〈警視庁犯罪被害者支援課7〉
堂場瞬一　チェンジ〈警視庁犯罪被害者支援課8〉
堂場瞬一　誤《あやま》ちの絆〈警視庁総合支援課〉
堂場瞬一　傷
堂場瞬一　埋れた牙
堂場瞬一　Killers(上)(下)
堂場瞬一　虹のふもと
堂場瞬一　ネタ元
堂場瞬一　ピットフォール
堂場瞬一　焦土の刑事
堂場瞬一　動乱の刑事
堂場瞬一　沃野の刑事
土橋章宏　超高速！参勤交代
土橋章宏　超高速！参勤交代 リターンズ
戸谷洋志　Jポップで考える哲学〈自分を問い直すための15曲〉

富樫倫太郎　信長の二十四時間
富樫倫太郎　スカーフェイス〈警視庁特別捜査第三係・淵神律子〉
富樫倫太郎　スカーフェイスII デッドリミット〈警視庁特別捜査第三係・淵神律子〉
富樫倫太郎　スカーフェイスIII ブラッドライン〈警視庁特別捜査第三係・淵神律子〉
富樫倫太郎　スカーフェイスIV デストラップ〈警視庁特別捜査第三係・淵神律子〉
豊田　巧　警視庁鉄道捜査班〈鉄血の警視〉
豊田　巧　警視庁鉄道捜査班〈鉄路の牢獄〉
砥《と》上《がみ》裕《ひろ》將《まさ》　線は、僕を描《えが》く
夏樹静子　新装版 二人の夫をもつ女
中井英夫　新装版 虚無への供物(上)(下)
中村敦夫　狙われた羊
中島らも　僕にはわからない
中島らも　今夜、すべてのバーで〈新装版〉
鳴海　章　フェイスブレイカー
鳴海　章　謀略航路
鳴海　章　全能兵器AiCO《アイコ》
中嶋博行　新装版 検察捜査
中村天風　運命を拓く〈天風瞑想録〉
中村天風　叡智のひびき〈天風哲人 箴言註釈《しんげんちゅうしゃく》〉

中村天風　真理のひびき〈天風哲人 新箴言註釈《しんげんちゅうしゃく》〉
中山康樹　ジョン・レノンから始まるロック名盤
梨屋アリエ　でりばりぃAge
梨屋アリエ　ピアニッシシモ
中島京子　妻が椎茸だったころ
中島京子ほか　黒い結婚 白い結婚
奈須きのこ　空の境界(上)(中)(下)
中村彰彦　乱世の名将 治世の名臣
長野まゆみ　簞笥のなか
長野まゆみ　レモンタルト
長野まゆみ　チマチマ記
長野まゆみ　冥途あり
長野まゆみ　45°〈ここだけの話〉
長嶋　有　夕子ちゃんの近道
長嶋　有　佐渡の三人
長嶋　有　もう生まれたくない
永嶋恵美　擬態
永井　均　内田かずひろ 絵　子どものための哲学対話
なかにし礼　戦場のニーナ

# 講談社文庫　目録

なかにし礼　生きる力〈心でがんに克《か》つ〉
なかにし礼　夜の歌 (上)(下)
中村文則　最後の命
中村文則　悪と仮面のルール
編/解説 中田整一　真珠湾攻撃総隊長の回想〈淵田美津雄自叙伝〉
中田整一　四月七日の桜〈戦艦「大和」と伊藤整一の最期〉
中村江里子　女四世代、ひとつ屋根の下
中野美代子　カスティリオーネの庭
中野孝次　すらすら読める方丈記
中野孝次　すらすら読める徒然草
中山七里　贖罪の奏鳴曲《ソナタ》
中山七里　追憶の夜想曲《ノクターン》
中山七里　恩讐の鎮魂曲《レクイエム》
中山七里　悪徳の輪舞曲《ロンド》
長島有里枝　背中の記憶
長浦京　赤《セキ》刃《ジン》
長浦京　リボルバー・リリー
中脇初枝　世界の果てのこどもたち
中脇初枝　神の島のこどもたち

中村ふみ　天空の翼　地上の星
中村ふみ　砂の城　風の姫
中村ふみ　月の都　海の果て
中村ふみ　雪の王　光の剣
中村ふみ　永遠《とわ》の旅人　天地の理《ことわり》
中村ふみ　大地の宝玉　黒翼《こくよく》の夢
中村ふみ　異邦の使者　南天の神々
夏原エキジ　Cocoon〈修羅の目覚め〉
夏原エキジ　Cocoon2〈蠱惑の焰〉
夏原エキジ　Cocoon3〈幽世の祈り〉
夏原エキジ　Cocoon4〈宿縁の大樹〉
夏原エキジ　Cocoon5〈瑠璃の浄土〉
夏原エキジ　連理の宝〈Cocoon外伝〉
夏原エキジ　Cocoon〈京都・不死篇—蠢《しゅん》—〉
夏原エキジ　Cocoon〈京都・不死篇2—疼《とう》—〉
夏原エキジ　Cocoon〈京都・不死篇3—愁《しゅう》—〉
長岡弘樹　夏の終わりの時間割
西村京太郎　華麗なる誘拐
西村京太郎　寝台特急《メモリー・トレイン》「日本海」殺人事件

西村京太郎　十津川警部　帰郷・会津若松
西村京太郎　特急《アリバイ・トレイン》「あずさ」殺人事件
西村京太郎　十津川警部の怒り
西村京太郎　宗谷本線殺人事件
西村京太郎　奥能登に吹く殺意の風
西村京太郎　特急《スーサイド・トレイン》「北斗1号」殺人事件
西村京太郎　十津川警部　湖北の幻想
西村京太郎　九州特急「ソニックにちりん」殺人事件
西村京太郎　東京・松島殺人ルート
西村京太郎　新装版　殺しの双曲線
西村京太郎　新装版　名探偵に乾杯
西村京太郎　南伊豆殺人事件
西村京太郎　十津川警部　青い国から来た殺人者
西村京太郎　新装版　天使の傷痕
西村京太郎　新装版　D機関情報
西村京太郎　十津川警部　猫と死体はタンゴ鉄道に乗って
西村京太郎　韓国新幹線を追え
西村京太郎　北リアス線の天使
西村京太郎　十津川警部　長野新幹線の奇妙な犯罪

2022年12月15日現在